Tu voz invisible

JAVIER ARIAS

Tu voz invisible

Plata

Argentina – Chile – Colombia – España
Estados Unidos – México – Perú – Uruguay

1.ª edición: abril 2024

Plaza de los Reyes Magos, 8, piso 1.º C y D – 28007 Madrid
www.letrasdeplata.com

ISBN: 978-84-92919-54-3
E-ISBN: 978-84-19936-86-8
Depósito legal: M-2.702-2024

Fotocomposición: Urano World Spain, S.A.U.
Impreso por: Rodesa, S.A. – Polígono Industrial San Miguel
Parcelas E7-E8 – 31132 Villatuerta (Navarra)

Impreso en España – *Printed in Spain*

Para ellos, todos los que ya no están.
Y para Anaïs Junod, mi lectora más joven.

El corazón de los muertos es como una caja de música. Apenas comenzamos a pensar en ellos, sale una melodía ligera y desgarradora.

Resucitar, Christian Bobin.

La génesis

CAPÍTULO UNO

15 de junio de 1991

El odio es un relámpago que se prolonga demasiado, una astilla de rabia que estalla en el cerebro hasta oscurecerlo todo. Solo podía imaginarlo escupiendo su ira como si fuesen guijarros, con los narcóticos de los remordimientos empujándolo hacia un torbellino —a ella le costaba reconstruir lo que pasó—. Durante aquella madrugada del viernes 15 de junio de 1991, la pinada en la montaña era como el vientre de una ballena, una lóbrega, estrecha y alargada carretera por la que conducía desde la urbanización San Blas hacia el pueblo dormido. Los análisis forenses descartaron el alcohol o los estupefacientes. Sergi fue una sombra que ladeó Carcaixent y se encaminó hacia el norte, entre herbaje y cañizares atravesados por un estrecho camino que conducía hacia los naranjales. Pero él no pasó por un túnel que conducía hacia ellos, sino que trepó el montículo por donde transcurrían las vías férreas con los demonios del remordimiento quemándole los pies —Clara Guinzburg no podía imaginarlo de otra manera—. Luego se tumbó sobre las traviesas de madera como si fuese un leño, del mismo modo en que se hubiese tumbado en el campo para contemplar las estrellas. El resto fue esperar, hasta que el tren de cercanías de las 5:55 de la mañana hizo vibrar el metal sobre el que apoyaba su cabeza. La noche parecía una cúpula cálida y oscura, y quizá Sergi sintió el tironeo del miedo, el silencio monstruoso a su alrededor y gritos magullando su cabeza. Pero no se arrepintió

—ella temió teclear que *tuvo valor*—. Permaneció casi inerte, decidido a llevarse su recuerdo al otro mundo. Tumbado sobre la gravilla e incomodado por uno de los rieles a la altura de su cintura, quizá pensó que aquello era apenas un leve castigo en relación al que hubiera merecido y, en un primer momento, el acero apenas fue una imperceptible oscilación que lo obligó a volver su cabeza hacia la izquierda y así divisar un diminuto punto de luz lejano que acabó convirtiéndose en una vibración feroz, hasta que fue un temblor. Apenas habría tenido tiempo para razonarlo todo: la inminencia del rugido, la fuerza de gigante engullendo kilómetros lo haría sudar su locura y tal vez gritar la adrenalina con un aullido desgarrador, hasta que llegase la envestida de toneladas con una furia inaudita.

Quizá la muerte estuviese llena de lucidez.

Quizá llena de vergüenza.

Y rencor.

La investigación forense tardó varios días en identificar el cuerpo. El maquinista solo pudo frenar cuando estuvo a punto de arrollarlo. Aquel cuerpo se había convertido en un amasijo de carne irreconocible, mezclado con jirones de telas de una camiseta oscura y una bermuda vaquera. Las ruedas habían triturado el cráneo y seccionado el torso de las piernas. La Guardia Civil tuvo que rastrear alrededor de cincuenta metros para reconstruir el cuerpo al completo, y la sospecha de que podía tratarse del cadáver de Sergi Agulló tomó forma cuando Mayte Gabaldón denunció la desaparición de su marido...

Y de su hija.

CAPÍTULO DOS

13 de junio de 1991

—Me las pagarás. Te juro que me las pagarás.

Mayte recordaba muy bien que se lo había dicho: «Me las pagarás».

Pero ella sabía que a Sergi se le calentaba la boca como una tormenta veraniega que acababa descargando cuatro gotas. Aquel día Mayte también le gritó que se fuera, que la dejara rehacer su vida en paz, porque la culpa era de él, «solo de él», hasta que volvió el sosiego de los días y la joven creyó que aquella tregua desembocaría en la resignación ante lo inevitable. Todo había sido un error. Su matrimonio había sido una precipitación, «un braguetazo», como le dijeron sus amigas, «un braguetazo y un compromiso». Por eso aquello se veía venir, y quiso creer que él acabaría comprendiéndolo también. Llevaban algo más de un mes separados y fue ella misma quien le pidió iniciar los trámites de divorcio, algo a lo que Sergi pareció resistirse al principio —tal como los testigos dijeron después—, aunque al final se resignara a irse al huerto.

Mayte Gabaldón jamás pensó que dejarle la niña aquel fin de semana fuese a cambiar su vida. Ni siquiera le otorgó la más mínima importancia a aquel «me las pagarás» que le había soltado hacía casi un mes. A Marta le gustaba que su padre fuese a buscarla y que la cargara sobre sus hombros igual que se coloca una estrella en la cima de un árbol navideño. Mayte siempre la recordaría saltando sobre Sergi, del modo en que se azuza a un caballo al galope. No pudo imaginar que él llevase la ponzoña muy dentro, ni que el rencor hubiese hecho metástasis en su mente. Solo tuvo la misericordia de un adiós. «Saluda a la mamá», le pidió él, como si hubiese imaginado que así le dolería más el recordarla.

Fue la última imagen que tuvo de ella, de espaldas, trotando sobre algún sueño que no llegaría jamás.

A veces es difícil encajar las piezas cuando están demasiado desordenadas, y aquel día Mayte quiso olvidar al Sergi que la había amenazado semanas atrás, el que se había ido tras un portazo que retumbó en el limbo de aquella relación a la deriva y dejó el eco de la ira suspendido en el silencio.

Marta tenía apenas tres años.

CAPÍTULO TRES

15 de junio de 1991

Mayte Gabaldón supo lo que había sucedido antes de que pudiese razonarlo. Pero se negó al miedo. Aquel día lo llamó varias veces y cada silencio fue una bala perdida chiflando en su conciencia. Mantuvo la calma y condujo hacia Carcaixent por la tarde, inquieta, pero incapaz de imaginar lo inimaginable. Volvió a negarse al miedo. Encontró la verja del huerto abierta y, durante los seiscientos metros de camino flanqueados de naranjos, esperó encontrarlos debajo de una gran higuera frente a la casa, donde a Sergi le gustaba sentarse a beber agua limón y leer la prensa deportiva. Pero no estaban.

Fue la tercera vez que se negó al miedo.

Vio el Ford Sierra Ranchera aparcado al sol, con las ventanillas bajadas, y la puerta abierta de la vivienda. El eco de su voz retumbó en la casona igual que en una sima oscura. No obtuvo respuesta. Caminó hacia la balsa, el cielo limpio se reflejaba en el agua como un espejo, y por cuarta vez intentó dominarse. Desanduvo sus pasos y subió a las habitaciones nombrando a la niña en voz alta. Sintió que su corazón era un puño golpeándola desde dentro, pero contuvo su preocupación como si extinguiera el calor de unas ascuas. Abrió puerta tras puerta, un vistazo al cuarto de Marta y luego al de Sergi para llamar por teléfono a su suegra, pero ella tampoco sabía nada de él.

Respiró hondo y se volvió a reprimir, nerviosa.

Esta vez fue diferente. Descendió acelerada las escaleras revestidas en cerámicas y, en el último peldaño, distinguió una discreta corona de sangre sobre el color terracota del suelo. Entonces un zumbido extraño la descolocó, pero ni siquiera en aquel momento se atrevió a atar cabos. Aguzó su mirada por los mosaicos del mismo modo en que se buscan los detalles más ínfimos y, solo cuatro escalones más arriba, volvió a ver el imperceptible rastro de la sangre sobre el suelo rústico. Entonces ya fue imposible mantener la calma. El miedo reventó dentro, y los añicos rompieron su serenidad como si fuese un frágil cristal. Volvió a subir, pero esta vez sus pasos fueron confusos hasta volver a la habitación de Marta. Solo entonces reparó en que su camita estaba deshecha, y en varias máculas de sangre, casi imperceptibles, entre el lecho y la ventana.

No se atrevió a imaginar lo que había sucedido. Ni siquiera quiso hacerlo horas después, cuando criminalística encontró más sangre en el maletero del coche y una pala con restos de tierra.

El destino estaba escrito, pero Mayte Gabaldón tardó en comprenderlo.

Búscame cuando nadie me encuentre

CAPÍTULO CUATRO

Sábado 18 de mayo de 2019

Cuando sonó aquella voz proveniente de la cabina, Clara Guinzburg todavía no había comprendido la imperfecta relación con la que se conectan todas las cosas. Escuchó al piloto con la mirada perdida tras la ventanilla. Se habían disipado las nubes y España, por el momento, solo era una piel arrugada de campos pardos y cuadrículas reverdecidas. De pronto, el bullicio homogéneo del Airbus A350 de Iberia se apagó como si hubiesen echado agua sobre una lumbre, y algunos gritos surgieron como chispazos a lo largo del avión. Clara comprendió que se trataba de un asunto grave por la voz lánguida del piloto, que incluso llegó a quebrarse cuando explicó que el sistema alternativo del tren de aterrizaje tampoco había funcionado. El comandante Andueza tuvo la amabilidad de secuenciar todos los esfuerzos que habían procurado desde que despegaron del Aeropuerto Internacional de Ezeiza, en Buenos Aires. Ya entonces eran conscientes de que el fluido hidráulico que abastecía al tren de aterrizaje se había perdido, pero los tanques llenos de la aeronave aconsejaban atravesar el Atlántico e intentar solucionar los problemas utilizando el sistema secundario. Pero no había sido así.

—Lo siento. —La voz del comandante sonó grave y urgente—. No lo hemos conseguido… Debemos estar preparados.

También agregó que planearían durante una hora en torno a Madrid para acabar de vaciar los tanques, y la comunión del miedo se encendió como una procesión de pólvora. Clara apenas había mantenido saludos protocolarios con los pasajeros colindantes. Los dos asientos a su derecha estaban libres y había dormido gran parte del viaje. Sin embargo, escuchó los llantos, las conjeturas trágicas y las sospechas verosímiles de que iban a morir. «Se partirá. Sucedió hace cinco años en Rusia. Sobrevivieron unos pocos», dijo un hombre que se había puesto en pie para gritar como un predicador iluminado por el Apocalipsis. «Vaciamos los tanques porque nos vamos a estrellar. Saben que el avión, además de partirse, puede convertirse en una inmensa bola de fuego», aseguró una mujer. El alboroto de la desesperación caló en el personal de a bordo, incapaz de tranquilizar a los pasajeros con sus carreras nerviosas y sus gestos graves. Clara los observaba como cobayas atrapadas, paralizadas por una descarga inesperada que no les impedía susurrar una letanía de mensajes por WhatsApp. Sus voces temblaban en la boca.

Fue la primera vez que pensó que iba a morir, y fue una sensación extraña. Había escuchado a Steve Jobs decir que aquella irremediable certeza había acabado potenciando su vida. Cada mañana se miraba al espejo y se decía «voy a morir», y aquello había disparado su voluntad para aprovechar cada instante. Clara Guinzburg, sin pretenderlo, en aquel momento también tuvo un intervalo de lucidez, y poco le importó la oportunidad profesional de entrevistar a Nora Rizzo —el último fenómeno literario mundial de origen argentino— ni que el diario *La Voz de América* la tuviese entre los candidatos para una corresponsalía en Europa. Sin saber explicar muy bien por qué, todo aquello se hundió en su interior como una piedra en un estanque transparente. Solo un recuerdo quedó flotando igual que un corcho solitario: su madre. ¡Cuán poco había sabido de ella! ¡Y cuánto la había echado de menos, con apenas un puñado de imágenes en su cabeza! Hacía años que se había esfumado de su vida, pero ahí estaba: emergiendo de entre los muertos.

Dejó que aquel recuerdo se apoderara de su memoria, pero también pensó en su padre, en un par de amigas incondicionales, en su trabajo en el periódico, y hasta se vio inmersa en una imperceptible decepción al pasar rápidamente por el recuerdo de Diego. Su última pareja apenas había sido un quiste prescindible en una vida incompleta —así lo sintió entonces—, y como un torbellino, todo quedó arrasado por aquel vacío que siempre había sentido desde que su madre murió sin que ella pudiese recordarlo.

Dejó pasar el tiempo con la misma ansiedad con la que se observa fijamente el avance de un reloj de arena. Miró los asientos vacíos a su derecha. En uno de ellos había dejado su mochila, una manta de cuadros azules y franjas rojas y amarillas, y un cojín granate con el logo de Iberia. *La vida se va entre cosas insignificantes*, pensó Clara. Sintió ganas de llorar y sus ojos se vidriaron. Sin embargo, apenas tuvo tiempo de lidiar con su dolor. La imagen de un caza de la Fuerza Aérea española cerca del ala izquierda le produjo un escalofrío. Su mirada atravesó el avión y observó un pequeño tumulto sobre las ventanas del lado opuesto. «¡A la derecha hay otro!», escuchó algunas voces por detrás. «¡Van a derribarnos!», oyó también. «¡Estamos muertos!». Clara Guinzburg estudió los movimientos descendentes del caza bombardero y comprendió que aquellos pilotos probablemente intentaban estudiar el tren de aterrizaje. Su mente se entretuvo con aquello, como si su presencia constituyese el comienzo de una nueva solución, pero pronto se alejaron como pájaros veloces y, sin dar tiempo a las dudas, volvieron a sonar los altavoces.

—Tripulación, preparados para el aterrizaje. Protocolo de emergencia —pronunció aquella voz de cabina.

Inmediatamente comenzó a sentir cómo el avión iniciaba un nuevo viraje, pero esta vez en descenso. Una azafata avanzó por el pasillo, sonámbula de miedos y con un protocolario «abróchense los cinturones y conserven el pasaporte debajo de la ropa, por favor». Soltaba aquello sin más pasión que el deseo de un último deber cumplido, y ni siquiera se detuvo un momento a responder las inquietudes de los pasajeros. «¿Para qué?»; «Los pasaportes, ¿para qué, señorita?». Pero ella avanzó decidida, sin detenerse, con ansiedad e impotencia.

Clara Guinzburg apretó los puños y, sin proponérselo, volvió a pensar en su madre. Había crecido llena de preguntas, y en aquel momento deseó haber podido conocer a sus abuelos. Su padre había sido el responsable de tanta distancia. Había perdido el contacto con ellos siendo todavía una niña, y su relación se había limitado a un puñado de cartas y algunos esporádicos llamados telefónicos a larga distancia. Su abuela nunca había viajado a Argentina para verla y, cuando murió, Clara sintió una incipiente culpa por haber sabido tan poco de ella. *Renunciaste a tu pasado*, se dijo a sí misma. Y como si se tratara de un último intento por hacer las paces con su vida, se juró ir a verlos al cementerio en caso de sobrevivir. No estaba muy segura de a quién se lo prometía, pero en aquel momento necesitó aferrarse a la supervivencia. Nada de eso había estado en sus planes, pero mientras el Airbus de Iberia perdía altura, Clara repitió igual que un chamán recita un conjuro: *Viajaré a Barcelona, viajaré a Barcelona, viajaré a Barcelona.*

El tiempo se detuvo y aquel vuelo se convirtió en un silencio de súplica. Envidiaba a la gente que tenía a quien rezar. Clara no lo tenía. Solo a su madre. Por eso le hizo aquella promesa: iría. Y el avión descendió lanzado y los campos yermos se convirtieron en un tapiz amarillento y montañoso.

—Preparados para el impacto. —La voz de cabina irradiaba adrenalina.

El rugido de los motores absorbía llantos y susurros ahogados de oraciones olvidadas. Clara hubiese agradecido tener a alguien a quien darle la mano y se aferró a los antebrazos del asiento como si en cualquier momento fuese a ser disparada hacia el vacío. El temblor del fuselaje fue el prolegómeno de la tragedia, y Clara presintió el final. Cerró los ojos con fuerza y se abandonó a las sacudidas. Fue un seísmo que lo convulsionó todo y su vida fue una nave a la deriva, flotando en medio de una inesperada tempestad. Sabía que iba a morir. Lo sabía, y por eso se colocó el pasaporte dentro del sujetador. Iban a reconocerla. «Esta es Clara Guinzburg: joven, muy joven, una verdadera pena». El avión estaba a punto de estrellarse sobre el asfalto de una pista impregnada de espuma para retardar el incendio, pero no el impacto, ese estallido de asientos, cuerpos y maletas como esquirlas de un afilador involuntario. Aquello nadie podría evitarlo, y Clara pensó en su madre, en Barcelona, y en todo lo que no podía recordar, todo lo que nunca fue para ella, como una última revelación, el estertor final de una vida a medias, en lo mejor de su carrera profesional, y esperó el impacto, que aquel pequeño mundo de hierro y plástico se derrumbara con ella en su vientre.

Sin embargo, el avión se posó sobre la pista igual que planea un pájaro: primero suavemente la cola, después el vientre. Clara abrió los ojos porque sabía que todavía estaba viva, con aquel ruido ensordecedor y monstruoso y un infierno de humo y fuego en las turbinas destrozándose sobre la pista, con el fuselaje escupiendo chispas y metal y dejando una alargada estela de humo que Clara reconstruyó más tarde, cuando el avión se detuvo tras dos kilómetros en una pista desierta, y saltó por los toboganes de evacuación.

En el Aeropuerto Adolfo Suárez solo quedaban la euforia, los aplausos y los camiones de bomberos con su lluvia sobre el ave herida.

CAPÍTULO CINCO

Domingo 19 de mayo de 2019

A veces hay que morir para volver a nacer. Había leído aquello varias veces, pero solo lo comprendió después del accidente aéreo. Clara no sufrió ni un rasguño, pero tuvo la sensación de haber traspasado alguna puerta invisible que la había transformado por dentro. «Eso sí que es aterrizar a lo grande», le bromeó el director de *La Voz de América* al contactar con ella. Fue a él a quien informó primero sobre sus planes: la reunión con Nora Rizzo estaba prevista para el martes y, por ello, aquel lunes había decidido volar a Barcelona por asuntos personales. No quiso decir nada más. Incluso a ella misma le era difícil explicar el impulso irracional que la empujaba hacia su pasado. Sin embargo, su mente parecía una gran avenida de sentimientos olvidados, con grandes rótulos deslumbrantes que le recordaban a su madre, como si el regresar a Castelldefels fuese un almíbar de soledad y culpas atascado en su garganta. Un amasijo de emociones que necesitaba digerir.

Aquel lunes a primera hora voló hacia Barcelona, alquiló un coche en el aeropuerto de El Prat y condujo hacia el sur por la autovía. En un principio barajó ir en taxi, pero su padre le advirtió que el barrio estaba lejos de todo. «¿Pero qué mosca te picó? ¿Para qué querés volver ahí?», le preguntó cuando Clara le comentó sus intenciones. «¿Me vas a decir la dirección o no?». Su padre no parecía comprender los motivos de todo aquello, e incluso ella tuvo la ligera percepción de que había llegado a molestarle: «¿No viajabas para entrevistar a Nora Rizzo?». Y Clara le contestó que iría el martes, que todavía tenía tiempo y quería volver a Castelldefels, sin más. «¿Tan raro se te hace que quiera ir a la tumba de mamá?». Él calló durante algunos segundos y dejó que la distancia fluyera a través del auricular. «Carrer Dolores Iturbi, 2», le dijo al fin. «Allí ya no hay ni recuerdos, Clara».

Casi era verdad.

Apenas sabía nada de aquel tiempo. Su vida en Castelldefels se resumía en algunas fotos en las playas de Lluminetes, en un jardín soleado con pinadas mediterráneas de fondo o sentada en el regazo de su madre en el marco de una chimenea de ladrillos. Había crecido con los rastros de una vida extinguida, como si se tratara de una película en blanco y negro que había heredado junto a libros, discos y algunos bártulos que su padre había embalado en Barcelona cuando vendió la propiedad para trasladarse a Argentina. Pero aquel vuelo la había devuelto a sus raíces. Se lo había jurado mientras el avión descendía entre gritos y silencios.

Condujo apenas doce kilómetros por la autopista y dejó que el GPS la guiara hacia Castelldefels. Como una turista despistada, se dirigió hacia el puerto recreativo de Ginesta y luego desanduvo el camino por el paseo marítimo. Playas anchas, dunas reverdecidas, palmeras y un mar azul índigo y soleado. Era casi mediodía, y se sentó en una terraza para comer divisando el arenal y el agua dormida. Bajo el sol, a veinticinco grados de temperatura y bebiendo un vino blanco para acompañar una dorada a la sal, se sintió tan relajada que pensó que el Mediterráneo era digno de un homenaje. No estaba acostumbrada a mares tan tranquilos.

Hacía ya varias horas que había dejado de hacerse preguntas. Su madre siempre había formado parte de su vida, pero nunca como entonces sintió aquel deseo de volver al lugar a donde creía que jamás había pertenecido. En el fondo de su ser, Clara pensó que se trataba de una nostalgia inventada, un exceso sentimental fruto de la terrible experiencia del accidente aéreo, pero también sentía que era el momento de explorar sus orígenes, como si fuese lo único que podía hacer para sentir a su madre de una forma inimaginable. El destino la había devuelto a España y Clara Guinzburg, sin explicárselo, percibía el grito de la sangre burbujeando por sus venas.

Regresó al coche y puso rumbo hacia el interior de Castelldefels, alejado del mar. La localidad se había ido ensanchando con unifamiliares ajardinadas, y la atravesó hasta encontrar el cementerio. Era pequeño y estaba pegado al casco urbano. Faltaban pocos minutos para las dos de la tarde, pero la oficina todavía estaba abierta. Clara preguntó al operario por los restos de Silvia Ros Mas y de sus padres, Carmen Mas Giner y Josep Ros Tardà, y él la orientó entre callejuelas bien cuidadas. Estaban en ubicaciones diferentes. Sus abuelos habían sido inhumados en el mismo nicho y su madre en uno aparte. Aquellas oquedades brillaban entre mármoles, flores e inscripciones doradas y, mientras recorría ese laberinto, percibía su quietud, una serenidad que la apenaba solo al sopesar el destino de los muertos, porque si aquel era el codiciado descanso eterno, el cementerio era una soledad insoportable.

No le costó demasiado encontrar a su madre. Más bien, el lugar donde habían depositado sus restos. Nada más. Silvia Ros no estaba allí. Llegar hasta el cementerio solo constituía un acto de respeto, el rito necesario para activar nuevamente algo dentro suyo, para elevarle aquel altar que le debía desde hacía tiempo. Reconoció a su madre en una pequeña foto incrustada sobre el mármol y sintió un escalofrío. Era una mujer joven, muy parecida a ella misma entonces, con una sonrisa seráfica, pero en modo foto carné. El tiempo se había paralizado para ella. Su nicho no tenía flores, ni siquiera marchitas, ni ningún vestigio de que alguna vez las hubiese tenido. Su madre estaba sola, muy sola. Repasó su nombre con los dedos, como si fuese una forma de mentarla en silencio. Quiso imaginarla, porque ya apenas podía recordarla. Quiso rezar, pero apenas recordaba el Padrenuestro que le habían enseñado en el San Carlos Borromeo, el colegio religioso donde la habían escolarizado en Argentina. Su padre no era creyente. Solo la había enviado a aquella escuela de Haedo por comodidad, porque le quedaba cerca de casa. A Clara le costaba rezar, incluso le costaba creer que su madre pudiese escucharla en algún momento, tal como le habían dicho desde pequeña. Los muertos no escuchan. Los muertos no hablan. Los muertos hacen silencio... y duelen. No sabía muy bien por qué había viajado hasta Barcelona, pero una profunda tristeza la cubrió con su velo oscuro. Estar allí, frente a sus huesos ocultos, lo único que provocaba era el vacío de los años, el vacío de toda una vida que nunca compartieron.

—Lo siento —le susurró en confidencia. Y no supo si se lo decía a su madre o a sí misma.

Se mantuvo allí, de pie, durante un tiempo breve, intentando que valiese la pena aquel esfuerzo inesperado de volver, pero pronto se sintió decepcionada. Ya nada más podía hacer allí. Ni siquiera llorar. Buscó la ubicación de sus abuelos y también les dedicó algunos minutos. A su abuela la recordaba vagamente, pero a su abuelo absolutamente nada. Lo había consumido el cáncer cuando Clara ni siquiera había nacido. Solo en aquel instante, frente a su tumba, comprendió lo abandonada que se habría sentido su abuela durante los últimos años de su vida, cuando el único cordón umbilical con su familia eran unas cartas a su nieta de Argentina. Clara apenas tenía dieciséis años cuando murió, y nunca llegó a tener un verdadero vínculo. Su padre podría haber hecho mucho más. Pero no lo hizo.

Una cálida brisa meció los cipreses, que parecían viejos guardianes perezosos. El cementerio se había quedado en soledad, y el aire olía a una mixtura de flores que a Clara le evocaron a la muerte. Sintió la melancolía de los huérfanos, la de aquellos que un día descubren que se han quedado solos sin poder remediarlo.

Dejó atrás el cementerio y volvió a atravesar el pueblo de Castelldefels. Lo recorrió despacio, hasta encontrar el Carrer Dolores Iturbi, el que le había indicado su padre. Se trataba de un barrio de chalés construidos en lo que había sido un bosque situado sobre una ladera montañosa frente al mar, a poco más de un kilómetro. Los pinos se elevaban como globos, hinchando sus copas verde agua sobre las calles.

Detuvo el coche frente al chalé número dos. Los recuerdos arrasaron su mente, confusos como un torbellino polvoroso. Era una casa de dos pisos, techo a dos aguas con tejas rojas y un jardín ensombrecido por un pino gigantesco. El pasado era un espejismo, pero intuyó más allá del vallado el escenario de una de las fotos que tenía con su madre. Había visto aquella casa en fotografías y, por primera vez, sintió algo semejante a lo que podría ser un regreso.

Bajó del coche y decidió husmear a través de los setos que apenas proporcionaban cierta intimidad. Observó un camino de piedra y el césped bien cortado a ambos lados, con maceteros con amapolas, tulipanes y varios arreglos con margaritas blancas. En el jardín, elevada sobre una tímida colina, había una piscina a la que se ascendía por un camino.

—Disculpa, ¿necesitas algo?

Clara se sobresaltó y, como un radar, intentó localizar aquella voz recriminatoria. Estaba muy cerca de la cancela, probablemente agachada trajinando con las plantas. Era una mujer entre los sesenta y cinco y los setenta años.

No sabía qué contestar. No esperaba nada de aquello.

—Perdone, de verdad —le dijo reculando—. No era mi intención molestarla. No se asuste, de verdad. Solo estaba intentando recordar. De pequeña esta fue mi casa.

La mujer no respondió. Simplemente abrió la cancela y se asomó con un delantal manchado de tierra, como sus manos.

—¡Dios bendito! ¡No me digas que tú eres la hija del señor Guinzburg!

Un sobrecogimiento le erizó los brazos.

—Sí, señora. Soy yo.

—¡Es increíble que estés aquí! Llevo años esperándote. Sabía que algún día llamarías a mi puerta.

Clara sintió que el mundo se tambaleaba bajo sus pies y que una fuerza invisible la había llevado hasta aquel lugar, sin entender todavía el porqué.

CAPÍTULO SEIS

Domingo 19 de mayo de 2019

—Todo esto era de tu madre —le dijo al mismo tiempo que dejaba una carpeta azul sobre su regazo—. Estaba detrás de uno de los armarios que nos dejaron al vendernos la casa. Parecía como si estuviese escondida. Cuando lo movimos para pintar la primera vez, apareció.

La mujer la había invitado a entrar al chalé, y Clara se sentó en el salón mientras la propietaria se tomaba su tiempo para encontrar aquella carpeta de cartón y gomas negras. Frente a una rinconera color beige se abría un gran ventanal orientado al jardín y a la piscina. Justo detrás de ellos, la chimenea donde al menos veinticinco años atrás se había sacado una foto con su madre. La reconoció de inmediato. Era evidente que aquella estancia había sido reformada recientemente, lo que dificultaba aún más la posibilidad de evocar recuerdos que ya eran, para Clara, como una aguja en un pajar. Estaba tan confusa que su cabeza no era capaz de hacer conexión con lo que le estaba sucediendo.

—Disculpe, señora, ¿cómo dice que se llama?

—¡Vaya! ¡Qué tonta soy! ¡Que no te lo he dicho! Llámame Rosa, bonita.

—Yo soy Clara, Clara Guinzburg.

—¡Un gusto, guapa! Se nota que has vivido en Argentina. Tienes mucho acento.

Clara simplemente le devolvió una mueca de cortesía. Mucho tiempo significaba prácticamente toda su vida, hasta hacía unas pocas horas.

—¿Cómo sabe que era de mi madre?

—¡Ábrela y lo verás! Está llena de... —Se detuvo un instante, llevándose la mano a la boca para cubrirla con un gesto de arrepentimiento semejante al de un niño sorprendido *in fraganti*—. Es decir, entiéndeme. No quiero que pienses que soy una fisgona, pero era necesario abrirla para saber de qué se trataba, ¿me entiendes? ¡Estuvo conmigo casi toda una vida! Yo no quería...

—¡Cómo no voy a entenderla, Rosa! ¡Por supuesto! —Se adelantó condescendiente—. Si es absolutamente increíble que la haya conservado todos estos años, sin la más remota posibilidad de que alguien viniese a reclamarla.

—¡Eso mismo! ¡Eso mismo me ha dicho mi marido toda la vida! Mujer, ¡que ya es hora de tirar esa carpeta al contenedor! Me lo decía cada vez que la encontraba en el trastero. Pero ¿por qué íbamos a tirarla? ¿Qué ocupa una carpeta como esta? ¿Eh? Dime, hija. ¿Qué iba a hacer yo? Además, aunque creas que estoy loca, yo siempre creí que alguien vendría alguna vez. Cuando mi Josep me rezongaba con la dichosa carpeta, yo le decía: «¡Ya verás el día que vengan a buscarla! ¡Ya verás! Pues cuando llegue hoy, se me cae muerto».

—En realidad, como se puede imaginar, todo esto es una sorpresa mayúscula para mí.

—¿Y eso qué importa? Lo que importa es que estás aquí y que estas fotos ya tienen dueño. Abre, abre y verás. Hay fotografías... —Volvió a detenerse—. Entre otras cosas. Eso sí, es una mezcolanza sin sentido, pero que ella guardó muy bien.

Apoyó la carpeta azul sobre la mesita que tenía enfrente y fue ojeando rápidamente algunas fotografías de su madre sola, pero también acompañada por amigos. Encontró además algunas cartas, una postal de la playa de Cullera y varios recortes de periódico relacionados con un parricidio y el suicidio de Sergi Agulló, titular de varios medios.

—Tenía que ser de tu madre, ¿sabes? ¡Vaya historia que debe haber detrás! Si yo fuera escritora, ahí tendría una buena. No creas que no le he pensado, pero lo mío siempre fueron los números, hija.

Clara elevó su mirada hacia la mujer. Estaba atónita.

—¡Si es que soy una bocazas, hija! Discúlpame, ¡por Dios! Que pensarás que me he leído todas las cartas por metomentodo, pero fue solo por curiosidad, y después de muchos años de tenerlas.

—¡Que no hay nada que disculpar, Rosa! ¡De verdad! Tranquilícese. Es tal cual me está diciendo. Es evidente que hay muchas cosas que yo no sabía de mi madre. Prácticamente, ni la conocí.

—¡Y no te creas que yo no intenté localizar a tu padre! —Se sentó junto a Clara—. ¡Válgame Dios! ¡Lo intenté! Pero es que ni el de la inmobiliaria sabía nada, ni los vecinos tampoco. Solo sabían que se había ido a vivir a la Argentina, de donde era él. ¡Y como no es grande Argentina ni nada!

Clara volvió a sonreírle.

—Después, con el tiempo, pensé: mejor así, a ese hombre no le habría gustado nada de esto... ¡Nada de nada! —remarcó, y miró con curiosidad a su interlocutora mientras hacía una pausa—. ¡Soy una bocazas! Ya te lo he dicho.

—Tiene razón, Rosa. Todo esto es muy extraño.

—¡Pero yo busqué a tu padre igual! ¡Te lo juro! —Hizo la señal de la cruz besándose el dedo índice.

—No se preocupe, le creo. Además, lo verdaderamente importante es que supo guardar esto hasta hoy. ¡Es un gran regalo! Gracias, de todo corazón.

—No sabes cómo me alegra escucharte decir eso. Estoy segura de que a tu madre le hubiese gustado que la tuvieses. Como siempre, el destino es el destino, hija mía.

—La verdad es que hasta hace bien poco yo no creía nada en esas cosas, Rosa.

—¡Pues yo sí! ¡Y mucho! ¿Quién me iba a decir que te volvería a ver? La única vez que te vi estabas por aquí, jugando con tus cosas. Fue cuando vinimos a ver la casa antes de comprarla. ¿En el año 1993? Sí, el noventa y tres. Me diste mucha pena, la verdad. Tan pequeñita y habías perdido a tu madre. ¡Se me rompía el corazón! Tu padre me dijo que aquí todo eran recuerdos, y que él estaba en Barcelona por tu madre, pero que sin ella prefería volver a Argentina.

—Así fue. Tal cual.

—¿Puedo preguntarte de qué murió? Nunca lo supe y después, con esta carpeta aquí tantos años, nunca dejé de darle vueltas.

—En un accidente de tráfico en Valencia.

—¡Vaya! ¡Qué pena! Siempre creí que había sido por alguna enfermedad. ¡Mira que era guapa!

—Sí que lo era. —Hubo un dejo de resignación en su voz.

—Si te fijas en esas fotos, te pareces bastante.

Clara volvió a repasarlo todo y deseó salir de allí cuanto antes. Quería leer tranquila aquellas cartas, saboreando el inesperado regalo. Era como si un túnel del tiempo se hubiese abierto de golpe frente a ella y su madre estuviese intentando decirle algo desde alguna dimensión en la que Clara no creía. Sin embargo, ¿por qué estaba allí si no? ¿Qué estaba haciendo en Castelldefels cuando debía estar en Madrid preparando una entrevista tan importante?

No sabía si llamarlo destino, pero se sobrecogía solo de pensarlo.

—No sé cómo agradecérselo, Rosa —le dijo cerrando aquella carpeta para marcharse—. Ni en mil sueños hubiese esperado algo así. Se lo juro.

Se puso en pie.

—Te daré mi teléfono por si necesitas cualquier otra cosa. Nunca se sabe.

—¡Bien lo sabe usted! —le dijo mostrándole la carpeta.

—¡Me he sacado un peso de encima, hija mía! De verdad. Ojalá que le encuentres algún significado a todo eso.

—Descuide —remarcó, y esta vez la abrazó y le dio un beso, antes de volver a alejarse del que había sido su primer hogar.

No veía la hora de regresar al aeropuerto y sentarse tranquilamente con lo que le acababa de entregar su madre.

¿Su madre?

Así lo sintió en aquel momento y no se lo diría a nadie, pero por primera vez tuvo la sensación de que era ella quien la estaba guiando hacia alguna parte.

CAPÍTULO SIETE

Lunes 20 de mayo de 2019

Nora Rizzo la recibió en un ático situado justo sobre la Gran Vía madrileña. Desde la terraza, la ciudad era un mar de edificios blanquecinos y azoteas rojizas. El bullicio del centro de Madrid llegaba amortiguado por la altura, como el rumor incomprensible de un enjambre. Su apartamento era de una sencillez exquisita: paredes tostadas, cuadros enmarcados en blanco, sillones grises, parqué color caoba, halógenos minimalistas de acero inoxidable y muebles en hueso y de diseño. Nora Rizzo y Clara Guinzburg se sentaron en el salón junto a una enorme palma kentia que el fotógrafo aprovechó para que saliera en las fotos. A Clara le asombraba la metamorfosis de aquella mujer en tan poco tiempo, por eso *La Voz de América* quería una entrevista a varias páginas en la sección de Cultura.

Nora Rizzo era un caso entre mil millones con apenas cuarenta y cinco años, tal como decía ella. «A mí me tocó la lotería, y de verdad». Solo diez años atrás, daba clases de Lengua y Literatura en la Escuela Nacional N.° 2 de Venado Tuerto, un pueblo al sur de la provincia de Santa Fe. «No sé si estuviste alguna vez allí. Frío en invierno, un infierno de calor en verano y nada para hacer. Solo pasear por un campo infinito que da de comer a toda la Argentina y más allá». Su vida anodina —ni pareja le adjudicaban— le dejaba muchas horas para matar el tiempo con quimeras de escritora. Había escrito un par de novelas que habían ido a parar directamente a un cajón porque le daba vergüenza autoeditarse e ir teniendo que vender el libro de mano en mano, como hacía la mayoría de los autores que ella conocía. «A mí nunca me gustó hablar. Solo escribir. Nunca me gustó venderme. Ni entonces, ni ahora». Nora Rizzo dijo aquello con firmeza, pero sabedora de que ya no necesitaba hablar de ella misma para que se vendiesen sus libros. «Entrevistas, las justas, ya lo sabes, pero a *La Voz de América* se lo debía desde hace años. No quiero que en Argentina piensen que reniego de mi país».

Una novela había cambiado su historia. Entre la ambigua armonía de la desidia y la esperanza, envió *Patagonia* a una de las agencias literarias más importantes en castellano, en Barcelona. Ni siquiera quiso hacerlo con los sellos de Buenos Aires, sino que la adjuntó en un *e-mail* a Europa. «¡Pensé que en Argentina no le iba a interesar a nadie!». Tardó seis meses en recibir noticias, y para ese entonces había perdido la esperanza de que su correo hubiese sido leído.

La agencia quería colocar el libro en Global Media, el grupo editorial más importante en español. Y así fue. Estaban fascinados, y aquello fue solo la antesala de lo que vendría después. Como si de un cuento de hadas se tratase, en España llegó a vender más de ciento cincuenta mil ejemplares en tres meses. No había *booktuber* que no la recomendara, ni sección literaria nacional en la que no apareciera. Los referentes culturales más importantes del país, como *Babelia* o *El Cultural*, le dedicaron espacios destacados, y aquel halo de escritora invisible al estilo Elena Ferrante o Sam Savage le aportó tal encanto editorial que el libro acabó en el inesperado posado de fotos de la reina Letizia en el Palacio de Marivent, la residencia de los reyes en Mallorca. Aquello fue como dinamita para el fuego, y las ventas se multiplicaron por diez en España, y luego en Latinoamérica. «Fue la tormenta perfecta. No se puede explicar de otra manera». En solo un año se vendieron casi dos millones de ejemplares en castellano. Luego de que la editorial alemana Fischer adelantara tres millones de euros por los derechos de la obra, las traducciones llegaron una tras otra, hasta treinta lenguas en cuarenta países hasta el momento. A partir de entonces, cada novela fue un éxito, y llevaba tres. «¿Quién podría haber soñado con algo así?», y aquello Nora Rizzo lo comentó como una pregunta retórica.

Su obstinado empeño por no llamar la atención y la falta de anonimato que le provocaba su vida en una localidad relativamente pequeña del interior argentino propiciaron que se instalara temporalmente en Madrid. «Aquí estoy cerca de todo y puedo llevar una vida más tranquila. Hay mucha más gente, paso inadvertida. Me gusta Madrid, me gusta viajar y voy a Argentina al menos dos veces al año». Clara Guinzburg sentía una gran admiración por aquella mujer. Se había convertido en la escritora argentina más vendida en vida y en uno de los fenómenos literarios de los últimos años. Sin embargo, rehuía de la fama e intentaba pasar lo más desapercibida posible. «El éxito es un espejismo. Te engaña si te dejas engañar. Lo único que te proporciona el éxito es poder vivir mejor, pero hay que saber llevarlo. Lo más importante es hacer algo que te dé sentido y rodearte de gente que te quiera». En Argentina, algunos le atribuían un prestigio internacional semejante al del papa Francisco, pero Nora Rizzo se reía de ocurrencias de aquel tipo e invitaba a que leyeran sus libros, pero a que no la imitaran en absoluto. Se consideraba una persona afortunada, pero era consciente de no escribir mejor que otros que quizá lo mereciesen más. «A veces todo se reduce a una cuestión de suerte». A Clara la cautivó aquella humildad, sobre todo porque sabía muy bien que los textos de Nora Rizzo no se sustentaban solo en tramas muy trabajadas, sino también en una narrativa fluida, inteligente y con un dominio de los recursos de estilo envidiable. En la combinación de ambas cosas radicaba su éxito, estaba convencida. «A algunos les gusto más, a otros menos. Yo solo intento escribir del mismo modo que les enseñaba a mis alumnos», se limitó a comentarle. Durante aquella conversación —a veces más semejante a una charla entre amigas— Clara llegó a sentirse una gran privilegiada por haber podido entrar al sanctasantórum de una escritora tan importante y reservada, y estaba convencida de que su entrevista acabaría teniendo una gran repercusión profesional para sí misma.

Por supuesto, no quiso dejar de pedirle un consejo para los que soñaban con escribir y contar historias. Era algo que Clara venía deseando desde que era una niña, aunque nunca había tenido el valor para enfrentarse a una novela. Era periodista, pero sentía que escribir un libro era una cima demasiado elevada y que, para escalarla, debía estar segura de estar bien equipada. «Nadie puede enfrentarse a una página en blanco sin sacrificio y pasión», le aseguró Nora Rizzo. «No se puede escribir sin dejar parte de nuestra vida en ello. La experiencia me ha enseñado que es el primer paso para que suene la flauta y una editorial se fije en ti. Todo lo demás no lo dominamos. Todo lo demás son regalos de la vida», le dijo mirándola a los ojos.

—Y algo muy importante, Clara. ¡No dejar escapar una buena historia!

La joven periodista la miró a los ojos y un estremecimiento vibró bajo su piel. Una vez más, volvió a pensar en su madre.

—A veces tenemos que luchar con pico y pala para llegar hasta ella, pero otras veces aparecen en nuestras vidas por casualidad. ¡No hay que dejarlas pasar! El mejor consejo que le daría a quien quiere escribir es que, si tiene una historia, la escriba lo mejor que pueda.

Clara se la quedó mirando embelesada. Todo lo que le estaba sucediendo durante aquellos días era... inconcebible. No tenía otro término para definirlo. Aquellas palabras de Nora Rizzo retumbaron en su pecho como el aldabonazo de una campana de bronce.

—¡Yo tengo una historia, Nora! —exclamó, sin saber muy bien cómo aquello había acabado saliendo de su boca.

—Pues cuéntala, Clara. Cuéntala. Lo difícil es encontrar el modo.

CAPÍTULO OCHO

Martes 21 de mayo de 2019

En varias fotos aparecía un muchacho con barba rala y una sonrisa traviesa y canalla a la vez —al menos así le pareció a Clara Guinzburg—. Su madre y él eran jóvenes. *Veintipocos años*, pensó. En una de las fotografías se distinguía un ancho paseo junto a la playa, la misma que en una postal de Cullera datada en junio de 1988. Adjunta a ella, con un clip, había una servilleta ya amarillenta con una dirección de Valencia y un texto: «Siempre nos quedará nuestro verano. Te quiero. Sergi». En otra foto, su madre posaba con dos muchachos y una joven, también en la playa. Junto a aquella mujer aparecía en dos fotos más: en una con bañador y camiseta y en el fondo un cartel que ponía «Aquopolis»; en otra, vestidas con vaqueros y tops ajustados en la puerta de lo que parecía un pub. Detrás de cada imagen y escrito en bolígrafo se podía leer: «Silvia y Mónica. 1988». Lo mismo que en una postal de Río de Janeiro, en la que aparecía otra vez Mónica. «Solo faltas tú», tenía escrito detrás. También encontró un sobre con una brevísima carta firmada por ella. Le hablaba de su nueva oficina, de cómo había tenido que organizar una mudanza en dos semanas y poco más. «Te llamo pronto. Esta es mi nueva dirección y mi número de teléfono. Mónica Vert. Calle Balleneros, 5, 1º A. San Sebastián. 94 348 1304».

El apartado más extenso era el de las cartas de Sergi Agulló: cuatro de 1988, cinco de 1989 y una de enero de 1991. Era evidente que su madre había mantenido una relación sentimental con aquel hombre. Leyéndolas podía reconstruir que durante el verano de 1988 se habían conocido en la playa de Cullera cuando Silvia Ros estuvo allí con Mónica, y que habían intentado mantener la relación a distancia durante tres años, aproximadamente. Había constancia de que, al menos una vez, se habían reencontrado en Barcelona. Aquellas cartas estaban plagadas de «no quiero perderte», «vamos a intentarlo», «no puedo vivir sin ti», o simplemente de «te quiero» muy recurrentes en todas ellas. Era evidente también que aquella relación se había desarrollado al mismo tiempo que su madre estaba de noviazgo con su padre, y casados también. Sergi Agulló nunca lo mencionaba, solo se refería a un «él» más de una vez. Aquella certeza era incuestionable. El 30 de septiembre de 1988 escribía: «Sentí mucho que te hubieses casado», pero también «me ha hecho feliz saber de ti» y un dramático «no pierdo la esperanza de volver a verte».

Sin embargo, toda aquella información venía envenenada por el suicidio de Sergi Agulló. Todas aquellas cartas se enturbiaban con un simple y espeluznante *spoiler*: su madre había mantenido un vínculo amoroso con un desequilibrado que mató a su hija por despecho a su mujer y, por algún motivo, Silvia había decidido guardar aquellos recortes entre recuerdos importantes para ella. ¿Demencial? ¿Sorprendente? Clara simplemente lo estaba digiriendo.

Aquella carpeta contenía tres recortes de periódico de junio de 1991. Los titulares eran demoledores: «El parricidio de Valencia conmueve a la opinión pública». «Se suicida después de esconder el cadáver de su hija en la montaña». «La Guardia Civil continúa la búsqueda de la niña presuntamente asesinada por su padre». Su madre había subrayado: «El equipo de criminalística encontró más sangre en el maletero del presunto parricida y una pala con restos de tierra». Había sucedido en la localidad de Carcaixent y adquirido gran trascendencia a nivel nacional, algo que Clara Guinzburg pudo constatar en una rápida búsqueda *online* en los medios de entonces. Así supo que el cadáver de la niña jamás había aparecido, y que todas las investigaciones apuntaban a un enterramiento en algún paraje alejado poco antes de que su padre se quitara la vida.

De su madre sabía muy pocas cosas, y toda aquella información desordenó por completo las piezas que había encajado hasta el momento. De hecho, prácticamente todo lo que sabía de su pasado era a través de su padre, quien jamás le había mencionado nada cercano a lo que Clara estaba vislumbrando en aquella carpeta azul.

Y esa información estaba a punto de poner su vida patas arriba.

Entonces volvió a meditarlo con calma.

No podía esconderlo. Era inevitablemente cierto: tenía una historia. Y de esas que merecían ser contadas, tal como le había recordado Nora Rizzo.

CAPÍTULO NUEVE

Martes 21 de mayo de 2019

—¿Cómo fue la entrevista?

—Muy bien, papá. Creo que va a gustar mucho.

—¿Cuándo sale?

—La tienen programada para el próximo domingo.

—Se lo voy a decir a Lucy. Se va a alegrar.

—¿Cómo está? Quiero decir, ¿está animada?

—Un poco más que la semana pasada. Ayer empezó con los rayos. Es fuerte, y cada día lo va a llevar mejor. Habló con dos mujeres que pasaron el mismo cáncer y eso sí que le hizo bien. Dicen lo mismo que le dijo el médico, que se lo detectaron a tiempo y que no tiene que preocuparse más de la cuenta.

—Dale un beso de mi parte.

—Se lo daré. ¿Qué hora es allá?

—Las diez de la noche.

—Acá las cinco de la tarde.

—Por eso te llamo a esta hora, papá. No quería molestar. Por si estaban descansando.

—¿Fuiste a... —comenzó a preguntar, y a través del auricular se oyó un carraspeo— Barcelona?

—Sí, papá. Fui.

—¿Te quitaste las ganas?

—Fui al cementerio y me pasé por nuestra casa. Quería conocer Castelldefels. Lo necesitaba.

—¿Y la casa? ¿La encontraste bien?

Dudó un momento.

—Me pasó algo increíble, ¿sabés? La dueña me vio mirando y me preguntó si necesitaba algo. Le dije quién era y *zas*, no te lo vas a creer. Cuando vendiste la casa se quedó olvidada una carpeta con unas fotos de mamá.

—¿Fotos de Silvia? ¿Estás segura de que son de ella?

—Completamente. ¡Es ella!

—¡Después de tantos años! ¿Guardó esas fotos durante tanto tiempo? ¡No me lo puedo creer!

—Yo pensé lo mismo. Parece de cámara oculta, pero ahí están. Mamá está con amigos, en una playa de Valencia. ¿Te suena de algo?

El silencio se prolongó dos o tres segundos.

—De nada —contestó al fin.

—Están en una playa que se llama Cullera.

—¿Solo había fotos?

Esta vez fue Clara la que se tomó un momento.

—Sí, son pocas. Es curioso que no las tirara. Más bien es un milagro.

Callaron los dos.

—Escuchame, papá. En una aparece un nombre: Sergi Agulló. ¿Vos sabés quién es?

—¿Sergi Agulló?

—Sí. ¿Sabés quién es?

Nuevamente silencio. Esta vez más prolongado.

—No, Clara. No sé quién es.

Se lo oía respirar... Nada más.

—Está bien. No te preocupes. Era por curiosidad.

—¿De dónde sacaste el nombre?

—Te lo acabo de decir. Aparecía detrás de una de las fotos. Son fotos de amigos de verano. Eso parece. ¿Seguro que no te suena de nada?

Por un momento pareció dudar, pero Clara no estuvo segura de aquello.

—No, Clara. No lo recuerdo.

—Se la ve feliz.

—Sí, fuimos muy felices. —Su tono era resignado—. Traémelas a casa cuando vengas. Yo también las quiero ver.

—Claro, no te preocupes. Te las llevo.

—Gracias.

Nuevamente silencio.

—Papá, ¿por qué fue a Valencia? Mamá tuvo el accidente allá, ¿verdad?

A través del auricular se pudo percibir una larga exhalación.

—Clara, ¿qué es lo que está pasando? ¿A qué vienen esas preguntas?

—Ya no soy una nena, papá. Estoy intentando reconstruir mi vida. Solo es eso. No tengo a quién preguntarle. ¿Por qué fue a Valencia?

—No lo sé, Clara. De hecho, jamás me dijo que iba a Valencia, sino a San Sebastián. Allá tenía una amiga. De verdad que no recuerdo cuál era el motivo. Sería solo un fin de semana y me pidió que me quedara con vos. Se fue un viernes y tenía que volver el domingo. Cuando me llamó la policía me enteré de que había viajado a Valencia.

—¿Te mintió?

—Sí.

—¿Por qué?

Esta vez Clara se tomó su tiempo para medir su silencio: uno, dos, tres, cuatro segundos.

—No lo sé, y creo que es mejor dejarla descansar en paz.

—Necesito saber la verdad.

—¿La verdad? ¿Qué verdad?

—¿Por qué murió, papá? Eso es lo que quiero saber.

—Fue un accidente. Un terrible accidente, Clara. Lo hemos hablado muchas veces.

Desde el otro lado del auricular, la periodista percibió una irritación inesperada.

—Ahora tengo que irme, Clara. Creo que Lucy me está llamando.

—Por supuesto. Está bien. Nada más quería saludarte.

—Gracias. ¿Cuándo volvés?

—No sé. Tengo el vuelo para el próximo lunes, pero puede variar.

—Entiendo. Avisame.

—Dale. Un beso.

—Otro.

CAPÍTULO DIEZ

Miércoles 22 de mayo de 2019

La realidad es un sencillo sistema de signos que no siempre se sabe interpretar. Descodificar lo que sucede es un ejercicio entorpecido por los sentimientos. A veces cuesta observar las cosas tal cual son y aceptar con claridad la verdad, aunque duela. Sin embargo, para Clara Guinzburg la gimnasia de la razón era una asignatura pendiente. Estaba acostumbrada a que las emociones combustionaran con fuerza y, a veces, tardaba en comprender lo que era evidente a todas luces. Quizá fuese porque había crecido bajo la anoxia afectiva de su padre, incapaz de poner en práctica las más comunes herramientas del amor, aunque bien sabía que hubiese dado la vida por ella en caso de haber hecho falta. Lucy, su segunda esposa, había intentado incluir los besos y el contacto físico en aquel repertorio de madrastra voluntariosa, sabedora de que el matrimonio funcionaría si era aceptada por su hija. Sin embargo, Clara nunca sintió que fuese sincero, sino más bien el sucedáneo de todo lo que la habría amado su madre de haber vivido lo suficiente. No era de extrañar que Clara tuviese una leve propensión al afecto ajeno desde la adolescencia, esa tendencia a «agarrarse a un clavo ardiendo», tal como ella misma comprendía cuando se disipaba la niebla de las emociones exacerbadas. Solo en esos momentos era capaz de vislumbrar lo que, para alguien más pragmático, hubiese sido evidente.

Con catorce años se había dejado deslumbrar por un estudiante de último curso que le recordaba a Tom Welling, el Superman de la serie *Smallville*. Por supuesto, ni su padre ni su esposa sospecharon de aquel precario romance que acabó tres meses después, cuando el galán comenzó la universidad y Clara no pudo ofrecerle nada más. Entendido desde la madurez, aquel aprendiz de Don Juan había ido preparando el terreno hasta vencer la voluntad de la adolescente en la cochera de su abuela. Tendió una manta en el suelo, la desnudó con rapidez y actuó con urgencia, temeroso de que Clara se volviese atrás. Su primera experiencia sexual había sido tan decepcionante como dolorosa y lo mismo sucedió con la segunda y la tercera, esta vez en su habitación y a ritmo de *Thunderstruck*, de AC/DC, amortiguando los jadeos de su amante más allá de la puerta. La relación con aquel oportunista que le llevaba cuatro años de ventaja y cuyo mayor mérito era mirarse el ombligo no podía tener ningún futuro. Era aquel sencillo sistema de signos que simplemente debería haberle sugerido que no la conduciría a ninguna parte, aunque ella solo lo comprendió cuando aquel tal Germán se la llevó a la discoteca Pachá, sobre la Costanera de la ciudad de Buenos Aires, justo al lado del aeroparque Jorge Newbery. Aquel día mintió a su padre —algo que al parecer no requería gran esfuerzo— se emperifolló como si tuviera veinte años y se dejó conducir igual que una Cenicienta en un coche prestado. Su príncipe no le dio plantón a las doce, sino a las tres de la mañana. Desapareció como el mago Houdini, de golpe, sin siquiera habérselo sugerido, y ella, sola, a una hora de casa, sin teléfono ni dinero suficiente para un taxi. A las siete de la mañana consiguió subirse a un autobús que la alejó del centro y luego a otro que la condujo hacia su casa al oeste de la ciudad. Aquel domingo lo llamó furiosa, pero su galán se excusó diciéndole que la había perdido de vista y que él no tenía por qué ir haciendo de niñero de nadie. Y en aquel momento cerró la relación de un portazo. Aquella fue su primera lección de debilidad emocional.

Mucho tiempo más tarde, con veintiún años —ya con varias decepciones amorosas en la mochila—, tuvo un *affaire* con el profesor de Publicidad mientras cursaba cuarto año de Periodismo en la Universidad de Buenos Aires. El tonteo comenzó en el despacho de la universidad y acabó de cuajarse un viernes por la noche en un apartamento del barrio de Palermo. Esta vez aquel hombre le llevaba casi quince años y Clara le veía un parecido razonable a Sean Connery. Se enamoró de él incluso sabiendo que estaba casado y tenía un hijo de diez años. El profesor no le prometió nada, pero la particular forma de analizar los acontecimientos que tenía Clara le concedió a la relación unas posibilidades... inexistentes. Su profesor solía susurrarle que la amaba, pero un mes más tarde la sustituyó y llevó a su nidito de amor a otra mujer de veintipocos, como ella. Clara olvidó su dignidad y lo abordó en la facultad, no para pedirle explicaciones, sino para prometerle que se lo perdonaría todo. Era una joven inteligente, pero las emociones empañaban su realidad como una espesa neblina, lo que permitió que aquel publicista del amor se entretuviese unas semanas más. Ella se mostró sumisa y entregada, hasta que en vísperas de los exámenes la despachó igual que se envía una carta de despido: «Si quieres aprobar mi asignatura, más te vale que me dejes en paz, Clara. No vuelvas». El mensaje venía en un sobre y se lo entregó el conserje en cuanto la vio. «De parte del señor Arturo», le dijo.

Clara se sentía exitosa en su trabajo, era verdad, pero aquella torpeza para controlar sus emociones no solo la desbordaba, sino que parecía ser el perfecto anzuelo para los fracasos. «Perfectos imbéciles», le sentenció su amiga Florencia una vez, «una profesional, una auténtica profesional para ficharlos a mil kilómetros de distancia». Su última decepción se llamaba Diego Snaider, y era un fotógrafo *freelance* muy reconocido en Argentina. Se encontraron en el periódico *La Voz de América*, aunque también trabajaba para revistas como *National Geographic* y *Hola*. Había fotografiado desde los osos polares de Noruega hasta las más famosas imágenes de la sociedad afgana. Diego Snaider tenía aquel halo excéntrico que tanto parecía atraer a Clara, y vivieron juntos algo más de dos años. Era una convivencia intermitente porque Diego se movía por todas partes y ella, a veces, también.

Precisamente, a finales de octubre de 2018 coincidieron en Santiago de Chile a raíz de la revuelta social ciudadana contra el gobierno de Sebastián Piñera. Diego llevaba en la ciudad una semana, pero Clara tuvo que viajar por decisión de último momento y quiso darle una sorpresa: se presentó sin avisar en el Hotel NH Ciudad de Santiago, donde sabía que él se había instalado. Ni siquiera reservó habitación. Llegó a Santiago a última hora de la tarde y lo esperó en el *hall*, porque en la recepción le informaron que el señor Snaider todavía no había llegado. Media hora después, lo vio entrar con una colega del diario argentino *La Nación*. La conocía muy bien, incluso habían tenido comidas de trabajo los tres juntos. Solo en aquel momento, cuando los vio tan acaramelados antes de que se cerrara la puerta del ascensor, comprendió que ya no volverían a comer juntos.

Aquel histórico desbarajuste emocional, que solo le permitía analizar su realidad cuando se estrellaba contra ella, la hizo dudar con respecto al pasado de su madre. ¿Hasta qué punto no estaba sobredimensionando su historia? ¿Tenía algún sentido invertir su tiempo en rastrear quién había sido Sergi Agulló? Sin embargo, tal como le había sucedido en el avión, sintió que se lo debía a ella, a su madre, y, sin razonarlo demasiado, sintió también que valía la pena equivocarse una vez más en la vida. Además pensó que, en cualquier caso, siempre valdría la pena: era el momento de comenzar a tejer una historia, una posibilidad que la seducía desde hacía tiempo. Contaba con todos los ingredientes: algo que contar, la fuerza inspiradora para ponerla en marcha y la experiencia de su pluma.

Entonces llamó a su editor y le pidió que mediara para poder disponer de algunos días más en España. «¿Un mes? ¿Te volviste loca?». Pero Fernando Curiel había sido uno de los grandes valedores en su ascenso profesional. Sabía que podía confiar en ella y, después de unas cuantas horas, le concedieron dos semanas. «Espero que tengas algo importante entre manos», le dijo la última vez que hablaron. «Es algo personal», iba a contestarle, pero evitó decirle nada. Una avalancha de sentimientos removía su vida de una manera inesperada. En aquel momento, todos los caminos la conducían a Valencia, el último destino que había visitado su madre antes de morir.

¿Tenía aquello algo que ver con el suicidio de Sergi Agulló?

Antes de emprender aquella aventura, buscó en internet toda la información existente sobre el suceso. El escenario del crimen era Carcaixent, y las familias involucradas también eran del mismo pueblo. Si Clara quería descubrir alguna posible vinculación con su madre, sabía que era necesario buscar respuestas en aquel lugar. Al fin y al cabo, habían pasado casi treinta años y las heridas habrían cicatrizado lo suficiente como para poder hurgar en ellas, o al menos eso imaginaba. Solo necesitaba una estrategia, y esta solo podía ser la mismísima verdad. Llegaría hasta donde pudiese y procuraría que su madre se sintiese orgullosa de ella desde el recóndito lugar desde donde la estuviese observando.

No sabía por dónde iba a empezar, pero Clara alquiló nuevamente un coche y, como años atrás había hecho Silvia Ros, condujo hacia Valencia buscando respuestas.

CAPÍTULO ONCE

Miércoles 22 de mayo de 2019

En uno de los reportajes que había encontrado sobre el parricidio de Sergi Agulló aparecía el nombre del huerto en el que la Guardia Civil se había pasado semanas buscando algún rastro de la niña. Había una fotografía y, de fondo, escrito en hierro forjado y sobre el portón, podía leerse: «El Descanso». Clara había buscado aquel terreno en Google y, entre los resultados en Carcaixent, aparecía la referencia a «casas rurales». Buscó fotografías, las comparó, comprobó que se trataba de la misma finca y estuvo convencida de que no podía elegir mejor manera de iniciar su investigación. Se alojaría allí. Disponían de dos casas: una pequeña y otra mucho más grande, un antiguo huerto del siglo XIX ornamentado con ladrillos caravista y cerámicas de colores. Contactó con ellos por teléfono, se aseguró de su disponibilidad y reservó la casita de dos habitaciones a un precio razonable por una semana.

En cuatro horas condujo al sur de Valencia por la A-3 y, a apenas diez kilómetros de la autovía, divisó aquel pueblo que parecía encallado en un mar de naranjos. Desde la distancia simulaba un racimo de edificios a media altura, con una cúpula azulada junto al campanario de la iglesia emergiendo con solera. No entró en el pueblo porque el GPS la guio hacia las montañas. No a las gigantes cimas verdes y rocosas que impedía ver el mar, sino hacia las de menor altura, las pobladas por pinos mediterráneos y que albergaban las urbanizaciones de Tir de Colom y estar San Blas.

Atravesó la primera urbanización y, de pronto, al final de una calle, encontró un portón abierto que conducía a un camino flanqueado por cipreses y que acababa en el corazón del huerto. Aquel rincón era un vergel arrinconado por colinas y laderas de pinos. Se trataba de un pequeño valle de naranjos con palmeras erguidas como antenas sobre los campos verdes. A Clara le pareció un oasis rodeado de montañas bajo un cielo índigo, e imaginó que años atrás la urbanización colindante también habría sido terreno de bosques o naranjales. En medio de aquel reino de aproximadamente cien hectáreas se elevaba una casona de apariencia decimonónica y con un enorme estanque junto a ella. Parecía el ombligo del valle, el punto perfecto para apreciarlo todo. Los fértiles arbolillos se multiplicaban nevados de azahar y, con la ventanilla bajada, Clara inspiró su perfume fúnebre y dulzón a la vez.

Aparcó bajo una techumbre de metal, junto a un Ford Focus. Estaba justo en medio de las dos construcciones: la casona de dos plantas y un pequeño chalé engullido por una frondosa madreselva y con un par de cicas enmarcando el camino que conducía hacia su porche. Justo a su lado, una higuera añosa y un columpio de madera pendiendo de una de sus ramas. No hizo falta que Clara anunciase que había llegado. Un hombre se asomó desde el balcón y le dijo que bajaba inmediatamente. Pero la espera se dilató casi cinco minutos, y la periodista aprovechó para curiosear los campos descendiendo unos metros por una pista de asfalto.

Volvió a observar los árboles exultantes, hinchados de naranjas enormes y estrellas de nácar con estambres amarillos sobre los que zumbaban algunas abejas. Se concentró en ello y, por un momento, despegó sus pies de la realidad. Parecía estar flotando en un inmenso aerostato de tibieza donde acudían los recuerdos. El patio de sus abuelos paternos, un camino enlozado atravesando el césped y, al final, dos cipreses centenarios de más de treinta metros de altura. Podían divisarse a kilómetros de distancia. Se erguían como dos guardianes, y su abuelo paterno había colocado un travesaño entre los dos, con una hamaca pendiendo de él. Clara había pasado gran parte de su niñez en aquella casa del extrarradio de la ciudad de Buenos Aires. Su abuelo se sentaba a tomar mate junto a un naranjo estéril y ella escuchaba aquel *Naranjo en flor* sonando una y otra vez. «Después, qué importa del después. Toda mi vida es el ayer que me detiene en el pasado. Eterna y vieja juventud que me ha dejado acobardado como un pájaro sin luz». Aquel tango que interpretaba Aníbal Troilo volvía a su cabeza, lejano, desde una vieja gramola, como si aquello hubiese sucedido en una vida que hacía demasiado tiempo que había dejado atrás.

—Ya estoy aquí. Disculpa.

Clara se giró y vio a aquel hombre avanzando hacia ella desde la casa. Iba con vaqueros y una camiseta blanca con el logo de una cooperativa agrícola dibujado en azul.

—Soy Andreu —dijo, dándole la mano—. Tú eres Clara, ¿verdad?

—Sí. Llegué antes de lo que imaginaba. Perdón.

—Nada de lo que disculparse, por supuesto. Aquella será tu casa. —Le señaló la vivienda junto a la higuera.

—Lo imaginé, pero no pude evitar venir a curiosear un poco. ¡Parece un paraíso!

Él sonrió.

—¡Un paraíso difícil de mantener! La naranja está siendo una ruina. A veces ni cubrimos gastos con lo que nos pagan por la cosecha. Nosotros nos mantenemos bien, la verdad. Tenemos muchas hectáreas y además pusimos las casas en el circuito del turismo rural… Pero la mayoría de los agricultores lo pasan mal y por eso cada vez hay menos jóvenes que se quieren dedicar a esto. En fin, a ti no te va ni te viene. Tú solo tienes que disfrutarlo. ¿De vacaciones?

—Bueno, algo así. Soy periodista.

—¡Y argentina!

—¿Tanto se nota?

—¡Puf! —Sonrió, agitando la mano derecha como si se hubiese quemado—. Los argentinos no podéis negarlo. Parece que vais cantando.

Clara también sonrió.

—En realidad, Andreu, no me imaginaba algo así. No tenía ni idea de lo que era Valencia. Estoy sorprendida, gratamente sorprendida, de verdad. Pero no vine por eso. Te lo confieso. Estoy haciendo un trabajo de investigación... —Buscó sus ojos castaños para tantearlo—. Sobre algo que sucedió aquí.

Lo dijo con naturalidad, intentando que su tono estuviese acorde con la sintonía que había visto entre los dos, pero al muchacho se le endureció el rostro súbitamente y dio un par de pasos hacia atrás.

—¿A eso has venido? ¿De verdad que vais a seguir castigándonos con aquello? ¡No me lo puedo creer!

El dueño de la finca no había perdido la compostura, pero sus palabras cayeron como piedras de su boca.

—¡No quiero incomodarte! —intentó intervenir—. Por favor, déjame explicarte. No se trata de eso...

—No voy a hablar de aquello. Mi familia sufrió lo indecible, ¿me entiendes? Es como si no hubiese forma de dejarlo atrás, como si siempre hubiese algo que nos recordara que no nos merecemos esta tierra. De hecho, este huerto ha tenido que reconvertirse para superar aquel estigma. Si crees que tú puedes venir aquí y arruinar el trabajo que venimos haciendo durante años, estás muy equivocada. Te devolveré tu adelanto ahora mismo y te vas como has venido.

—Te ruego que me disculpes, Andreu. En realidad, me he expresado mal. Escúchame, por favor. No vengo aquí a sacar trapos sucios, de verdad. —Se llevó las dos manos al pecho, intentando que fuese un gesto de lealtad—. No es eso. Más bien es algo personal, déjame explicártelo. No vengo por un crimen, ni por un suicidio, sino a saber quién fue Sergi Agulló.

—Igual me da. En este pueblo su nombre ha sido desterrado y, si quieres saber de él, ya se han escrito barbaridades que encontrarás fácilmente a tu alcance.

—Recientemente supe que mi madre mantuvo una relación sentimental con él y que, poco después de su muerte, ella vino a ver a su familia aquí, a Carcaixent. —Clara no estaba segura de aquello, pero pensó que era urgente utilizar esa llave—. Fue el último lugar en el que estuvo antes de morir ella también.

Él agrandó los ojos tímidamente, y Clara sintió que por primera vez captaba su atención.

—¿Qué es eso de que tu madre murió después de venir aquí?

—Fue un accidente de tráfico, por aquí. Realmente, no sé casi nada de él, solo que fue cerca. Ella vivía en Barcelona y yo era muy pequeña. Mi madre se enteró por la prensa del suicidio y de la desaparición de la niña, pero por algún motivo decidió venir hasta aquí. ¿Entiendes lo que te quiero decir? Desde que lo supe, no dejé de preguntarme por qué razón se tomó el trabajo de venir después de todo lo que había sucedido y lo incómoda que era la situación, tal como tú bien dices.

—¡Tu madre pudo venir a Valencia por mil cosas!

—Mi madre y Sergi eran amantes.

Andreu frunció el ceño y, como si se tratara de un acto reflejo, negó con la cabeza.

—Ni mi padre lo sabía. De hecho, lo acabo de descubrir a través de unas cartas. ¡Por eso he venido! No vengo a traerte la ruina, sino a saber por qué mi madre, que me consta que mantuvo una relación sentimental con Sergi Agulló, acabó viniendo a Valencia después de que él hubiese sido condenado por todos. Lo más lógico hubiese sido borrarse para siempre, ¿no crees? ¡Ese hombre había matado a su hija!

Él bajó la guardia y se volvió para desandar el camino hasta las casas. Avanzaba con pasos lentos. Clara lo siguió.

—No vengo a condenar este lugar. Ni siquiera sé quién eres tú. Solo quiero encontrar respuestas sobre mi pasado, aunque te parezca increíble.

—Sergi Agulló era mi tío. Pero aquí ya nada queremos saber de él.

—Al parecer, mi madre sí quiso saber.

—¿Estás segura de que alguien la conoció aquí?

—No lo sé, Andreu. No estoy segura de nada. Por eso vine. No quiero escribir un reportaje que airee los trapos sucios de tu familia. Tienes mi palabra. Solo quiero saber sobre mi madre. Hay algo que no entiendo en todo esto.

—Yo no tengo ni un solo recuerdo de él. Era muy pequeño cuando pasó todo. La que se lo cargó todo fue mi madre, que tuvo que ocuparse de mis abuelos y luego de ella misma. Mis abuelos nunca levantaron cabeza, ya te lo imaginas, y mi madre tampoco. Estoy seguro de que el cáncer que se la llevó al otro mundo tuvo mucho que ver con la amargura que llevaba por dentro. Debería haberse marchado a otro pueblo... Pero no quiso. Y así le fue. Murió cuando yo tenía veintidós años. Yo heredé todo esto e intenté superar el pasado. Para la gente soy Andreu Baldoví. El Agulló lo tengo tan caído que solo sale lo estrictamente necesario.

—Te entiendo. De verdad. Te doy mi palabra de que no voy a perjudicarte. Si hubiese querido hacerlo, no te habría dicho nada de todo esto.

Se detuvieron en la puerta de la casa.

—La construí hace tres años. Aquel —remarcó, señalando enfrente la casona— es el huerto de toda la vida. Aquí mi tío se cargó a su hija, para qué vamos a ir con rodeos. Al parecer, debes ser la única persona a la que no le importa eso aun sabiendo lo que pasó.

Su voz se había vuelto taciturna. Clara se quedó observando el lugar y, como si hubiese recibido una visión, aquella vivienda de dos plantas le recordó a la de la película *Psicosis*, la de Alfred Hitchcock. Las escalofriantes imágenes de aquel perturbado conviviendo con el cadáver de su madre y acuchillando a las huéspedes en las duchas del motel le erizó la piel.

—Toma. —Le extendió las llaves hasta posarlas en su mano—. La clave del wifi está detrás de la puerta. A mí me verás poco por aquí, pero vengo todos los días. También tienes el número para localizarme. Por las mañanas verás que hay operarios trabajando en los campos. Pero no te preocupes, no te molestarán. La piscina está a tu disposición. Es uno de los lugares más hermosos del huerto. ¿Quieres que te traigan el desayuno por la mañana?

—No es necesario. Hay cocina, ¿verdad?

—Equipada con todo. Ya lo verás.

—Gracias, entonces.

—En cualquier caso, si me necesitas, estaré por aquí un par de horas más. Por la tarde, volveré.

—Descuida. Me las arreglaré.

Estaba a punto de irse cuando se volvió para preguntarle:

—¿Cómo dices que se llamaba tu madre?

—Silvia Ros.

Finalmente, Andreu asintió y puso rumbo hacia la casona de enfrente. Clara lo vio alejarse y luego entró en la vivienda.

Se quedó impresionada. Un gran ventanal en el salón mostraba un mar de naranjos ondulándose sobre un valle que moría bajo las montañas, arrinconando el huerto. El techo de aquel salón-cocina estaba ornamentado con vigas de roble, el suelo era de un rústico oscuro y las paredes blancas estaban decoradas con utensilios de la huerta valenciana: un botijo, bandejas de mimbre, platos de cerámica de diferentes colores y grandes cucharas de madera artesanales. Las dos habitaciones que se comunicaban con aquella estancia también estaban decoradas con buen gusto: fundas color hueso, cojines granates y un par de cuadros que imitaban paisajes playeros del pintor Sorolla. Era un rincón para exiliarse del mundo, una pausa inesperada a la que no sabía ponerle nombre.

Clara abrió las dos hojas del ventanal y se asomó como si estuviese en una cubierta y navegase sobre el valle verde. Por un momento se preguntó si su madre habría respirado alguna vez aquel azahar e intentó imaginarla. Quizás el tiempo fuese como una elíptica en la que todo se repetía inexplicablemente.

No estaba demasiado cansada, pero el calor y la humedad la habían hecho sudar. Decidió ducharse. Espantó las imágenes de Hitchcock de su cabeza y, bajo el agua, se concentró en trazar un plan para aquellos días. No sabía por dónde comenzar, pero estaba convencida de que Andreu Baldoví podría ayudarla un poco más. Las dudas la carcomían, pero la ducha le pareció una terapia. Necesitaba respuestas y no sabía por dónde comenzar. Hasta que salió del baño.

Por debajo de la puerta alguien había colado un papel:

Mayte Gabaldón
96 2431534

Se quedó paralizada. Por instinto abrió la puerta y salió al porche, pero solo vio el Ford Focus alejarse por el camino, el mismo que una hora atrás estaba aparcado junto al suyo. Observó su trayectoria ascendente entre los cipreses y, en aquel momento, percibió una inesperada corriente de aire que cerró la puerta tras de sí como el violento cerrojazo de un búnker. Al abrir y volver a entrar, le llamó la atención las cortinas del ventanal agitándose como el velo de una mortaja. La brisa que había cerrado la puerta de entrada cesó de golpe, pero Clara sintió un escalofrío y cerró la ventana.

Tuvo una inexplicable sensación de temor y, sin ninguna razón, su piel se erizó como se agrieta la tierra. Desde antes de aterrizar en Madrid, todo era extraño, inexplicablemente extraño.

Permaneció de pie, inerte y expectante, y supo que alguien estaba detrás de ella. Fue casi una certeza. Sintió su presencia del mismo modo en que se percibe una sombra con el rabillo del ojo, y no fue capaz de moverse. Su cuerpo fue un tótem de piedra incapaz de articular sus miembros, incapaz de reaccionar. Hasta que respiró hondamente y se giró ante lo inesperado.

No había nadie.

Caminó por la estancia despacio, inspeccionando las zonas poco visibles y, cuando se convenció de que estaba sola, escuchó un bisbiseo casi imperceptible a su alrededor, como un murmullo cargado de roedores y, de manera repentina, las luces comenzaron a parpadear en cortocircuito.

Clara dio un grito y corrió hacia la puerta intentando alcanzar el picaporte, pero entonces las luces se encendieron súbitamente.

—Tranquilízate —se dijo a sí misma en voz alta —. Sos vos, solo vos. Respirá, respirá... Solo es un fallo eléctrico.

Abrió la puerta de entrada nuevamente y dejó que el aire ventilara sus miedos.

Luego tecleó el número de Mayte Gabaldón, del mismo modo que un chamán reza un conjuro para espantar a sus espíritus.

La puerta permaneció abierta hasta el anochecer.

CAPÍTULO DOCE

TU VOZ INVISIBLE

Junio de 1991

La Guardia Civil, la Policía Local y Nacional y decenas de voluntarios peinaron cada palmo de aquel huerto y de las pronunciadas colinas que lo rodeaban —días después de su llegada, Clara ya podía imaginar aquella inmensa batida rastreando entre surcos y naranjos—. Pero el cuerpo de la niña no apareció. «Podría estar en cualquier parte», le había dicho el capitán de la Guardia Civil al hermano de Mayte Gabaldón. «Podríamos rastrear toda la comarca, pero es una maldita aguja en un pajar». La madre de la niña no participó de la búsqueda, pero Alberto Gabaldón tomó la iniciativa. Mientras ella permanecía tumbada por los ansiolíticos, su hermano se convirtió en el portavoz de la familia. «Cualquier información puede ser de utilidad, señor Gabaldón. Dígaselo a su hermana». Pero Mayte decía que ella también había hecho una batida en su cabeza y que había peinado cada recuerdo antes de que el mundo se le cayese encima. Se le hacía imposible encajar las piezas. Jamás podría haberse esperado algo semejante y, aun sabiendo lo que había ocurrido, vivió varios días narcotizada por las dudas, sin aceptar lo que para todos era evidente: Sergi Agulló había matado a su hija y había hecho desaparecer el cuerpo antes de comprender que no podía mantenerse en el mundo con aquella vileza aplastándolo para siempre.

Sin embargo, el día en que consiguió erguirse, Mayte Gabaldón decidió buscarla por sus medios y contactó con una de las videntes más vistas por el Canal 9, que emitía para toda la Comunidad Valenciana. «De las buenas y sinceras, de las que si fallan te devuelven el dinero». Sus padres y su hermano intentaron hacerla recapacitar, pero la madre de la niña ya no sabía cómo aferrarse a nada de este mundo, y acabó en un chalé de La Eliana ante una tal Rosa Guzmán, una mujer que superaba la cincuentena y que tenía un rostro redondo y brillante, maquillado en exceso. Alberto Gabaldón la acompañó después de advertirle de su error en muchas ocasiones, de repetirle que no era una mujer de fiar y que aquella mentira solo ahondaría su dolor. Sin embargo, Mayte hubiese ido de rodillas a Fátima con tal de recuperar a su hija.

Aquella iluminada la hizo pasar a una habitación en penumbras con un flexo alumbrando una mesa cubierta con un mantel negro y dos barajas de cartas sobre él. Apartada junto a la pared, una pequeña manifestación de velones de diferentes colores sobre una superficie redonda, igual que un larario romano que exaltaba un Buda estampado en la pared como un inmenso globo dorado. Le pidió el nombre de la niña —algo que la vidente debería haber sabido por sí misma, dada la repercusión del caso—, su fecha de nacimiento y una fotografía que Mayte llevaba encima. Luego le pidió que cerrara los ojos y que se concentrara en su hija lo más profundamente posible. Alberto Gabaldón frunció el entrecejo y la vidente lo invitó a que la esperase fuera si no creía en nada de aquello, pero él se mantuvo allí, en silencio, mientras la mujer barajaba las cartas y las acomodaba sobre el mantel. La boca de aquella nigromante fue un surtidor de obviedades que Mayte fue comprando como si pudiera rozar a su hija con los dedos. «Está cerca, muy cerca», le dijo mientras señalaba la carta de un rey sentado en un trono. Mayte abrió los ojos de golpe y observó a su hermano negando con la cabeza obstinadamente. «¿Vive? Mi hija, ¿está viva?». Pero aquello la médium no podía verlo. La sentía cerca, muy cerca y «la ama profundamente, Mayte. No lo dude». Los lagrimones de la mujer caían como piedras sobre sus manos juntas. «¿Qué más ve, Rosa? Qué más, por lo que más quiera». La vidente volvió a mirar las cartas, y esta vez fue ella la que cerró los ojos. Sus párpados maquillados de negro parecían dos escarabajos.

—Veo una casa, muchacha.

—¿Dónde?

—En la montaña.

—¿Es un huerto?

—No, creo que no. Es una casa pequeña, apartada.

—¿Dónde?

—No lo sé, pero la percibo allí.

—¿Cómo es?

La mujer se llevó los dedos a las sienes y las acarició.

—Está vacía. Al menos no percibo a nadie en ella.

—¿Está Marta allí?

—Sí.

No supo decirle nada más. La tal Rosa Guzmán les dijo que volvieran otro día, que quizá podría ver algo más. Se fueron confusos. Mayte porque intentaba encajar aquella información como un ciego resolviendo un puzle; Alberto porque sabía que aquello iba a empeorar a su hermana. La estafa les había costado cincuenta mil pesetas.

—La voy a encontrar —repitió varias veces de camino a casa.

A partir de entonces ya no lloraba —al menos rara vez—, sino que pareció obcecarse con la palabrería de aquella charlatana oportunista —tal como la había descrito el propio Alberto Gabaldón— y estuvo varios días intentando descifrar aquel galimatías imposible, preguntando a diestro y siniestro por cualquier huerto abandonado o vacío, mientras todos la trataban con la paciencia que se les prodiga a los locos.

—Los huertos y los chalés se pasan gran parte del año vacíos. Hay miles en la comarca. Olvida las palabras de esa mujer —le dijo su padre.

Pero Mayte era una kamikaze a la que no le importaba atravesar las fronteras de la razón y, cinco días después de su visita a Rosa Guzmán, su quimera por fin consiguió un rastro verosímil.

—La caseta del pastor —pronunció un día—. ¿La recuerdas?

—Sí —le contestó su padre—. Cuando yo era un crío todavía había un pastor y recuerdo que subíamos. Pero hoy solo son ruinas en medio del monte.

—Quiero ir.

—Hija, ¡por Dios! ¡Para de una vez!

—¡No voy a detenerme hasta que la encuentre! —pronunció exaltada—. Quiero ir hoy mismo.

—Aquello no llega a ser ni casucha. Allí no hay nada. ¿A qué santo la niña habría de estar allí? ¡Podría estar en cualquier parte entonces! ¡Te estás haciendo daño y nos lo estás haciendo a nosotros!

—¡Busco a mi hija! —le gritó, histérica—. ¡Marta está ahí o en alguna parte!

Enardecida por una iluminación tenebrosa, Mayte Gabaldón le pidió a su hermano que la acompañara aquella misma tarde en cuanto se desocupara. Su padre los guio a los dos hacia la montaña, dejando la urbanización de San Blas atrás y ascendiendo por una ruta asfaltada que se transformaba en una pista de tierra. Una explanada de monte bajo y matorrales se abría a ambos lados del camino rojizo y, en la lontananza, la ciudad de Alzira parecía una mancha blanca sobre la verdura. Alberto Gabaldón condujo el coche hasta un sendero estrecho que se trazaba a la izquierda.

—Por aquí ya no se puede ir en coche. Hay que andar un kilómetro y medio hacia adentro.

—Andemos —sentenció Mayte.

Los arbustos y las yerbas engullían el sendero. El paisaje era un tapiz de matorrales de jaguarzo, romeros, aliagas y brezos todavía rosados. Entre la maleza brillaban los rojos frutos de la zarzaparrilla, y el amarillo de los matorrales de aladierno daba forma a enormes ramilletes de flores salvajes. Esparcidos por el monte, algunas familias de pinos carrascos, pero también encinas y alcornoques. A la sombra de uno que era inmenso, encontraron aquella construcción de piedra que parecía asfixiada por los musgos. Desde lejos se veía su tejado vencido y los restos de una chimenea todavía erguida como una atalaya.

—La caseta del pastor. —Su padre la señaló deteniéndose para respirar.

Mayte la observó angustiada y encabezó el último tramo hacia ella. Su hermano y su padre se detuvieron y la abandonaron en su paranoia, como si fuesen incapaces de presenciar el vacío de la frustración y el insoportable dolor de una ausencia incomprensible e inesperada. «Mi niña está viva». Se había pasado cinco días susurrándolo en voz alta, sonámbula en un mundo al que ya no pertenecía. Pero entonces todo había cambiado. Ella también escuchaba su voz llamándola en silencio, reclamándole que no se rindiera, exhausta de desesperación y de impotencia. Perderse entre aquellos muros todavía en pie no era un acto de rebeldía, sino de pura desesperación, y su padre y su hermano la vieron perderse entre sus sombras, resignados.

—¡Dios mío! ¡No! ¡No! ¡No!

Su hermano y su padre se miraron confusos y corrieron hacia la casa. Mayte Gabaldón estaba arrodillada sobre un suelo resquebrajado de hierbajos, balanceándose y abrazando con fuerza algo contra su pecho.

—¡Hijo de puta! ¡Me la has matado!

El hermano observó los escombros a su alrededor y luego volvió la mirada hacia ella. En su pecho sostenía una camiseta blanca.

—¿Qué es, Mayte? —le preguntó.

Su padre permaneció en el umbral, sin atreverse a dar un paso sobre aquel infierno.

—Es de ella, Alberto. ¡Es de ella!

Y Mayte desplegó la camiseta sobre sus manos, con el rostro de los personajes de los muñecos Epi y Blas estampados.

—¡Es de Marta, Alberto! Es de ella.

El borboteo de la angustia estalló en su cuerpo tembloroso. Ya no tenía lágrimas, pero lloraba.

—No toques nada, Mayte. Déjalo tal cual. Tenemos que ir a buscar a la Guardia Civil.

Y la joven depositó la prenda blanca sobre el suelo nuevamente, como si fuese un cadáver.

Los lamparones de sangre desfiguraban la camiseta, y el padre de Mayte se acercó hasta el centro de aquel escenario, boquiabierto. Le temblaba la boca de rabia y, por un momento, a sus hijos les pareció que no iba a poder mantenerse en pie.

—¡Me cago en todos sus muertos! —escupió el hombre—. ¡Joder!

CAPÍTULO TRECE

Miércoles 22 de mayo de 2019

—¿Mayte Gabaldón?

—Sí, soy yo.

—Disculpe que la moleste. Mi nombre es Clara Guinzburg. Soy una periodista argentina y estoy de paso por España. En realidad, el cometido de mi viaje fue entrevistar a la escritora Nora Rizzo, pero una casualidad puso sobre mi mesa una información que creo que podría ser de su interés. Sé que se trata de un tema incómodo y vuelvo a disculparme por ello. Tiene que ver con Sergi Agulló y una relación que mantuvo poco antes de su muerte con mi madre, Silvia Ros. Una relación sentimental, señora Gabaldón.

Soltó aquel mensaje igual que un globo sonda, exento de desesperación y de emoción, pero conteniendo la respiración ante aquel llamado tan incómodo. ¿De qué otra manera podía presentarse?

Del otro lado de la línea llegó primero el silencio, luego el sonido de una exhalación.

—Evidentemente, no te haces una idea de lo que este asunto ha significado en mi vida. No sé cómo te atreves a llamarme para esto. La sola mención de aquel hombre me revuelve el estómago.

—Comprendo su indignación y vuelvo a pedirle disculpas. —Clara tragó saliva—. La desaparición de su hija fue terrible…

—¿Desaparición? —la interrumpió —. Lo que hizo esa bestia fue algo más, ¿sabe?

—Entiendo, señora Gabaldón. Entiendo todo lo que me dice. Sepa disculparme, por favor, pero yo la llamo para intentar establecer qué tipo de vínculo existía entre Sergi y mi madre. Ella se llamaba Silvia Ros Mas y murió inmediatamente después de venir hacia aquí, justo después de todo aquello. No sé por qué lo hizo, pero pensé que usted podría estar al tanto de algo que me pudiera ayudar.

—No tengo la menor idea de quién es tu madre y te confieso que tampoco me interesa. Con todo mi respeto, me da absolutamente igual. Yo no sé nada de tu madre, ni de mi hija, ni de aquel cabrón. ¡No sé cómo no te da vergüenza llamarme para esto! ¡De verdad!

—Es que mi madre murió muy cerca de aquí, ¿comprende? —insistió—. Semanas después de la muerte de Sergi Agulló, ella viajó desde Barcelona y murió aquí. No puedo dejar de preguntarme por qué se tomaría la molestia de venir, ¿me entiende? Su... —Se interrumpió abruptamente—. Aquel hombre cometió un crimen miserable, y le vuelvo a pedir disculpas por tener que hablar de todo esto con usted, pero no puedo dejar de preguntarme por qué mi madre quiso venir hasta aquí después de algo así.

Las dos enmudecieron un momento.

—No puedo ayudarte, lo siento. No conocí a tu madre. Ya te lo he dicho. Bastante tengo con lo mío, ¿no crees?

—Fue hace mucho tiempo, quizá si intentara recordar...

—¿Crees que puedo olvidarme de algo de todo aquello? —Su voz se violentó—. ¡Ni hablé con tu madre, ni sé quién era, ni me importa!

—Murió después de venir aquí, señora Gabaldón.

—No tengo nada para decirte. He tenido que enterrar todo aquello para seguir adelante. Nada me importa de la vida de Sergi. Nada.

Clara hinchó sus pulmones con resignación y luego exhaló lentamente.

—Lo entiendo, señora Gabaldón.

—Pues si lo entiendes, déjame en paz.

—Este es mi número de teléfono. Si cambia de opinión, estaré encantada de que me cuente cualquier cosa que recuerde.

—No tengo nada más que decirte.

—Solo quería que supiese que he venido a buscar respuestas y a escribir sobre ellas.

—¿Me estás amenazando?

Clara se sorprendió al escuchar aquello.

—De ninguna manera. Solo quería que supiese que siento mucho todo aquello, pero que necesito averiguar qué le pasó a mi madre. Quizá sean suposiciones erróneas, pero necesito saber por qué vino.

—Dudo que yo te pueda ayudar. Así que, si me disculpas...

Y colgó.

CAPÍTULO CATORCE

Tu voz invisible

Marzo de 1985

A los veintiún años, Sergi se pasaba el fin de semana a lomos de drogas y delirios, recorriendo las discotecas de la carretera de El Saler, enajenado de la realidad, dando tumbos por locales que temblaban con los golpes de la música cerca de los arrozales que había por la zona. Dentro de las discotecas olía a cerveza, sudor y vinilo, y la marea de cabellos se ondulaba al ritmo de sonidos máquina y melodías hipnóticas, pero de las que se sostenían por el martilleo de la percusión electrónica. Era imposible que después aquello no permaneciese horas retumbando en su cabeza. Entonces Sergi era lo suficientemente joven y la Ruta del Bakalao podía atraparlo de viernes a domingo poseído por el éxtasis de sentirse inmortal. Deambulaba entre drogas de diseño, alcohol y escotes meciéndose al compás de la música y, al llegar el lunes, recordaba bien poco de aquella nebulosa de desenfreno. Solo sentía el corazón acelerado y le costaba dormirse.

—Esto es una puta locura —le dijo a su amigo Fran.

Sergi había marcado las rayas de polvo blanco sobre el capó de su Seat 127 azul, y los dos se metieron un tiro de cocaína por la nariz. Sergi sintió que le quemaba la laringe, y el sabor fue tan amargo como dulce el efluvio del momento.

—¡Joder! ¡Qué pasada!

Su amigo asintió con la sensación de estar flotando sobre el suelo.

—Este veneno te mata lentamente, pero está de puta madre, Sergi. Mil veces prefiero la coca o el *speed* a la marihuana. A veces hasta me da ganas de vomitar. ¿A ti cómo te ha sentado el tiro?

—Me ha puesto como una moto. Solo me falta montármelo. A la hermana de Alberto me la follaría con ganas si hoy se deja.

—Tantas tías que hay y quieres tirarte a esa cría de diecisiete.

—Casi dieciocho, tío. Se muere de ganas, te lo digo yo.

—No creo que a Alberto le guste que te lo montes con su hermana.

—¿Dónde está? ¿Dónde? En ninguna parte. El muy cabrón se ha largado con Paco Arenas a Spook. ¿Ellos pueden pillar allí y yo no? Pues eso. Pásame la bolsa con la mescalina, venga. A la próxima, que no nos deje así de colgados.

El estacionamiento de la discoteca Barraca parecía una ciudad de coches. La música retumbaba en la noche como si aquel templo nocturno fuese un altavoz gigantesco. Sergi se encaminó hacia el local seguido por Fran, a dos pasos detrás de él. Mostraron el cuño que llevaban en la mano y los dos gorilas de la entrada los dejaron pasar. Dentro de la discoteca, las luces multicolores relampagueaban a golpe de música, y Sergi se movió entre la multitud enardecida, igual que una lombriz bajo la tierra. Tardó diez minutos en encontrar a Mayte y en ponerse a bailar frente a ella. A partir de ese momento se olvidó de Fran, que se quedó a la deriva como una boya en alta mar. Sergi, más bien, lo hubiese definido «como una bola de cebo», porque tenía mucha barriga y era grandullón como un oso. Fran no tenía éxito con las chicas y tenía asumido su rol de mero Sancho Panza, un secundario que solía presenciar cómo su amigo sí podía camelar a las mujeres, incluso a las que eran mayores que él. Desde la distancia justa y mecido por el vapor de la cocaína, observó cómo Sergi tomaba el territorio y acorralaba a su presa, primero moviéndose como un mono para llamar su atención y apartar a Mayte de sus amigas, pero después acercándose con su pericia de seductor, buscando su oreja, acariciándole el pelo rizado y riéndose, cómplice, cerca de su boca. Lo vio extraer de su chaqueta de cuero negro la bolsa con las pastillas y a Mayte tragarse una sin dejar de moverse al ritmo de la música. Sergi buscó sus Ray Ban negras en el bolsillo de su camisa estampada y se las colocó a la joven igual que si hubiese querido vendarle los ojos. Mayte sonrió y jugó a tantear alrededor como si tocara un piano con torpeza y después se dejó arrastrar por él, quien la enganchó como un remolque para abrirse paso entre la marea humana y salir de allí.

Fran los siguió de lejos, abandonado a la deriva de la noche sin más, acostumbrado a ser una sombra cuando el pavo real desplegaba todo su plumaje. Caminaban abrazados, entre risas y esquivando los coches del aparcamiento. La música también salía de los vehículos con las puertas abiertas y los radiocasetes vibraban con los altavoces en los maleteros. El estacionamiento era una penumbra concurrida de grupos bebiendo y moviéndose como androides hasta caer al suelo, y Fran se apoyó en un Ford Fiesta para observarlos desde el anonimato, como un *voyeur* en un autocine. Sergi y Mayte se habían detenido junto al Seat 127 comiéndose a besos. Aquella era una película que había visto otras muchas veces. Sus cuerpos estaban ceñidos con urgencia, furiosos de locura y apoyados sobre una puerta. Luego la chaqueta vaquera de Mayte cayó sobre el asiento y, minutos después, sus pantalones de talle alto cedieron ante la insistencia de Sergi. Los dos entraron en la parte trasera y cerraron la puerta como si fuese una cápsula. Fran oteó el ruido a su alrededor y decidió avanzar hasta el vehículo a paso lento, como un paquidermo dopado, pero con el instinto desatado. Se situó a un par de metros, se ocultó tras otro coche y se dedicó a esperar hasta que el Seat 127 comenzó a balancearse como si estuviese en marcha. La lengua de luz de un foco descendía sobre él como un vapor transparente y la imagen de la joven Mayte surgió entre una nebulosa, sentada a horcajadas sobre Sergi, con su camisa a cuadros abierta y sus pechos níveos meciéndose sobre el rostro de su amigo. Fran se recreó en sus pezones hinchados y en sus aréolas rosáceas y dilatadas. Se movía como si cabalgara sobre el asiento con la mirada hipnotizada y la boca entreabierta por un gozo suplicante. Entonces Fran sintió la excitación de un animal salvaje y decidió transgredir la distancia arrastrándose en cuclillas hasta apoyarse en el maletero del coche. El cimbreo de la carrocería y los gemidos de placer de la muchacha lo desbordaron y, cerrando los ojos, se sentó y apoyó su espalda sobre el parachoques. Él también necesitaba sentir algo de aquella felicidad que se le negaba una y otra vez, y se desabrochó el pantalón buscando su sexo al mismo tiempo que se dejaba llevar por la marea de una fruición avergonzada que le hizo perder el contacto con la realidad.

—¿Qué haces ahí tirado, Fran?

La voz de su amigo lo despertó del letargo en que se había sumido durante un rato. Con dificultad se acomodó el pantalón y se puso en pie tambaleándose, intentando abrocharlo.

—Te estaba esperando y me quedé dormido.

—¿Cómo se te ocurre? ¡Eres patético! Móntatelo con una tía de verdad.

Pero Fran no contestó y agachó la cabeza, avergonzado.

—¿Dónde está Mayte?

—Ha vuelto con sus amigas. Le dije que estabas borracho.

—Si se entera Alberto de que te la has tirado, se armará una bien gorda, Sergi.

—Gorda es como se te ha puesto de vernos, tío. ¡Tú, chitón! A Alberto ni una palabra. ¿Vale?

—Vale.

—¿Me lo juras?

—Te lo juro.

—Venga, vámonos a tomar algo antes de que amanezca y hagan salir a todos para limpiar la discoteca.

—Tengo ganas de quedarme en el coche. Estoy reventado, de verdad.

Fran abrió la puerta delantera, la del acompañante, y se dejó caer sobre el asiento.

—¿Te gustó? —le soltó con la mirada perdida tras la luna del coche.

—Mucho. ¿Cómo no iba a gustarme?

—Tienes suerte, Sergi.

Él le acarició la cabeza a su amigo como si fuese un niño.

—Tú también la tendrás. La próxima vez le digo que traiga a una de sus amigas. La ponemos ciega de pastillas y listo.

—Ya —le contestó sin convicción.

—A Mayte le gustó mucho, ¿sabes? Creo que con ella puedo tener cuerda para rato.

Pero Fran ya no le contestó. Aquel día ni imaginó que aquellos dos tendrían una hija, y que todo acabarían llevándoselo los demonios.

CAPÍTULO QUINCE

Miércoles 22 de mayo de 2019

Apenas a tres kilómetros del huerto estaba el centro comercial Ribera del Xúquer. Comió en un restaurante italiano del primer piso y luego bajó a comprarse un bañador para poder aprovechar la piscina. Cuando hizo la maleta en Buenos Aires, no evaluó aquella posibilidad. Más bien, una semana atrás no podría haber imaginado nada semejante. Todo le resultaba tan extraño que a veces le daba la sensación de estar viviendo dentro de *El show de Truman*, como si ella fuese Jim Carrey buscando alguna cámara oculta en la bóveda del cielo. ¿Quién le hubiera dicho hacía unos días que acabaría en un pueblo valenciano tras el rastro de su madre? Tenía la sensación de que una fuerza sobrenatural la estaba enfocando con sus vatios invisibles, pero, al mismo tiempo, comenzaba a dudar de que aquello tuviera algún sentido. Quizá, solo se tratara de dar rienda suelta a su inspiración y darle la oportunidad a su primera novela, y quiso creer que solo por eso valdría la pena.

Escogió tres bañadores diferentes y entró en un probador. Dejó caer su vestido estampado al suelo, se deshizo del sujetador y se probó el top de un bikini rojo. Se miró al espejo y sintió que le sentaba perfecto. Sus pechos eran lo suficientemente tentadores, pero no se desbordaban en una voluptuosidad vulgar. Diego Snaider, al parecer, no pensaba lo mismo. Desconocía los dones ocultos de la periodista con la que se había liado en Santiago de Chile, pero sí era evidente que su escote explosivo había sido un reclamo importante para su expareja. De hecho, a Clara le parecía muy proporcionado aquel refrán de «dos tetas tiran más que dos carretas», y le importaba bien poco si a él le gustaban más grandes o más pequeñas porque, sinceramente, ella se sentía a gusto frente al espejo, casi sin complejos: melena lisa, castaña y ondulada cayéndole con naturalidad y atractivo. ¿Y su rostro? Simplemente equilibrado, armónico, sobrio como cualquier belleza renacentista: labios finos, nariz perfecta y pómulos bien marcados. Quizás, aunque tuviese dudas, sus ojos eran su fuerte: aspecto asiático, oscuros, inteligentes y sinceros. Aquello no se lo confesaría a nadie, pero sabía cómo mirar y desarmar al sexo opuesto, y también cómo intimidar a quien le gustaba. Ni ella misma podía entender aquel empeño por las causas perdidas, aquella extraña atracción por los imbéciles, como si su elección obedeciese al torpe afán de hacerse daño a sí misma o a la cándida esperanza de redimirlos de alguna manera. Era guapa, lo sabía, y dadas las circunstancias y su torpeza amorosa, algo tonta también.

Apenas seis meses atrás había vivido uno de los momentos de mayor zozobra en su vida. De la noche a la mañana se había detectado un bulto entre la axila y el pecho izquierdo. Clara no era hipocondríaca, pero estuvo convencida de que acabaría con quimio y radiaciones a corto y medio plazo. Su vida comenzó a tambalearse en el mundo antes de tiempo, mientras Diego la consolaba con ninguneos del tipo «estás haciendo una montaña de un grano de arena» o aquellos inexplicables «me estás sacando de quicio» cuando se echaba a llorar sin aparente motivo. De hecho, el día que fue a buscar la biopsia no pudo acompañarla porque tenía comprometido un partido de squash desde hacía más de una semana, y aquella noche tampoco pudo llegar a tiempo para preguntarle nada. Solo se vieron al día siguiente para desayunar y, justo cuando Diego tuvo la mano derecha en el picaporte a punto de volar hacia el trabajo, le preguntó: «Todo bien, ¿verdad?». Y Clara le dijo que sí, que se trataba de una acumulación de líquidos sin importancia. Y era verdad: lo de los líquidos y que él era un imbécil. Por ello, no dudó de que había sido una fortuna habérselo sacado de en medio en Santiago de Chile.

Apartó a su ex de su cabeza, pagó el bikini rojo y, como eran las cinco de la tarde, se dirigió hacia la biblioteca intentando que la suerte le soltara alguna carta para empezar aquella extraña partida. Por supuesto, al hablar con la bibliotecaria obvió cualquier comentario sobre su condición de periodista y cualquier alusión a su madre. Solo quería información sobre el caso de Agulló.

—¿Te refieres al hombre que mató a su hija y luego se arrojó a las vías del tren?

—Sí, fue a comienzos de los años noventa. Estoy investigándolo y no sé por dónde empezar.

—Aquí todo el mundo lo recuerda. Yo era una niña entonces, pero escuché hablar de él varias veces. De hecho, creo que hay un libro que te puede interesar. Dame un momento.

La joven tecleó y buscó en la pantalla del ordenador repasándola con el dedo, como si estuviese escrita en braille.

—Efectivamente, aquí está. Enseguida lo traigo.

Se alejó de su mesa y se perdió en una de las salas durante algunos minutos. Luego regresó con un libro que se titulaba *Perdida*. La portada era blanca con letras en negro. Su autor era Francisco Querol Rico, y estaba editado por una desconocida editorial llamada «Prisma». El libro tenía el lomo reconstruido con celo, y la portada estaba visiblemente ajada y deteriorada por el uso.

—Es evidente que lo han leído muchos por aquí —le comentó a la bibliotecaria con ironía.

—Si no me equivoco, el autor era del pueblo. Fíjate.

Clara giró el libro y leyó:

Francisco Querol Rico, Carcaixent, 1966. Las verdaderas claves del crimen de Sergi Agulló, el suceso que conmovió a toda España. Lo que nunca se dijo sobre la muerte y desaparición de Marta.

—¿Cómo puedo hacer para llevármelo?

—¿Tienes carnet?

—No.

—Pues te hago uno y en quince días me lo devuelves.

—Con una semana me bastará. No te preocupes.

Y se puso a rellenar la ficha que le pasó la bibliotecaria.

CAPÍTULO DIECISÉIS

TU VOZ INVISIBLE

Diciembre de 1987

—Que se besen, que se besen, que se besen...

Desde el techo de la sala de banquetes colgaban dos enormes lámparas de pedrería con forma de diamantes. Debajo, más de doscientos invitados movían las servilletas en la mano como si fuesen helicópteros. Copas de sorbete de limón sobre la mesa, camarones, langostinos y cáscaras de gambas rebosando el plato. El éxtasis del jolgorio vociferaba para que Mayte y Sergi se besaran. Antes de ponerse en pie, miró de soslayo hacia la mesa alargada de sus amigos —ya no recordaba si Francisco Querol Rico lo había escrito así o simplemente se lo había inventado—. Fue una mirada imperceptible para algunos, pero lo suficientemente elocuente como para reconocer su expresión resignada. Sergi hinchó los pulmones como un pez globo y la besó sin pudor durante diez segundos, con lascivia y frialdad a la vez, al tiempo que la comitiva aplaudía y gritaba «vivan los novios».

Mayte estaba preñada y aquello era un secreto a voces. Sergi sabía que su vientre de cuatro meses era una ligera barriga que no pasaba inadvertida para quienes supiesen ver. Ella tenía apenas veinte años y cursaba el tercero de Filología Hispánica, pero el embarazo precipitó todas las cosas y, un 20 de diciembre, a las puertas del invierno, Sergi accedió a un enlace exprés con disciplina militar. «Cumples con esa chica y te comportas como un hombre, ¿lo tienes claro?». No tuvo opción. Su madre y su suegra organizaron la boda en un santiamén, como si ninguna otra alternativa fuese posible. Las habladurías eran un virus insoportable para un pueblo. Sergi apenas tuvo tiempo para asimilar lo que pasaba, y aquel tsunami lo arrastró hasta el día de la boda sin casi poder reaccionar. Al principio pensó que las hormonas se encargarían de todo y que el amor consistía en aquel desenfreno que sentía por ella. Sin embargo, el escenario de la realidad subió el telón y, entre lo que le dijo el sacerdote días antes en la sacristía y el derroche de ilusión que constató en Mayte por la boda, pudo vislumbrar que el amor era generosidad y paciencia, un compromiso profundo que no solo se sustentaba en el sexo, sino en una entrega hacia la otra persona. Y aunque Sergi se conminó para llevar todo aquello a buen puerto, el día de la boda sintió que aquel propósito era semejante a subir el Everest de rodillas.

Su relación con Mayte tuvo mucho de capricho, diversión e inconsciencia. De ella le gustó su atrevimiento y que lo deseara con la admiración de aquellas cosas codiciadas contra viento y marea. Fantaseaba con él desde que tenía quince años. Se pintaba los labios y lo rondaba como una mascota cuando lo veía llegar a su casa, aunque su hermano Alberto cerraba la puerta de su habitación y le decía que los dejara en paz, que se comportaba como una cría. «Tu hermana está muy buena», le dijo una vez. Pero a su amigo no le gustaba escuchar aquellas cosas, y Sergi se guardó su interés hasta los dieciocho, cuando su relación se convirtió en inevitable. Entonces Alberto constató que su hermana bebía los vientos por Sergi, al tiempo que él aprovechaba cualquier oportunidad para engañarla con otras.

Sergi jamás imaginó que las cosas llegasen a precipitarse de aquella manera, pero sí reconocía el momento en que se estropeó todo. Lo recordaba perfectamente: una antigua barraca valenciana con el techo deshecho y la cerámica del suelo ennegrecida y cuarteada. Estaba situada en una de las esquinas del huerto El Descanso, como si no quisiera pertenecer a él, entre hierbas que se erguían como tentáculos verdes sobre herrumbres y escombros. Habían llegado allí por casualidad, sin que el muchacho lo hubiese podido evitar a tiempo.

—¿De quién era esta casa? —le preguntó Mayte después de que una tarde llegasen paseando hasta allí.

—De una loca que murió aquí hace muchos años. Ni siquiera era de la familia. Me hicieron creer que entre estos muros se movían los fantasmas como en un salón de baile.

Sergi evitó decirle lo que verdaderamente le atormentaba aquel lugar.

—Entremos. A mí me gustan los fantasmas.

—Déjalo. Mejor, no. Está hecho un asco. Mejor, vámonos.

Pero Mayte lo ignoró y atravesó el umbral como si se adentrase en una casa encantada. La luz entraba por las oquedades del techo igual que focos sobre un escenario. Mayte se quedó observando el deterioro del tiempo con embeleso, tomó la mano de Sergi y lo arrastró hacia adentro.

—Larguémonos de aquí. No me gusta.

—Eres un crío. ¿Quién lo diría? ¿Tienes miedo?

Mayte se acercó a su boca para besarlo con desenfreno.

—Vamos a otro sitio. Venga, no seas tonta —le dijo intentando zafarse de ella.

Pero ella no cedió y lo obligó a tumbarse en el suelo.

Sergi sintió su sexo en acción y, de pronto, se vio abducido por sus hormonas. Envueltos por una burbuja de lujuria, hicieron el amor sobre los musgos del abandono, embrujados por un deseo urgente, del mismo modo que otras veces. Sergi la poseyó furioso, desbocado por un ansia incontenible que lo dejó con una sensación extraña. No sabía si era por aquel temor supersticioso que le habían inculcado de niño o bien porque tuvo una premonición de lo que iba a suceder.

El 20 de diciembre de 1987, antes de besarla en la mesa nupcial, ese recuerdo se proyectó tan lúcido en su memoria que tuvo la certeza de que la niña que esperaban había sido engendrada en aquel momento.

—Al final, mi hermana lo consiguió. ¡Qué cabronazo que eres! ¿Quién me lo iba a decir? —Alberto le pasó el brazo por encima del hombro, como cuando iban juntos al colegio.

La música obligaba a forzar la voz. Los invitados bailaban frente a la orquesta y en las mesas solo quedaban los despojos de la fiesta. Mayte parecía un ángel blanco moviéndose entre la gente y Sergi observaba el ocaso de la boda con un tubo de whisky con Coca-Cola y hielo entre los dedos. Hacía rato que había perdido la pajarita de su esmoquin y se había desabrochado dos botones de la camisa.

—A mí también me cuesta creerlo —le contestó Sergi con resignación.

—¡Se te acabaron las juergas! ¡Se te acabó todo!

Sentía el alcohol aleteando por su cabeza y los efluvios de los tragos lo mantenían en un vaivén que lo invitaba a largarse de allí. Pero no podía.

—Alguna tiene que caer todavía. Ya lo verás —le contestó resignado—. Desde luego, no voy a encerrarme en casa. Ya te imaginas.

Alberto buscó los ojos de su amigo y sus rostros quedaron muy juntos. El gesto de derrota de Sergi no presagiaba nada bueno.

—Eres cojonudo —dijo, y acercó su rostro un poco más, hasta que sus frentes se tocaron—. Todo irá bien, ya lo verás.

Inesperadamente, Sergi lo apartó de un empujón con una sonrisa socarrona, pero con brusquedad.

—¿Qué? ¿Tú también quieres besar al novio?

Alberto se lo quedó mirando, sorprendido.

—¿Tan borracho estás? —le preguntó, molesto—. ¿Otra vez me vas a tocar los cojones con eso?

Sergi tuvo la suficiente sobriedad para darse cuenta de que se había excedido.

—Perdona, Alberto. Se me fue la cabeza.

—¡Joder, tío! ¡Si parece que se te ha muerto alguien!

—Son los nervios.

—Pero es mi hermana. Y quiero que la hagas feliz, ¿me entiendes?

Sergi asintió.

Luego, Alberto se dio media vuelta y lo dejó solo en la mesa. Parecía atrapado por sus demonios, como si ya vislumbrara lo que iba a suceder poco más de tres años después.

CAPÍTULO DIECISIETE

Jueves 23 de mayo de 2019

Clara Guinzburg fue al supermercado y llenó la nevera. Estaba decidida a atrincherarse en aquel huerto hasta devorar *Perdida*, el libro de Francisco Querol Rico que había obtenido en la biblioteca. Leyó tomando apuntes en su *laptop* como si hurgara entre la basura. Resistió casi hasta el amanecer con varias tazas de café soluble manteniéndola en el alambre de la noche. Casi podía ver a Mayte y a Sergi allí, frente a la tarta nupcial, abocados a la infelicidad de quienes precipitan las cosas.

Durmió hasta las once de la mañana cuando un zumbido de voces la despertó. Se asomó por la ventana y, en la lejanía, emergiendo de la alfombra de naranjos, vio un camión atiborrado de cajones de colores, como si fuesen un gran panal. El hormigueo de los trabajadores por los campos estibando las naranjas era invisible desde la distancia. Llenaban los cajones a destajo y los cargaban cientos de metros a hombros. En su mayoría eran de la Europa del Este, magrebíes y africanos. Cuando aquella mañana bajó hasta la balsa de riego, utilizada también como piscina, observó a algunos trajinar por el lugar, codiciándola con miradas lejanas. Luego se situó lejos del ajetreo y se acomodó en su tumbona con su nuevo bikini rojo. La balsa se elevaba algunos metros sobre los campos y, desde allí, pudo divisar el tapiz de naranjos trepando hasta las colinas agrestes.

Aquel estanque parecía un balcón en el Edén.

—¿Has conseguido hablar con la señora Gabaldón?

Se giró y vio a Andreu Baldoví bajo una higuera que se hinchaba cerca del agua. Luego lo vio avanzar hacia ella lentamente.

—Espero que no me hayas mencionado.

Clara dejó el libro sobre la toalla y se sentó de lado. En un primer momento pensó en ponerse la camiseta, pero finalmente desestimó el pudor.

—Por supuesto que no. Sinceramente, no esperaba que me ayudaras. Te estoy muy agradecida —le contestó—. Sin embargo, no la vi con ganas de cooperar. Pero eso tú ya lo sabías.

—Desenterrar a los muertos duele mucho. Es lo que intenté decirte. Aunque hayan pasado tantos años, el dolor es reconocible.

—Entonces, ¿por qué me dejaste el teléfono?

—Prefiero que hurgues por allá y no por aquí. Nosotros queremos seguir viviendo en paz. Hace ya muchos años que enterramos a mi tío y todo lo que él hizo.

—Ya te dije que no deseo perjudicar a nadie. Solo quiero saber por qué mi madre vino a este lugar manchado de sangre.

—Aquí no encontrarás nada de ella. Nadie sabe quién es Silvia Ros.

—De eso no estoy tan segura.

Andreu desvió la mirada y descubrió el libro.

—*Perdida*. ¡Un clásico por estas tierras!

—Me está gustando.

—Ese hombre recibió muchas críticas por inmiscuirse en la vida de ellos. Aprovechó su relación con Sergi, no para hacer una investigación de lo sucedido, sino para ventilar algunos trapos sucios. Al parecer, fueron muy amigos. A mi madre no le importó demasiado. Todo lo que se dijera de su hermano ya no podía dolerle. Con lo que había hecho Sergi, cualquier cosa sobre él eran balas de fogueo. Pero a Mayte Gabaldón y a los suyos no les sentaron bien algunas cosas.

—¡Es lo que necesitaba leer! Me ayuda a hacerme una idea de quién era tu tío.

—Mi padre puede ayudarte en eso también.

—¿Tu padre?

—Sí. Sabe mucho mejor que yo todo lo que sucedió entonces.

—¿Y podría hablar con él?

—Desde luego. Me dijo que tenía interés en conocerte.

—¡Qué buena noticia! Gracias, Andreu.

—No tienes nada que agradecerme. Siento que ayer las cosas no empezaran con buen pie.

Clara sonrió y se levantó de la tumbona de un salto. Andreu admiró su cuerpo sin disimulo. Clara sabía muy bien que aquel bañador la volvía tentadora y sintió el aguijón de la vanidad, pero se zambulló en el agua inesperadamente. Después, él se quitó las sandalias y se sentó al borde de la piscina, dejando sus pies sumergidos. Vestía bermudas y un polo Lacoste. A Clara le dio la impresión de que aquella mañana no había venido a trabajar.

—Este lugar es magnífico —le dijo después de bracear algunos metros en el agua.

Luego nadó hasta él y cruzó sus brazos sobre la corola.

—Me gustaría que escribieras sobre este lugar, pero no para sangrarnos, sino porque te has enamorado de él.

—Es un paisaje casi cinematográfico, como nunca hubiera imaginado.

—No te creas que esto siempre fue igual, ¿sabes? Ni que al paso que vamos en el futuro continúe siéndolo. Todo esto que ves eran bosques, y el pueblo estaba rodeado de moreras enormes y sucias.

Andreu le contó que, doscientos años atrás, la comarca había sido muy diferente. Los campos eran regadíos de moreras, árboles frondosos de hojas ásperas y enormes que en primavera escupían sus diminutos racimos y llenaban de desperdicios la tierra. En el siglo XVIII, el pueblo era rico por la seda y los gusanos. En las casas se colocaban las andanas atiborradas de huevos que en marzo metían en cálidas bolsas hasta que el capullo reventaba. Era en ese momento cuando adquirían sentido las hojas de las moreras que alimentaban a los gusanos antes de que abrieran los ojos. Semanas después se convertían en mariposas, y de los capullos se extraía la materia prima que alimentaba los telares de todo el país. Carcaixent se había desarrollado gracias a la seda hasta que se multiplicaron las plagas. Entonces, las enfermedades y la incipiente globalización facilitaron la llegada del hilo extranjero, y los precios bajaron. Así, el negocio dejó de ser rentable, y de la necesidad surgió una nueva oportunidad. De hecho, Andreu Baldoví pensaba que solo de los fracasos y de las derrotas nacían las grandes victorias. No pensaba que hubiese sido la casualidad la que transformó a aquella tierra.

En 1781, el párroco del pueblo, un boticario y un escribano plantaron los primeros naranjos a apenas unos cientos de metros del huerto de los Baldoví. Al principio, el experimento solo les sirvió para intercambiar trigo con mercaderes que llegaban en borricos. Sin embargo, en diez años aquellos campos fueron rentables y, sin ser del todo conscientes, habían descubierto el oro anaranjado. Vicente Monzó Vidal, tal como se llamaba aquel sacerdote, inició todo a partir de un terreno de escaso valor y alejado de todos los regadíos, pero aquello lo resolvieron perforando pozos para obtener agua del subsuelo. En poco tiempo, los campos se llenaron de norias árabes con balsas adosadas y el pueblo se volcó en la naranja. Fue como encender una mecha. Los huertos con plantones verdes se multiplicaron, no solo por Carcaixent, sino por toda Valencia y el Mediterráneo. Parecía que aquella tierra había nacido para eso y, en los años posteriores, el negocio se consolidó con la llegada del ferrocarril y la importación a Francia e Inglaterra. Toda la región se llenó de campos y casonas poderosas que se erigieron en los centros de haciendas verdes y fértiles.

—Si tienes que escribir —le dijo Andreu—, escribe sobre esto también.

—Lo intentaré. No puedo prometerte nada.

—Valencia no sería la misma sin la naranja. De hecho, cuando puedas, conduce hacia arriba, desde donde se divisa toda la comarca, y te podrás hacer una idea de lo que es Valencia. Una acuarela de parcelas ordenadas y verdes bajo un cielo despejado e índigo, aunque muchas veces esté hinchado por la humedad. Desde allí, las montañas parecen lomos verdes, dormidos y cubiertos por el pelaje de los pinos. Son los contornos de un gran valle fértil, como un inmenso lago de naranjos. De los campos a veces se elevan hilillos blancos cuando los campesinos queman el rastrojo, y los huertos de tejados terracota se difuminan como embarcaciones que navegan distantes. De aquella planicie esmeralda también verás emerger cipreses y palmeras y, si hueles bien, la huerta te sabrá a azahar, a sudor y a leña, efluvios de una vida sencilla, pero feliz.

Clara se lo quedó observando absorta desde el agua. Aquel hombre se le había agigantado. Parecía haber recitado un himno que le brillaba en los ojos y le sudaba por la piel. En aquel momento comprendió que Andreu no era un mero campesino que administraba unas tierras, como sí podría haber sido su tío Sergi.

—Extraordinario. Se nota que llevas tu tierra muy dentro.

—Cada uno tiene la suya. Yo quiero a la mía.

Clara buscó la escalerilla de la balsa y salió del agua. Se enfundó en la toalla y, esta vez, fue ella quien se lo quedó mirando con interés.

—Como te he dicho, a mi padre le gustaría hablar contigo, pero prefiere que pases por su casa. No quiere molestar.

—¿Por qué quiere reunirse conmigo? Después de tus recelos de ayer, me cuesta entenderlo.

Andreu elevó los hombros.

—Si te digo la verdad, a mí también me tiene intrigado. Él siempre creyó que mi tío enloqueció por… En fin, historias muy raras y difíciles de explicar.

—¿A qué te refieres?

—Hace casi un siglo, aquí también corrió la sangre. Es una historia que no encontrarás en el libro de Francisco Querol. De hecho, para mis abuelos esta finca siempre estuvo enferma, llamémoslo así. Cuando sucedió lo de Sergi, pocos se atrevieron a hablar de ello. Incluso mis padres se lo tragaron por temor a que pensasen que podían justificarlo. Sin embargo, yo siempre crecí con ello. «Fue por la maldita Carmen», me dijeron desde niño. «Tu tío nunca la respetó, pero tú sí debes hacerlo. Nunca lo olvides».

—¿Qué sucedió aquí?

Andreu la miró a los ojos.

—Los muertos pesan desde antes de que mis padres nacieran y, al parecer, mi tío Sergi nunca se lo tomó en serio. Hasta aquel día en que se abrió un abismo inexplicable en medio de la noche.

Clara se lo quedó mirando absorta. Acababa de comprender que Andreu era un hombre distinto a todos los imbéciles que ella había conocido.

—Sergi… —Y se detuvo. Dudaba.

—¿Qué pasa?

—No quiero engañarte. Tengo que ser honesta contigo. Este lugar tiene una historia que quiero escribir. Lo siento aquí dentro —murmuró, y condujo su puño al pecho.

—¡No te entiendo! ¿Es que no me has comprendido?

—Por eso te lo digo. No sé qué saldrá de todo esto, pero nunca acabaré publicando vuestro apellido, ni este lugar. Créeme. Soy completamente sincera contigo. Solo quiero saber por qué mi madre me hizo venir hasta aquí. Los muertos también pesan en mi vida.

Él se la quedó mirando, pero no le dijo nada.

—Cuéntame qué pasó, por favor. Presiento que tus tierras están llenas de fantasmas.

CAPÍTULO DIECIOCHO

Mayo de 2019

Andreu tuvo la fortuna de que su apellido no fuese un sambenito. A los Baldoví Agulló se les cayó el segundo, el Agulló, en cuanto su tío Sergi se convirtió en un paria de quien se borró cualquier humanidad. Andreu tenía apenas doce años cuando volvió a casa con el labio partido y los brazos llenos de cardenales. «Tuve que defenderme», le dijo a su madre, «querían pegarle al tío Sergi, pero me pegaron a mí». Lo cambiaron de colegio y se lo llevaron a Alzira, la ciudad vecina. Andreu creció con una sombra que no había elegido y se escondió bajo un caparazón incomprensible para los demás. Lo apodaron «el viejo», porque siempre andaba con gesto hosco. Escaló hasta los dieciocho años negociando aprobados en el instituto Rey Don Jaime, aunque, hasta el curso en que Sergi mató a su hija, había sido uno de los más sobresalientes de su clase. Sin embargo, obtuvo el bachillerato como si hubiese sido un trámite y, el día en que le dieron las notas, se emborrachó en un tugurio donde acudían los que esquivaban el aula para liarse marihuana y jugar a las cartas. Estuvo gritando *Crazy* de Aerosmith toda la tarde y después aceleró su Vespino directamente hacia un barranco, como si pensara que aquel sería un trampolín hasta al infierno. Ese día se fracturó las dos piernas y, sin darse cuenta, tomó una decisión: no pudo presentarse a las pruebas de acceso a la universidad.

Se pasó el verano leyendo y «rascándose los huevos», como le recriminó su padre. Lo trasladaron al huerto, y aquel verano descubrió a los autores latinoamericanos que había conocido por su profesora de Lengua Castellana, la única que le puso un nueve en un boletín mediocre. Con Mario Vargas Llosa viajó a la selva de Iquitos y al barrio de Miraflores, en Lima, igual que con Alfredo Bryce Echenique, con el que disfrutó de la ironía y de todo el absurdo de la vida de Martín Romaña después de la Revolución del 68. También leyó a Gabriel García Márquez y su atmósfera mágica, en un Macondo desconocido y condenado a una soledad sempiterna, y a una Isabel Allende que traspasaba los velos de la realidad y le daba cabida a los espíritus con su prosa cargada de imágenes. Con ellos descubrió las historias del Perú, Chile y Colombia, y aprendió a escribir algunos cuentos imitando a Julio Cortázar.

Al acabar el verano se había construido un mundo propio, y le pidió a su padre que le enseñase el trabajo del campo. Quería permanecer allí porque decía que el espíritu del tío Sergi y él ya habían aprendido a soportarse en la oscuridad. A regañadientes, el señor Baldoví lo metió en faena como a un peón más, ofreciéndole trabajos duros, pero Andreu no se amilanó y descubrió que la tierra era lo suyo.

Su madre enfermó cuando él tenía apenas veinte años. «Quiero verte con un título, Andreu. Tú no eres como esos temporeros que trabajan para nosotros», le suplicó cuando empezó con su primer tratamiento de quimio. No quiso defraudarla y, un año después de lo esperado, preparó las pruebas de acceso a la universidad y comenzó a estudiar Ingeniería Agrónoma en la Universidad Politécnica de Valencia, al mismo tiempo que ayudaba a su padre en nuevos sistemas de optimización de riego y en la disminución de costes en la fertilización. Su vida oscilaba entre el trabajo y los estudios, pero sus idas y venidas a Valencia acabaron enriqueciendo su socialización, aunque viviese en un búnker del que se asomaba solo cuando le era indispensable. Su madre siempre le insistía en que saliese, que se echase una novia y viviese como los demás, porque ella no siempre estaría allí. «Estoy amargada por dentro, Andreu». Y él lo sabía. Sabía que su madre se moría y que le costaba la relación con las mujeres, por más que ellas llamasen a su puerta sin que Andreu se percatase de su interés. Hasta que apareció Ester. Rondaba su vida como un ave de presa planea en círculo sobre su objetivo, durante años, desde que se habían conocido en el instituto de Alzira. Una noche de octubre, durante las fiestas del pueblo, Andreu saboreó la saliva de una mujer y manoseó unos pechos por primera vez, con más curiosidad que ansiedad. Fue en el coche de su padre y en la noche de un descampado. Andreu lo recordaba muy bien, porque al día siguiente a su madre le costaba respirar y la ingresaron inesperadamente en el hospital. Murió en horas, flotando en morfina y sin que él pudiera despedirse como esperaba. Pero antes de salir hacia el hospital de La Ribera, su madre le susurró algo al oído: «La maldita Carmen es la culpable de todo». Su voz fue un jadeo exangüe.

Pero la entendió.

Había sido tras cumplir los trece cuando se la había mentado por última vez. Fue un año después del «día de la ira», como lo llamaría su madre siempre. Una tarde de verano en la que Andreu se perdió entre los naranjales y se dirigió hacia una vieja barraca con las puertas y las ventanas desvencijadas. El tejado a dos aguas era un cielo de agujeros por donde se colaban el agua y los musgos. Se paseó entre los escombros y reparó en las paredes mohosas, y en los viejos muebles ennegrecidos e hinchados por el tiempo. Aquellas ruinas siempre habían estado allí, ocultas tras un ficus centenario. Su padre le había dicho que no se acercara, que era peligroso por los derrumbes y las ratas, pero inmediatamente después de la muerte de su tío, su madre ya se lo había advertido con una claridad que todavía recordaba: «No vayas. Tú también podrías morir». Se quedó confuso y desconcertado, como si aquellas ruinas en los confines del huerto constituyesen el fruto prohibido del Edén. Andreu obedeció sin hacer más preguntas. En su vida ya no tenían sentido las preguntas, y por ello se encerró en aquel caparazón que comenzó a construirse primero en la escuela y después en el instituto. Pero un año después de la advertencia de su madre, pensó que aquello que le había dicho no tenía importancia. Y fue hacia aquella barraca. Era la hora de la siesta, hinchada por el calor de agosto. Se convenció a sí mismo de que ya no era un niño para tener miedo y traspasó el umbral de lo prohibido contraviniendo el conjuro de su madre. Andreu observó todo con curiosidad, excitado por el miedo, la aventura y el poder que sintió por su desobediencia. El aire era un vaho espeso de humedad y misterio y las ramas del ficus habían atravesado el techo, extendiéndose por dentro como brazos huesudos de un gigante dormido. La atmósfera entre aquellas paredes era algo fría, y el niño supo que allí había algo y que el silencio solo era una apariencia.

Y se detuvo. Había algo que lo traspasaba todo.

— ¿Quieres morir?

Oyó aquella voz lóbrega con espanto, inmediatamente antes de volverse y sentir un bofetón estallando en su cara. Se quedó tan aturdido que tardó algunos segundos en comprender que era ella: su madre.

—Sergi también se cagó en los muertos y se paseó por aquí cuantas veces quiso. La Carmen vive aquí. ¡Lárgate!

Escapó a la carrera como un ratoncillo asustado y su madre nunca jamás volvió a hablarle de ella otra vez. Solo aquel último día, antes de que la metieran en la ambulancia que se la llevaría al hospital para no salir de allí viva. «La maldita Carmen es la culpable de todo».

Aquello quedó flotando en su vida como su recuerdo, como todas aquellas cosas que nunca se contaron y ya nunca se contarían. Al menos, tal como ella podía contarlas. Lo que sucedió en aquella barraca lo acabó escuchando de su abuelo, sin que su madre nunca llegase a saberlo. Por eso, el día de su funeral no pudo sacarse de la cabeza a la Carmen, y mientras veía a su madre fría y cetrina como una vela, el odio fue una fiebre que solo sofocó algunos días después.

Entonces todo volvió a suceder, como si el tiempo entrara en bucle y Sergi bajara otra vez hacia la barraca con Mayte, como en 1987. Parecía un *déjà vu*, pero Andreu no lo sabía. Él era todo odio y rebeldía y llamó inesperadamente a Ester arrasado por una fuerza inexplicable. También él citó a su enamorada en el huerto. Ella lo acariciaba igual que a un trofeo demasiado deseado, pero en lugar de entrar en la casa vacía, la condujo hacia aquella sucia barraca a la que no había vuelto desde los trece años. Andreu tendió una manta sobre el suelo, se recostó junto a la chica y se dejó arrastrar por una Ester sorprendida, pero deseosa. Se besaron al mismo tiempo que él le desabrochaba la camisa con urgencia, casi salvaje, hasta que sintió toda su sangre ardiendo en un gran torbellino, con el pasado y el presente fundidos en un mismo instante y, con la fuerza de un cíclope, se puso encima y la poseyó con rabia, al tiempo que ella se entregaba como si Andreu pudiera sanar alguna herida abierta, una herida que no dolía ni sangraba del mismo modo en que lo hizo la de Carmen, una desconocida a la que habían asesinado mucho tiempo atrás. Exactamente en aquel mismo lugar.

CAPÍTULO DIECINUEVE

Tu voz invisible

Septiembre de 1931

No había comenzado la Guerra Civil Española, quizás un lustro antes de 1936 —a Clara no le habían precisado cuándo y tampoco le importaba—. Entonces la casa era una construcción pequeña, con paredes de cal, un techo a dos aguas del color de la tierra y, justo debajo, una buhardilla desde donde se podía divisar el valle verde de naranjos y el camino que se perdía a lo largo de un kilómetro. La casona ya estaba allí entonces, pero aquella barraca pertenecía a otro huerto, a otros amos, a otra historia. Los carros y camiones cargaban la fruta en una procesionaria que acababa en el portón de una finca. Los cajones de madera y los cestos de esparto rebosaban de naranjas que acabarían en el almacén del pueblo. Fue a finales de verano y el tío Pepe —Clara solo supo que lo llamaban así— le dijo a su mujer que la faena le ocuparía todo el día. Carmen lo vio alejarse sentado en la plataforma de carga, con los pies colgando, bebiendo de un cántaro de agua y ladeándose de un lado a otro. Ella era joven —el padre de Andreu nunca supo su edad—, pero lo suficientemente mujer como para engendrar aquellos hijos que no llegaban, por más que la Carmen llenase la casa de cirios con la imagen de la Virgen de los Desamparados. El tío Pepe era mayor que ella —a Clara no le constaba ni su apellido— y en el pueblo se decía que era él quien no podía preñar a una mujer moza y lozana, como si algo de aquello tuviese que ver con su virilidad. Los rumores tenían su miga, porque el tío Pepe había enviudado una vez a causa del cólera y su primera mujer tampoco había podido darle aquella ansiada descendencia que él esperaba. A ella, a la Carmen, la había encontrado en un pueblo del interior, en Montesa, la más pequeña de una familia de pastores. Muchos decían que era una castañuela y que la gente cuando la vio en el pueblo supo que iba a traer problemas, pero otros decían que no, que solo eran las envidias que, como las tiñas, lo manchaban todo. Lo que nadie imaginó era lo que sucedería aquel mediodía en que el tío Pepe regresó con sospechosa antelación y aparcó su moto al final del camino, lo necesario para desandar el largo trecho hacia la casa sin hacer ruido.

Lo que vio aquel hombre fue una espalda sudada y aquellos pechos abundantes meciéndose como campanas sobre el rostro de un muchacho. Nadie podía estar seguro de cuánto tiempo permaneció inmóvil, admirando aquel festín de placer, dejando que su joven esposa enjugara su pasión entre suspiros, pero sí de que, cuando Carmen se volvió hacia atrás, lo vio con la escopeta en la mano, la misma con la que salía al monte a cazar conejos, y que el tío Pepe apuntó hacia la cama, hacia su cama, la misma donde su esposa y él no eran capaces de concebir hijos, mientras Carmen intentaba reaccionar todavía encendida por un placer que se pinchó como un globo al sentir el disparo.

La detonación le perforó su espalda, justo a la altura de los riñones, y un boquete negro y bermellón la escoró del mismo modo que un buque que está a punto de irse a pique. El cuerpo de Carmen cayó quebrado sobre el de su amante, con un aullido de dolor que se prolongaría demasiado. El muchacho no dijo nada. Permaneció allí, desnudo, boca arriba, retorciéndose como una lagartija y con el pómulo derecho y la boca fundidos en un mismo agujero, un pozo oscuro de horror que estuvo eructando sangre hasta que su cuerpo dejó de convulsionar en el suelo, a donde el tío Pepe lo arrastró como un trofeo de caza que agonizaría en un rincón. «Maté dos pájaros de un tiro», le confesó después a la Guardia Civil.

Pero la Carmen tardó en morir tumbada sobre la cama, con el vientre hinchado de sangre y balbuceando maldiciones a su marido, quien se tomó el trabajo de exprimir un par de naranjas sobre su herida abierta, apretando las frutas entre sus dedos como si las ordeñara, y la Carmen rabiando, todavía viva y llorando, mientras el tío Pepe goteaba aquel jugo sobre su sangre, como si quisiese que aquella mujer se llevara el aroma de su tierra al Infierno. «Puta, con lo que he hecho por ti», le dijo. Ella ya estaba tambaleándose en el mundo, pero, aun así, llegó a contestarle: «Te maldigo a ti y a toda tu tierra».

CAPÍTULO VEINTE

Jueves 23 de mayo de 2019

Aquel jueves acabó de leer *Perdida,* y tuvo la sensación de que el globo de misterio que había sido engordado en su cabeza acabaría pinchado por la aguja de la realidad. No podía razonar la suma de casualidades que la habían arrastrado hasta el huerto ni estaba segura de poder establecer alguna relación entre el accidente de su madre y el suicidio de Sergi Agulló. Desde luego que Mayte Gabaldón no estaba por la labor de intentar ayudarla, y le costaba encontrar alguna pieza que diese sentido a sus preguntas.

Sin embargo, *Perdida* había tensado los nervios de su imaginación y, por primera vez, tuvo la sensación de que podía escribir una novela extraordinaria, como le había sucedido a Nora Rizzo con *Patagonia* o a Paul Harding con su primer libro, *Tinkers*, que tras haber sido editado por una pequeña editorial independiente acabó obteniendo el prestigioso Pulitzer en el año 2010. «Si tienes una buena historia, escríbela», le había dicho la autora argentina. Para Nora Rizzo, el corazón de un libro era un faro que relampagueaba a un ritmo cadencioso dentro de su cabeza, y aquella misma tarde decidió comenzar a teclear la historia de Sergi Agulló y de cómo se convirtió en aquel hombre que hizo desaparecer a su hija para siempre.

Clara pensó que solo por eso ya valía la pena estar allí: tenía una historia, una buena historia, y estuvo escribiendo en su *laptop* hasta casi las nueve de la noche. Estaba inspirada, convencida de que tenía algo bueno entre sus manos. Solo el sonido del WhatsApp la interrumpió. «¿Ya te sacaste las ganas?». Era su padre, y cuando miró el teléfono constató que estaba en línea. «No busques fantasmas. Seguí con tu vida, Clarita». Respiró hondo y tuvo la intención de contestarle. Pero no lo hizo. El mensaje la irritó y dejó el teléfono sobre el sillón. Había algo en él que siempre la había desconcertado, y en aquel momento estuvo segura de ello. Sabía que la distancia era necesaria para comprender la verdadera naturaleza de las cosas e, inesperadamente, durante aquellos días Clara sintió que estaba subiendo hacia una atalaya desde donde podía observar más allá del horizonte de su vida. «Fue un accidente. Lo hemos hablado muchas veces: ¡un accidente!». Recordaba perfectamente sus palabras cuando lo llamó por teléfono desde Madrid: «Lo hemos hablado muchas veces». Su madre había muerto y ¡ya está! Parecía no importarle nada más. ¿Realmente no le había importado? Clara no lo sabía. Solo sabía que a ella sí y, entre otras cosas, que si estaba en Valencia era por ese déficit de respuestas que siempre había tenido. «Lo hemos hablado muchas veces». ¡No era verdad! No lo habían hablado muchas veces. Más bien lo había sentido como un trámite, simplemente una palmadita en su hombro para sacársela de encima. Su padre no era un hombre que supiese manifestar sus sentimientos, y por eso Clara comprendió que le doliese hablar de ello. Pero ya no podía aceptar que le dijese que lo habían hablado muchas veces. No, no podía soportarlo más. «Mamá quiere que esté aquí», le tecleó a su padre al fin. Disparó aquel mensaje y, al hacerlo, se arrepintió. Pero él ya lo había visto. «Tu madre solo hubiese querido que fueras feliz», le contestó él. «No creo que allá lo consigas». Clara lo leyó y volvió a dejar el móvil boca abajo. No tenía ganas de decir nada más.

Su padre no podría entenderla. Nunca lo había hecho.

De pronto, un recuerdo emergió de la laguna de su memoria. Quedó flotando a la deriva en la caverna de sus pensamientos. Estaba en el colegio y tenía casi trece años. Podía volver allí, era como descorrer un velo y sentarse en aquel pupitre de madera que tenía una hendidura horizontal para que los lápices no cayesen al suelo. Llevaba desde temprano con indios en el estómago y con su nuevo compañero sudando como un cirio. ¡Con lo pulcra que era ella! Todavía era capaz de oler aquel hedor. Estaba más pendiente de que no la rozara que de la maestra de matemáticas moviendo los ojos igual que un periscopio busca su objetivo. Fue por eso que no pudo darse cuenta, por el maldito dolor de barriga, por su compañero resollando como un búfalo y por aquel calor estival que soportaban abanicándose con las hojas de los cuadernos. «¡Guinzburg!». Fue una explosión lejana que la sorprendió con todas sus neuronas distraídas. «Guinzburg, despertate. Vas a salir a resolver el siguiente ejercicio. Vení». Clara se puso en pie sin pensar y avanzó hacia la señorita Lucy: guardapolvo blanco, rostro circunspecto, incluso sobreactuado, lo suficiente para que el aula fuese un sepulcro. Durante aquellos años pensaba que disfrutaba evaluando los gestos de miedo de sus alumnos, que henchía su ego con aquellas cobayas, con nadie más, porque a la señorita Lucy la llamaban «la solterona», y Clara avanzó hacia la pizarra como oveja al matadero. «Agarrá la tiza, que te voy a dictar». Hubiese querido decirle que mejor no, que mejor otro día, porque se encontraba mal, hasta mareada, pero Clara no se atrevió. «No tenemos todo el día, Guinzburg. Apurate, vamos, la tiza». Y entonces sucedió. Al principio no supo muy bien qué, pero sí entendió que tenía que ver con ella. El aula rugió una carcajada y el silencio estalló como si se hubiese hecho añicos. Clara los miró y vio algunas manos tapándose las bocas y cómo la señorita Lucy se ponía en pie como un gigante se dispone a aplastar hormigas. Todos se callaron de golpe. «Como vuelva a escuchar una palabra, se van a todos a casa con un cero». Después se volvió hacia ella, le puso la mano entre la nuca y el hombro y la fue conduciendo hacia afuera. «Andá al baño. Ahora voy». Clara bajó la cabeza y asintió sin entender. ¿Al baño? Todavía recordaba aquella sensación de dolor y confusión, y se fue hacia allá.

Se quedó frente al espejo, inquieta, hasta que vio entrar a la señorita Lucy.

—¿No te diste cuenta? —La obligó a volverse y observar la falda gris de su uniforme con un lamparón de sangre—. Tu banco está hecho un estropicio, ¿cómo no te das cuenta? ¡Te hubiera ayudado antes, hiciste un enchastre increíble!

Clara sintió que sus piernas eran dos juncos. El miedo le anudó la lengua y miró a la señorita Lucy con los ojos empapados de vergüenza.

—¿Tu mamá no te habló de esto?

—No tengo mamá, señorita.

A la maestra se le ablandó el rostro y le acarició la cabeza con ternura.

—¿A quién puedo llamar?

—A mi abuela.

La mujer abrió su bolso y le extendió una compresa.

—Mirá, ahí tenés papel. Te limpiás como puedas y después te ponés esto entre la ingle y la bombacha. Así. —Transgrediendo todos los formalismos y distancias que siempre había establecido con ella, se acomodó la compresa sobre su pantalón, justo donde debía ser colocada, en su entrepierna—. ¿Entendés?

—Sí. —La respuesta casi se le cayó de la boca.

Se estaba aguantando el llanto, y se le notaba.

—Bueno, decime el número de tu abuela y la llamo mientras vos te arreglás. No te preocupes, no pasa nada. Es la menstruación. La tenemos todas las mujeres. Ella te lo va a explicar.

Clara no fue capaz de regresar al aula para recoger sus cosas. Lo hizo la señorita Lucy mientras ella esperaba a su abuela Rafaela junto a un banco de la entrada. Estuvo una hora de pie, porque no quiso sentarse y manchar otra vez. A veces pasaban algunas maestras y la miraban de lejos con una mueca que quería parecerse a una sonrisa. Se imaginaba como uno de esos guardias de la casa real británica, de rojo, con un gigantesco gorro negro y sin pestañear. Después llegó su abuela y la rescató de aquel oprobio. La acompañó a su casa, la ayudó a cambiarse y sacó el manual de instrucciones de emergencia: «Hay que ir con ojo, Clara. Ya sos una mujercita. Esto te va a pasar todos los meses.

Tené cuidado». Los lazos con su abuela Rafaela le parecían postizos y ásperos. Jamás había asumido el rol de madre, pero tampoco había sabido ejercer el de abuela. Aquella andaluza que había emigrado hacia Argentina en los años cuarenta se había encontrado con su nieta como una obligación sobrevenida. Cuando su hijo la trajo de Barcelona, la niña cayó en el tablero de su vida como un incordio. «Tu madre también era muy suya, igual que vos. Tampoco a ella le caía muy bien». Clara no sabía qué había sucedido entre su abuela Rafaela y su madre porque, en definitiva, apenas sabía nada, ni de ella ni de su madre. Su madre era un hueco, un vacío que debía llenar de alguna manera y no sabía muy bien cómo.

Pero había llegado el tiempo de llenarlo. Parecía un beduino atravesando un desierto con la promesa de un oasis inesperado… Y allí estaba. Para ella, las respuestas estaban en Valencia. Era verdad que todavía no las podía ver, pero también era verdad que no tenía nada que perder. Aquel día su abuela Rafaela cumplió el trámite con eficacia, y luego se fue a su casa para tener la comida de su abuelo Ramón sobre la mesa. Nunca volvieron a hablar de aquel episodio. Fue como si a ambas les hubiese avergonzado el haber tenido que compartir aquella incómoda intimidad. Pero Clara sentía aquel vacío agigantándose, succionándola como un embudo de agua negra que amenazaba con arrastrarla hacia ninguna parte. ¿Dónde estaba ella? ¿Cómo iba a poder recuperarla? De su madre solo tenía un sobre con fotos y poco más. Solo eran chispas de una vida, y ella necesitaba más, mucho más, y del mismo modo que un yonqui urgido por la heroína, entró en la habitación de su padre y abrió el armario. Por aquel entonces solo estaban las cosas de su padre, porque Lucy y él todavía no eran pareja. Revolvió con prolijidad, con la destreza de una delincuente de guante blanco, hasta que encontró una caja de cartón grande, chata y rectangular acomodada en un estante. Clara recordaba que la puso sobre la cama y la abrió con el corazón desbocado. Había varios discos: *Material sensible* de Joan Manuel Serrat, *Buena suerte* de Los

Rodríguez, *Brothers in Arms* de Dire Straits e *Himno de mi corazón* de Los Abuelos de la Nada. También una postal del parque de atracciones Tibidabo, un par de entradas a un concierto de David Bowie en el Miniestadi en julio de 1987 y un álbum con algunas fotos de sus padres con amigos: prendas holgadas, llamativas hombreras, jeans nevados de aspecto desteñido, faldas de colores brillantes y zapatos con plataforma. Su madre tenía el pelo inusualmente rizado y una blusa ancha; su padre, una melena hippie que no permitía imaginar la calvicie de entonces. Clara recordaba aquello como un flash, como si hubiese visto el tráiler de una vida oculta. Apenas fue capaz de retener rostros y lugares, ni de ver otros objetos que había en la caja porque, de pronto, su padre apareció en la puerta de la habitación igual que un tsunami en una playa soleada.

—¡Te dije mil veces que no quiero que revises mis cosas! —La apartó de allí sujetándola del brazo con brusquedad.

Clara se quedó temblando. Comprendía su transgresión. Tragó saliva e intentó exculparse:

—Quería saber de mamá.

—Esto es mío, solo mío, ¿entendés?

Y mientras se lo decía, metió todo nuevamente en la caja, con la codicia de un pordiosero al que le han profanado sus míseras pertenencias.

—Acá no hay nada que te interese. Vos preguntame lo que quieras, pero no toques mis cosas, ¿entendés? Mamá acá no está. Acá no.

¿Y dónde está? ¿Dónde? Eso lo pensó, pero no se lo dijo.

—La extraño —le dijo al fin. Le temblaba la boca—. Quiero que me hables de ella.

—Ya hablamos de esto muchas veces, Clara. —El hombre se le acercó, más sereno, para acariciarle el rostro—. Ella no va a volver, pero mamá te quería tanto que la llevás dentro, aunque no te des cuenta.

Clara sabía muy bien lo que era sentirse sola en el escenario del mundo, y ahí estaba él otra vez: «Lo hemos hablado muchas veces». Era su forma de zanjar el asunto y dejarla clavada en medio de su soledad, manoteando sombras para verla.

El recuerdo se esfumó como una pompa de jabón y el aroma a azahar la devolvió a Valencia. Tenía su *laptop* sobre el regazo y la mirada perdida en el mar de Sorolla pintado en uno de los cuadros que ambientaba la estancia de la casa rural. Tras el ventanal abierto, una enorme sombra oscura presagiaba la noche. Y como si todo hubiese sido orquestado por un demiurgo que jugaba con ella, casi todavía flotando en el pasado, fue capaz de ver un proyectil atravesando lánguido aquella habitación. Impactó en una pared y luego se estrelló contra el suelo color ladrillo.

Clara saltó activada por el resorte del miedo y, como si fuese un acto reflejo, se asomó por el ventanal y solo pudo divisar un manto de naranjos ya en penumbras.

—¿Quién anda ahí? —Nada más pronunciarlo le vinieron a la mente aquellas películas de terror en las que la víctima se decidía a soltar la misma estupidez ante el peligro.

Podía sentir el latir del campo y el silencio sordo de los insectos. Se volvió y buscó el objeto por el suelo. Era una piedra del tamaño de un puño pequeño, pero forrada por un papel doblado. No dudó de que se trataba de un mensaje, y lo desplegó. El escrito era escueto, enorme y estaba impreso en Times New Roman:

Lárgate de aquí. Los muertos ya no hablan.
Tu vida corre peligro.
Si no quieres morir,
olvídate de nosotros.

CAPÍTULO VEINTIUNO

Jueves 23 de mayo de 2019

Llamó, nerviosa, a Andreu Baldoví, quien en quince minutos llegó al huerto. Clara descorrió el doble cerrojo y lo dejó entrar, igual que acude el médico a una urgencia de medianoche.

—Te juro que no tengo nada que ver. Si no te quisiera aquí, te habría dicho que te fueras. Sin más.

—A alguien le molesta demasiado mi presencia —le contestó observando la piedra—. Desde anoche tengo la impresión de que no estoy sola, y eso no me gusta.

—Es una locura. No me entra en la cabeza a quién se le puede ocurrir una barbaridad así.

—Mayte Gabaldón me dijo claramente que la dejara en paz.

Clara se atusó el cabello y respiró hondo.

—¿Mayte Gabaldón? ¿Por qué querría esa mujer echarte de aquí? Más motivos tendría yo. Estás haciendo preguntas sobre mi tío y lo que hizo. Nada de eso nos beneficia. Pero yo no tengo nada que ver con esto. —La miró a los ojos con determinación—. Te lo juro, Clara.

Ella volvió a extenderle el papel mecanografiado con la amenaza.

—No sé quién pudo ser, pero hay alguien ahí fuera que quiere que deje de hacer preguntas. Eso es un hecho. Y mi madre tiene que ver con ello. Ahora sí que puedo sospechar que su muerte está relacionada con lo que sucedió en este lugar.

—¿Tú crees que a tu madre la han matado?

—Creo que existe una relación directa con lo que hizo tu tío. No puedo pensar otra cosa.

—Tu madre murió en un accidente de tráfico, ¿verdad?

—Es lo que me han dicho. Nunca supe más. La verdad es que mi padre siempre se mostró muy reservado con respecto a su muerte. Siempre entendí que era algo que le dolía y que a mí realmente me aportaba muy poco. Pero ahora es diferente.

—¿Murió en Valencia?

—Solo sé que murió aquí y en un accidente de tráfico. Pero ese «aquí»... no tengo ni idea de dónde es. Es algo que debo preguntarle y que espero que él sepa. Siempre me habló de Valencia, en general.

Andreu condujo su mano derecha hacia su nuca.

—Debo reconocer que esto es muy extraño. Todo lo que me cuentas lo es.

—Quien esté detrás de esta amenaza no está preocupado por lo que se diga de Sergi Agulló o de su hija desaparecida. Eso ya se da por amortizado en este pueblo. Todo el mundo sabe lo que pasó, y tú, mejor que nadie, lo comprendes. No hay nada que descubrir en ese sentido, creo. En realidad, hay alguien que no quiere que haga preguntas... Pero sobre mi madre.

Los dos estaban de pie y, como si se hubiesen puesto de acuerdo, apoyaron los antebrazos sobre el marco del ventanal que se abría a los naranjales. La luna creciente permitía que todavía se pudiesen distinguir los árboles y sus caminales oscuros.

—Tú eres periodista. ¿No has buscado nada sobre ese accidente?

—Jamás imaginé que hoy estaría aquí, siguiendo el rastro de mi madre, pero la carpeta que encontré en Castelldefels lo cambió todo. Fue como si, después de toda una vida, ella misma hubiese regresado de entre los muertos para decirme: «Clara, búscame». Y eso estoy haciendo. Sé cómo suena lo que digo, lo sé. Pensarás que estoy rayada, pero en pocas palabras es lo que me está pasando.

Ambos seguían con la mirada perdida en la penumbra.

—¡Claro que intenté buscar rastros de aquel accidente en internet! —continuó Clara—. Pero también es normal que no haya nada después de tanto tiempo. ¿Cuánta gente muere en accidentes de tráfico al año? Miles. Imposible saber si es verdad sin testigos ni el lugar exacto. Solo la palabra de mi padre, y empiezo a dudar de ella.

—¿Por qué tu padre te mentiría?

—No lo sé, sinceramente. Quizá no se trate de mentir, sino de ocultar toda la información. No lo sé. La próxima vez que hable con él saldré de dudas. He venido a descubrir la verdad, y no pienso irme sin ella.

Los dos se quedaron callados.

—No te preocupes —le dijo Andreu—. Hoy me quedaré aquí.

Clara se volvió hacia él y observó su rostro maduro. Tenía algunos nacimientos canosos cerca de las patillas, y en su barba rasurada al uno también podían percibirse algunos puntitos blancos. La forma de su rostro le recordaba a Paul Newman, pero sus ojos eran de color caramelo si los miraba de cerca. Clara le daba unos cuarenta años.

—Quiero decir que me quedaré en la casa de enfrente. Estaré más tranquilo.

—Te lo agradezco.

—Si quieres, podemos llamar a la policía.

—¿Y qué les voy a decir? ¿Que algún loco me lanzó una piedra con una maldición? Sabes perfectamente que no tiene sentido que lo haga. Quien lo ha hecho no quiere hacerme daño. Lo sé. Lo que quiere es que me largue de aquí. Al menos, de momento.

—Como prefieras. —Sonrió con amabilidad.

Era la primera vez que Clara observaba una leve mueca de distensión en su rostro y, en aquel momento, le llamó la atención.

—¿Qué es lo que te divierte de todo esto?

Nuevamente, recuperó su rostro circunspecto.

—Perdóname. No quería faltarte el respeto. Lo que sucede es que imaginé lo que hubiese dicho mi madre de todo esto.

—¿Qué hubiese dicho?

—¿Te acuerdas de la historia que te conté sobre la mujer que mataron aquí?

—¿La tal Carmen?

—Sí, ella. Mi madre hoy te hubiese dicho que ella también está detrás de todo esto, como si su maldición fuese una sombra alargada que llega a todos los que viven aquí.

—¿A ti también?

—A mí, no. Yo siempre he sabido mantenerla a raya. La Carmen solo existe para los que creen en ella. Mi pobre madre hasta la oía llorar. Pero yo no creo ni en la maldita Carmen, ni en las almas, ni en ningún Dios que esté jugando con nosotros. Las explicaciones están aquí, bien cerca. Solo hay que abrir bien los ojos, ¿sabes? Si hay alguien que quiere joderte la vida, lo vamos a encontrar aquí, entre los vivos. Los muertos son el recurso manido de los que no quieren conocer las verdaderas respuestas.

CAPÍTULO VEINTIDÓS

TU VOZ INVISIBLE

Junio de 1988

Mayte había dado a luz a Marta en mayo, pero aquel sábado Sergi consiguió escaparse a la playa de Cullera con Fran. Fue un trueque de necesidades, porque Mayte le dijo que también tenía las suyas y que, el siguiente fin de semana, sería ella la que saldría a ventilarse toda la noche. «Te espero despierta», le dijo ella, y lo despidió con un beso en los labios que a Sergi le supo a promesa, aunque después lo olvidara. Acarició la coronilla de la pequeña en la cuna y salió disparado como alma que lleva el diablo. «Necesito un respiro», le dijo después a Fran, «pero no podemos hacer ninguna animalada. Mañana a las ocho tengo que estar en pie con el biberón». Había invitado también a Alberto, pero él le dijo que no podía, porque tenía que presentar el proyecto final de carrera en los próximos días. Pero para Sergi solo fueron excusas y le dijo a Fran que ya no lo entendía, que desde que eran cuñados no le veía ni el pelo.

Para Sergi solo se trataba de respirar, como un buzo emerge a la superficie para mantenerse con vida. Fue Fran quien lo invitó a Cullera, diciendo que el sábado por la noche había un ambientazo y que en una de las calles perpendiculares a la playa los pubs se llenaban de gente de todas partes, y que tenía una amiga que los frecuentaba todos los fines de semana. Una de esas amigas que le decían que era muy mono, pero no con la semántica que a él le daba por interpretar. Sergi comprendió sus intenciones cuando descubrió a la tal Nuria tonteando con Fran —pero tonteando de verdad, porque se «hacía la tonta», pensó al verlos desde una mesa lejana—, sin el más mínimo afán de llevárselo a la arena, como sí hizo, una hora después, con un inglés de bíceps de piedra mientras su amigo bebía su frustración con whisky y hielo. «Esa es una gilipollas», le dijo Sergi. «Tú, ni caso». Junto a él, Fran se sentía un analfabeto para las relaciones y estaba dispuesto a seguir su estela igual que un delfín. «Si no te comes un rosco, es porque te faltan huevos, Fran, que no es para tanto, hombre, que ya te toca». Y le señaló a dos chicas que bailaban al ritmo del *Balla* de Francesco Napoli. Tenían sus vasos de tubo apoyados sobre una barra exterior y hablaban y bailaban moviendo los brazos como gaviotas. «Aprende. Esas dos tienen ganas de fiesta». Sergi sintió que salía al escenario y un foco de luces lo convertía en el protagonista. Caminó hacia ellas y, una vez más, Fran se sintió como un mero espectador. Ver a su amigo lo irritaba y admiraba al mismo tiempo: aquel movimiento de manos haciendo magia, su sonrisa de piano acentuando los hoyuelos de sus mejillas y su pose ganadora, igual que un director de orquesta dominando todos los instrumentos. Fran los vio reír flirteando y mirar hacia donde él estaba para pedirle con visibles ademanes que se acercase también.

Sergi se las presentó: «Silvia y Mónica», le dijo. «Vienen de Barcelona», agregó, pero la segunda lo corrigió diciendo que era de San Sebastián, pero que había estudiado en Barcelona, que era donde se habían conocido. Como si existiesen correas invisibles, Fran comprendió rápidamente cómo Sergi había enlazado a Silvia sin dificultad: metro setenta, minifalda roja, top blanco, cuerpo de curvas sobrias y un rostro que le recordaba a Michelle Pfeiffer, pero con ojos negros y cabellera castaña hasta los hombros. Esa chica parecía tan bien sujeta a los encantos de Sergi que cruzó los dedos para tener alguna oportunidad con la otra. Radiografió a Mónica mientras intentaba soltar unas bromas y se quedó satisfecho. La chica chispeaba algo mareada y llevaba su blusa blanca humedecida por el derrame de alguna bebida, algo que Fran aprovechó para estudiar su sujetador sin disimulo. A él no lo acompañaba el físico, pero sabía cómo explotarse. «Eres un poeta», solía decirle Sergi, y en aquel momento desplegó toda su artillería de ingenio. Mónica aceptó su compañía cuatro pasos detrás de Sergi y Silvia, que se lanzaron a caminar riéndose como si se conocieran de toda la vida. Las luces serpenteaban la inmensa bahía de Cullera, y el paseo frente al mar era un arroyo caudaloso cubierto de palmeras. Una alargada muralla de edificios iluminados rodeaba la playa.

Anduvieron quince minutos en dirección al norte, hacia el Hotel Sicania, en donde se alojaban las dos. Deambulaban aquel prolegómeno necesario para poder tener la opción del sexo, los trámites necesarios en el manual de Sergi. Fran lo seguía expectante, sin estar seguro de que las ganas llegasen a buen puerto y no fuesen desbordadas por su inexperiencia. Estaba nervioso. No sabía si las cosas eran lo que parecían o si a él le parecían lo que no eran, pero Fran evitaba cerrar la boca, como si así dominara la situación y, cuando Sergi le dijo que bajaban a la arena, él imaginó que lo invitaban a un parque de atracciones de placer.

Los cuatro se quitaron el calzado y atravesaron la anchura de la playa hasta sentarse en la orilla. El mar y el cielo formaban una noche negra, arrugada por la espuma del oleaje. «Si hubiera una hoguera, sería como en San Juan», dijo Silvia, que se puso a contarles acerca de sus noches en Castelldefels como si fueran amigos de toda la vida. Sergi la escuchaba complacido y Fran se desesperaba echando vistazos a Mónica, que se recostó sobre la arena porque decía que todo le daba vueltas y, mientras Silvia no dejaba de reír con Sergi, Fran quiso echarse a su lado para preguntarle si estaba bien. Como si se atreviese a un salto al vacío haciendo piruetas, dejó que sus dedos se deslizaran por su blusa y llegaran a una caricia en el pelo, tímida y torpe, pero con el suficiente valor para ser acometida. Ella ni se inmutó. Le dedicó una mirada ida y se incorporó lo suficiente para corresponderlo con una explosión de vómito que embadurnó de ocre su camisa blanca. Fran intentó apartarse como un gato gordinflón saltando ante el peligro, pero el calor de aquella arcada le llegó como un chaparrón. Todo fue un *déjà vu*, un más de lo mismo donde la suerte jamás se conjuraba a su favor. *Vaya mierda*, pensó. Pero ni un sonido se escapó de sus labios.

—¡Lo siento! —dijo Mónica tosiendo saliva sobre la arena.

—No te preocupes —mintió Fran.

Él se puso en pie y se acercó a la orilla. Al mismo tiempo, Silvia se arrimó a su amiga y la ayudó a incorporarse, y Sergi la sostuvo por la cintura asegurándose de que no perdiera el equilibrio.

—¡Te dije que no te pasaras con el ron y la Coca-Cola! Tú no estás acostumbrada a estas cosas.

—Estoy bien —contestó—. No pude controlarlo, pero estoy bien. Al tumbarme me subió toda la arcada.

Fran se sacó la camisa y se acuclilló sobre las lánguidas olas para limpiarla y, al levantarse, se quedó mirando la negrura del agua sin luna.

—¡Sergi! —le gritó.

—¿Qué?

—Sergi, mira. —Señaló con el índice algo en el agua, casi imperceptible en la oscuridad.

Sergi clavó la mirada en la noche y, sin titubear, se deshizo de la camisa, se quitó los pantalones y se adentró en el mar, primero a zancadas, pero luego braceando sobre el agua. Las dos chicas lo miraban absortas. Fran, inmovilizado al borde del agua. El líquido negro lo engulló, pero de inmediato volvieron a verlo arrastrando un bulto blanco. Flotaba envuelto en un vestido que parecía una mortaja. Lo cargó en brazos como si hubiese encontrado una sirena y lo depositó boca arriba sobre la arena. Era una mujer joven. Sergi le abrió la boca y pegó la suya para insuflarle aire, al mismo tiempo que presionaba su pecho rítmicamente. «Está muerta», le dijo Fran. «Está más pálida que un papel». Pero Sergi insistió con terquedad mientras las dos chicas lo observaban todo juntando las manos en súplica o tapándose la boca con desesperación, hasta que de pronto aquel cuerpo escupió agua igual que una fuente atascada y empezó a toser.

Silvia se arrodilló junto a ella, la tumbó de lado y empezó a decirle que ya estaba a salvo, que se calmara. Luego miró a Sergi y se entretuvo en sus hombros anchos y en sus pectorales bien contorneados. Respiraba agitado y aliviado a la vez.

—Hay que llevarla a un hospital —dijo Sergi—. Voy a buscar el coche.

—No. El mío está más cerca. —le contestó Silvia poniéndose en pie y señalando el edificio de su hotel—. Dame cinco minutos y me la traes a esa calle de ahí.

Entre la confusión y la embriaguez, Mónica atinó a decir que ella la esperaba allí, pero Silvia negó con la cabeza.

—Ve para el hotel, por favor. Es lo mejor. Tú no estás bien.

A Fran la noche se le cayó encima de golpe. *Hay que joderse*, pensó. *A esta tía me la tiraron aquí como un meteorito*. El inoportuno destino, «ese desgraciado destino jodiéndolo todo otra vez», masculló en voz baja.

—Fran la acompaña —le dijo Sergi—. No te preocupes. Tú vuela y trae el coche ahora mismo.

Y Silvia corrió escupiendo arena como las ruedas traseras de un *quad*, mientras Sergi procuraba inútilmente alguna respuesta de aquella inesperada sirena, pero estaba tan aturdida que prefirió dejar pasar el tiempo en la arena y evitar armar un revuelo en el paseo lleno de gente.

—Y tú no la cagues, Fran —le dijo acercándosele a una oreja—. Ni se te ocurra pasarte con esa tía así. La llevas, le cantas una nana y si quieres le das el puto besito de buenas noches, pero no me la cagues ahora, ¿eh? Mejor pagar que meter la polla cuando no toca. ¿Está claro?

—¿Tú vas a tardar?

—No lo creo. Me esperas en el hotel y ya. Nos tomamos algo los cuatro y después ya veremos.

Cargó a la chica, se dirigió al paseo y, cuando vio que la concurrencia se acercaba alertada por aquella especie de espectro empapado en brazos, apuró los pasos hasta la calle, donde apareció, puntual como un reloj, un Opel Corsa blanco.

En cinco minutos llegaron al centro de salud de Cullera, pero poco más pudieron hacer. Ni siquiera supieron quién era. La chica no llevaba nada.

—Una Alfonsina Storni —le dijo Silvia.

—¿Una qué?

Silvia sonrió nuevamente después de un rato de mucha tensión.

—¿No sabes quién fue la poeta Alfonsina Storni?

—El último libro que leí fue en el instituto, y porque me obligaron.

—Se suicidó en una playa argentina, en Mar del Plata. Estaba muy enferma y se tiró de una escollera. Los más románticos dicen que se adentró en el mar hasta morir, pero ve tú a saber.

—¿Y si se cayó de un barco?

—¿Alfonsina Storni?

—No, la chica. Quizá se montaron una de esas fiestas a reventar de cocaína y ni la vieron caer al agua.

Pero Silvia no contestó. Miraba a través del cristal delantero del coche. Solo hizo un gesto con las manos que Sergi interpretó como un «¡A saber!».

—¿Cómo sabías que alguien se estaba ahogando? Estaba demasiado oscuro.

—Fue como una visión. A veces me pasa.

Ella se giró levemente para cerciorarse de aquella guasa.

—¡No te rías! Es una larga historia, pero desde pequeño mi madre me ha vuelto loco con una mujer que murió en mi huerto. Cuando era un niño y quería meterme miedo me decía: «Que viene la Carmen para llevarte con ella», y yo la imaginaba de blanco recorriendo los campos. Es una gilipollez, pero veo vestidos blancos en la noche a kilómetros de distancia.

—Ya... ¿Y tú quieres que me lo crea?

—Es una posibilidad.

—Tienes una vista de lince, déjate de fantasmas, que tu amigo no sabía si era un bote o un delfín.

Sergi calló. No le había mentido y se arrepintió de habérselo dicho.

—Esa chica tuvo suerte. Debería estar muerta.

—Lo has hecho muy bien, Sergi. Ni te lo has pensado. Si querías impresionarme, lo has hecho.

—¿Y por qué iba a querer impresionarte?

Los dos sonrieron.

Aparcaron en el estacionamiento del Sicania. Apenas pasaban unos minutos de la medianoche y todo era una promesa. En el recibidor, Fran esperaba sentado en un sillón, apoyando los codos sobre sus rodillas. Los dos puños sostenían sus mejillas rollizas. Cuando vio a Sergi apretó los dientes con rabia. Al parecer, luego supo que Mónica se había despedido de él nada más habían puesto un pie en el hotel. Le había dicho que estaba tan mareada que no era capaz ni de estar sentada. Ni siquiera le había dado la oportunidad de acompañarla hasta la puerta, y Fran no había insistido.

—Pensé que no volvías, hombre —le dijo con alivio, poniéndose en pie.

—¡Si hemos ido y vuelto en un santiamén!

—Da igual. Yo me largo —afirmó sin resquicios para la duda—. Si quieres venir conmigo, este es tu tren.

—¿Y con quién voy a volver si no, cabrón? —Se irritó al contestarle—. Vinimos en tu coche.

—Yo me voy. Lo siento.

—Tú eres un tocahuevos, Fran.

Silvia y Sergi se miraron con complicidad.

—Vete con él. Tienes esos pantalones chorreando agua y yo tampoco estoy para tirar cohetes. Si queréis, nos vemos mañana y nos comemos una paella por aquí. ¿Qué os parece?

—¿Mañana?

—Es domingo. Podéis venir, bañaros, y luego comemos juntos. Seguro que a pleno sol se ahogan muchísimos menos.

Rieron los dos y Sergi se quedó meditando qué hacer.

—¿Qué tienes que hacer un domingo? ¿O es que tienes otros planes?

Miró a Fran, pero él bajó la cabeza, como si nada de aquello ya fuera de su incumbencia.

—Claro. Es una idea excelente. Nos vemos mañana —le contestó al fin.

Salieron del hotel sin emitir palabra. Bajaron al paseo y se prepararon para andar veinte minutos hasta el coche. El silencio era un fino y frío cristal de fiasco y rabia que los separaba por diferentes motivos.

—A ver qué le inventas a Mayte mañana —le soltó al fin.

—¡Eres un pelma! Lo has jodido todo. ¡La Cenicienta tiene que volver a casa! ¡Hay que joderse! Eres un aguafiestas.

—Esa tía me dio plantón a la primera. ¿Qué querías que hiciera?

Sergi inspiró el aire fresco y salino a la vez, y luego lo soltó suavemente por la nariz.

—Mañana vengo solo y ya está.

—¿Y tu mujer y la niña?

—¡Por un momento ya pensé que se lo ibas a soltar!

—¿Estás loco?

—Haré lo que me dé la gana.

—Pues yo vendré contigo. No me pienso quedar.

—Haz lo que quieras, pero vendremos en dos coches. No me vuelves a fastidiar un plan. Esa tía me mola.

Y siguieron caminando y esquivando transeúntes. Aquella noche de verano se desinflaba rápidamente.

CAPÍTULO VEINTITRÉS

Viernes 24 de mayo de 2019

El perfume del azahar la despertó suavemente. Quien le había lanzado aquella amenaza para que se fuese de allí, lejos de amedrentarla, había abierto una ventana de par en par en su vida: su madre estaba intentando decirle algo. Era una insensatez, pero así lo sentía. Una puerta invisible se había abierto nada más aterrizar en España. Su madre seguía siendo imperceptible para ella, por supuesto, pero intuía su presencia como si hubiese perdido el sentido común.

Se puso en pie y volvió a asomarse hacia los naranjos y sus senderos. Parecían gruesos viñedos manchados de florecillas blancas, una muralla de colinas y pinadas rodeando el huerto como paredes de un inmenso estanque verde. Observó el trasiego de los estibadores cargando cajones de naranjas y atravesando los arbolillos entre gritos y risas. Sentía que aquel valle bajo el cielo azul era un oasis.

No sentía ningún temor. Donde debería haber dudas, solo existía determinación.

De pronto, una imagen descatalogada en su memoria apareció como si hubiese arrancado una hoja del calendario. Se trataba de Susana Martorell, una profesora excéntrica que un día se subió al escritorio como Robin Williams en *La sociedad de los poetas muertos* para arengarlos a que despertasen y aprendiesen a ser libres. La señorita Martorell les daba Lengua Castellana y clases de Religión en el colegio católico San Carlos Borromeo, pero un año antes de que

Clara terminara la escuela secundaria, paradójicamente la echaron por no estar casada por la Iglesia. «El problema del mundo de hoy es que no hacemos silencio», les decía. «Solo hay que aprender a observar para comprender que hay algo más. La verdad deslumbra si la quieres ver». La desaparición de aquella mujer de las aulas la indignó y tuvo un gran impacto en su vida. Clara ni protestó, ni se manifestó, ni siquiera preguntó. Solo intentó buscar respuestas como hubiese hecho ella. Una tarde fue al fondo del jardín en casa de sus abuelos y se sentó bajo los cipreses centenarios con un pequeño Evangelio entre las manos. Se quedó allí traspuesta por el silencio, con el bisbiseo de la naturaleza susurrándole algo que ella imaginó trascendental, intentando rozar con sus dedos ese umbral del que le había hablado la profesora Martorell.

—No irás a hacerte monja, ¿verdad? —Su padre había pinchado aquella quietud como un gamberro lo hace con el globo de un niño el día de su cumpleaños—. No será la abuela la que te enseña esas cosas. Seguro que no.

Clara se lo quedó mirando sin saber qué decir, como si hubiese sido sorprendida desnuda.

—Solo estaba pensando —le dijo al fin.

—En tu madre, a que sí. —Y le acarició la coronilla.

Ella asintió.

—Ya no eres una niña, Clara. De tu madre solo queda el recuerdo. Quien quiera hacerte creer que puedes hablar con ella, te miente. Debería cambiarte de colegio por meterte esas cosas en la cabeza.

—No me meten nada, papá.

—Ya veo... Pero eso no te va a hacer fuerte. ¡Eso, no! —Le señaló el libro entre las manos.

—¿Y qué es lo que te hace fuerte? —La voz de Clara se cargó de insolencia.

—Saber que tu madre ya no está y que no vendrá de ninguna parte para ayudarte. Eso solo lo puedes hacer tú, Clarita. Solo tú. Tu madre ya no existe. Solo nos sirve su recuerdo. Lo demás es una necedad para niños, y tú ya no lo eres.

Ella se puso en pie como si le hubiesen lanzado un latigazo para hacerlo.

—¡Ya sé que está muerta! —le gritó antes de salir corriendo—. Déjame en paz.

El recuerdo de aquel día se esfumó nada más volverse para organizar la mañana. Necesitaba encontrar algún rastro de ella y, una vez más, buscó la carpeta azul que le había entregado Rosa en su casa de Castelldefels. Se sentó frente a la mesa del comedor y extendió sobre ella las cartas, las fotografías y los recortes de periódico. Su amiga Mónica parecía la única respuesta que podía encontrar, pero se trataba de una imagen borrosa perdida en el tiempo. Releyó una breve carta suya y anotó: «Mónica Vert. Calle Balleneros, 5, 1º A. San Sebastián. 94 348 1304». Se trataba de unas oficinas, pero en aquellas líneas no especificaba de qué. No lo dudó y llamó por teléfono, pero ya ni correspondía a aquella misma dirección. No podía ser tan fácil, desde luego. Clara se concentró e intentó agudizar su ingenio. Por la mañana, su cabeza parecía tener millones de circuitos chispeando a toda velocidad. Entró en Google Maps, tecleó la dirección de San Sebastián y apareció la imagen de una tienda de fachadas y ascensores. Buscó su número en internet y llamó intentando explicarse y preguntando por las antiguas oficinas, pero la chica que la atendió le dijo que no sabía nada, que hacía solo un año que trabajaba allí. Sin embargo, Clara insistió y le pidió por favor que preguntara a los propietarios, y quedó en volver a llamar más tarde. Colgó sin demasiadas esperanzas en su buena voluntad, y una hora después volvió a marcar el número de aquel comercio. Para su sorpresa, la empleada le dijo que en aquel lugar había habido un despacho de abogados, pero que no se lo podía asegurar. Tampoco el nombre del despacho.

—¿Vert? ¿Te suena?

—No puedo decirle más. Es todo lo que me dijeron. Como le digo, yo soy simplemente una empleada.

—En realidad, a quien busco es a una mujer que se llamaba Mónica Vert. Si supieses algo de ella, te ruego que me llames. Se trata de algo grave.

—De verdad que lo siento, pero eso es todo lo que me ha dicho mi jefe. Que aquí había un despacho de abogados.

—Lo entiendo, no te preocupes. Has sido muy amable.

Clara pensó que, al menos, ya tenía un dato más: la profesión de la amiga de su madre, y en eso centró su búsqueda. Nuevamente, googleó con su nombre y «abogada». En el buscador apareció asociada al Ilustre Colegio de la Abogacía de Bizkaia. Sería inútil llamar para que le facilitasen su contacto, tal como estaba la Ley de Protección de Datos.

Tuvo la sensación de que, sin alguna colaboración, la búsqueda de aquella mujer sería como encontrar una aguja en un pajar. No desistió y escribió «Mónica Vert» en Facebook, Twitter e Instagram, pero no encontró ningún dato fiable: Mónica Vert Pons, Mónica Carla Vert Borrás, Moni Vert, Mónica Andrés Vert, Mónica Frei Vert... Las imágenes de aquellas mujeres tampoco le aportaban nada, porque en las fotografías de la carpeta azul su rostro aparecía tan diminuto y borroso que era incapaz de establecer una correspondencia coherente. Sin embargo, aquella búsqueda a ciegas era su única opción, y por ello comenzó a enviar mensajes privados a cada uno de los perfiles: «Soy la hija de Silvia Ros Mas y necesito saber si la conociste». Aquel mensaje era muy extraño, pero Clara creyó que era la única bala que tenía en su cargador. Dos perfiles le respondieron al instante: ambos le dijeron que no, y uno de ellos le deseó buena suerte.

Mónica Vert parecía otro espectro del pasado que llamaba a su puerta en silencio. Inesperadamente, solo había una persona que intentaba ayudarla: Andreu Baldoví, quien regresó a verla a media mañana.

—Estuve dando vueltas por el huerto antes de irme a dormir, pero no vi absolutamente nada extraño.

—Ya te lo dije: quien lo ha hecho solo quería amedrentarme. Pero no me voy a ir. Todavía no.

—Estoy muy avergonzado por todo esto, Clara.

—No es tu culpa. No te preocupes.

—¿Lo tienes claro?

—Sí.

—Anoche estuve pensando en Alberto Gabaldón, el hermano de Mayte. Quizás él pueda ayudarte. Fue amigo de mi tío Sergi.

—Francisco Querol Rico lo menciona en su libro. Lo sé.

—Alberto siempre fue mucho más cercano que su hermana. Es un hombre con quien se puede tratar. Esto es un pueblo, no lo olvides, y Mayte Gabaldón, si puede cambiar de acera cuando me ve, lo hace. En cambio, su hermano es otra cosa. Es educado, y hasta te diría que afable. Tiene otro carácter. En el fondo, creo que comprende que lo sucedido con su sobrina ya nada tiene que ver con nuestra familia. Han pasado muchos años, pero si tu madre tuvo algún contacto con su familia, quizá sea la persona adecuada para ayudarte.

—¿Cómo puedo contactar con él?

—Es arquitecto y tiene una oficina en el pueblo. Es fácil encontrarlo allí. Pero puedes llamarlo.

—Prefiero ir personalmente. ¿Cuál es su dirección?

—Es muy fácil. Está frente a la iglesia, en la Plaza Mayor. Él ya sabrá que tú estás aquí. Su hermana se lo habrá dicho sin dudarlo.

Andreu volvió la mirada hacia la mesa. Las fotografías y los papeles estaban esparcidos junto al ordenador.

—Son los restos del naufragio —le dijo Clara.

Él frunció el ceño sin comprender.

Ella se acercó, eligió una fotografía y la sostuvo entre sus dedos. Su madre y Mónica posaban frente a un parque acuático en la playa de Cullera.

—Mira, la de la derecha es mi madre.

Andreu estudió la imagen con detenimiento y luego miró a Clara.

—Te pareces a ella.

—Cada uno ve lo que quiere ver. La calidad es malísima y no se le distinguen las facciones.

—Lo suficiente como para ver que era guapa como tú.

Clara agigantó los ojos, sorprendida, y Andreu pareció arrepentirse nada más mencionarlo, como si aquello se le hubiese resbalado de la boca. *Sus ojos están llenos de palabras*, pensó ella. Pero no le dijo nada.

—¿El parque acuático todavía existe? —preguntó Clara.

—Sí, claro.

Luego le pasó la postal de Cullera que Sergi Agulló había enviado a Silvia Ros en junio de 1988. «Siempre nos quedará nuestro verano. Te quiero. Sergi».

—Eso lo escribió tu tío —le dijo ella.

Andreu lo leyó.

—¿A cuánto está de aquí Cullera? —le preguntó Clara.

—Media hora.

—Es evidente que fue un lugar importante para mi madre.

—Si quieres... —en su voz se percibía cierto titubeo—, puedo acompañarte. No me cuesta nada.

La mirada de un niño se esconde tras tus ojos, pensó ella. Y volvió a callar.

—No quiero molestarte.

—No te lo diría si no pudiese. Tengo tiempo. Será un gusto.

—¿Me llevarías primero a lo del hermano de Mayte Gabaldón?

Andreu asintió.

—Pero yo no bajaré del coche. No quiero tener nada que ver con eso.

Sus ojos parecen un refugio, no dejaba de pensar. *Sus ojos quizá no digan lo que son.*

—Por supuesto —contestó al fin—. Dame media hora y estaré lista.

CAPÍTULO VEINTICUATRO

Tu voz invisible

Junio de 1988

El domingo se levantó temprano, le dio el biberón a la niña y atendió un llamado telefónico que le hizo Fran a primera hora. Le dijo a Mayte que necesitaba a Sergi de urgencia en el huerto, que se había roto la bomba de riego y no sabía cómo solucionarlo. «Es gravísimo. No me esperes para comer», le dijo su marido. La joven escuchó aquella patraña con más preocupación que escepticismo, pero se tragó la mentira después de que Sergi intentara una absurda dispensa haciéndole el amor con prisa, un mero trámite para aliviarse a sí mismo más que para congraciarse con ella.

Esta vez cada uno fue en su coche, «por si te tienes que quedar más rato», le mintió Sergi, pensando que aquella chica se sacaría de encima a Fran como se tira una colilla al suelo, y él no iba a estar allí para recogerla. No se equivocó. Llegaron al hotel a las doce del mediodía, se dieron un baño en la piscina frente al mar y, a las dos, comieron una paella en un restaurante del paseo. Antes de sentarse en su terraza, Silvia le pidió al camarero que les sacara una foto de grupo, y los cuatro posaron con el Mediterráneo de fondo. Brindaron con sangría, comieron unos calamares y, para cuando llegó la paella de marisco con los rojizos gambones rodeándola como los radios de una rueda, ya todo era cháchara, risas y la promesa de algo más. Sin embargo, al acabar la comida y con el sopor de la tarde, Mónica subió a la habitación con la excusa de la siesta, y Sergi le propuso a Silvia mostrarle el castillo de la ciudad. Fran se quedó solo en la mesa, pagando la fiesta de todos. «Después te doy lo mío, que tenemos prisa», le dijo Sergi, pero después ni se atrevió a mirarlo. Estaba seguro de que aquello Fran se lo guardaría como Bruto, afilando la daga con la que acabar con Julio César.

A Sergi nada de eso le importó entonces. Solo se trataba de que aquella inocente aventura sobreviviera algunas horas más. Sentó a Silvia en el asiento del acompañante de su Ford Sierra, zigzagueó por una de las montañas que amurallaban la bahía de Cullera y estacionó en la explanada que conducía al castillo. Aquel enclave había sido una fortaleza con varias torres, construida por los árabes en el siglo IX. Cuatro siglos más tarde, en ese mismo lugar, el rey Jaime I había edificado otra, y aunque a lo largo del tiempo se había reconstruido varias veces, todavía se mantenía lo esencial: aquel panorama estratégico que abarcaba el mar y las huertas de la comarca.

Junto al castillo, en el siglo XIX también habían construido el Santuario de la Virgen de Cullera.

Silvia bajó del coche y se sentó sobre uno de los antiguos cañones que apuntaban hacia un mar inmenso y azulón. Debajo podía divisarse la bahía apretada por edificios blancos. El faro, hacia el norte, quedaba oculto por una montaña reseca donde habían construido caprichosamente y sin ningún control.

Luego subieron las escaleras que conducían al castillo y, desde allí, la costa se dibujó perfecta a más de treinta kilómetros de distancia, acorralada por cuadrículas reverdecidas y, hacia el interior, por arrozales.

—Tu amiga no veía la hora de quitarse de encima a Fran.

Ella sonrió.

—Pero tú, no.

—Yo no, ¿qué?

—Darme puerta y a otra historia.

—¿Por qué iba a hacerlo? Vas salvando a chicas por el mar. ¿Con quién iba a estar más segura?

—No te creas. Soy bastante peligroso. Apenas sabes nada de mí.

—Es mejor así. Me mentirías. Tienes pinta de uno de esos. No vale la pena.

Sergi soltó una carcajada, seguro de sí mismo, erigido allí arriba como el rey del mundo.

—Por cierto, ¿sabes lo que escuché esta mañana?

—¿Qué?

—En la cafetería decían que una mujer se había caído desde la escollera, que era de Madrid y que su hermana la había estado buscando toda la noche hasta que la llevaron a casa de madrugada.

—Vaya, me alegro de que haya soltado la lengua al fin.

—Y lo de caerse es una forma de decir —comentó Silvia—. Nosotros vimos que no tenía golpes en la cabeza como para que ella no pudiese nadar.

—La maraña esa de pelo que tenía no ayudaba mucho a ver algún golpe. O quizá no sabía nadar.

—La gente está más desesperada de lo que crees. Esa tía saltó, pero anoche no era su hora. Gracias a ti.

Él dejó de mirar el mar y se volvió hacia ella.

—¿Tú crees en el destino?

—A veces suceden cosas extrañas. No puedo estar segura, pero sí siento que las casualidades no existen.

—¿Y esto? —Sergi movió el índice hacia sí y hacia ella—. ¿Qué es esto?

Ella sonrió e inspiró lentamente.

—No vale la pena. No sé lo que es. La vida son momentos, y este es uno de ellos. Los puedes dejar pasar o simplemente disfrutarlos con nuevos amigos y una paella.

Los dos se miraron, y fue como si lo hiciesen por primera vez.

—Tú tampoco me has hablado de tu vida. ¿Hay alguien?

—Y eso ahora qué importa. ¿Acaso en tu vida no hay nadie, Sergi? Es mejor no saberlo. Hoy ya no lo podemos cambiar.

—Ojalá te quedaras más tiempo. Podríamos conocernos. —La voz de Sergi sonó sincera y resignada a la vez.

—Me voy mañana. Hemos llegado tarde a todo.

—Pues habrá que darnos prisa.

Sergi la besó del mismo modo en que se lanzó al mar, sin pensárselo y de improviso. Silvia abrió la boca y dejó que su lengua se zambullera en ella como un nadador curioso, palpando los límites de su paladar y moviéndose alocado igual que si estuviera atrapado en una pecera. Sergi sintió que aquel no era un mar para bracear demasiado, sino simplemente una laguna transparente donde tumbarse a flotar de placer. Entre los dos se disparó una tormenta de sustancias, y la dopamina, la noradrenalina y las endorfinas suscitaron una descarga en la que ya solo existieron los dos, en aquel lugar y aquel momento.

Silvia se apartó de él. Su mirada estaba hechizada.

—Ven, sígueme —le pidió sujetándole la mano.

Lo condujo a solo unos pasos de allí, al bar situado frente a la explanada y junto al santuario, apenas una cafetería con un puñado de mesas desiertas y orientadas hacia el paisaje. Con decisión, buscó los servicios. Abrió la puerta donde estaba escrito «Damas», empujó a Sergi hacia el interior y ella entró detrás, cerrando la puerta. Una descarga arrolladora la empujó nuevamente hacia él, pero esta vez se besaron con rabia, como dos ciervos enredando sus cuernas en una pelea amorosa. Actuaron silenciosos, solo con el jadeo de la urgencia. Silvia se dejó desabrochar la camisa y el sujetador, al tiempo que ella misma se bajaba la falda y obligaba a Sergi a sentarse sobre el inodoro con su sexo excitado. Se situó sobre él y sintió una cascada de placer golpeando las paredes de su interior. Se meció enérgica a la vez que sentía la boca de Sergi lamiendo sus pechos endurecidos. El mundo se detuvo en aquel momento, y sintió una convulsión que lo acalló todo, un gozo irracional que la empujó a seguir hasta el final, cuando los dos reprimieron un gemido profundo y agudo, pero aliviados, justo en el momento en que la fuerza centrífuga de aquel torbellino cesaba y sus pies volvían a rozar el suelo.

Rápidamente, se pusieron en pie y comenzaron a vestirse.

—Joder, ¡qué pasada! —Él volvió a besarla, pero esta vez con ternura.

—Salgo yo primero —le dijo ella.

Cinco segundos después lo hizo él, y bajaron juntos las escaleras para volver hacia el estacionamiento. Iban riendo como dos adolescentes.

—No te creas que suelo hacer estas cosas, ¿sabes? —le advirtió ella—. Hoy perdí la cabeza.

—Fue un alucine. Gracias. —Y la besó una vez más.

Sergi condujo hacia la playa, aparcó céntrico y la llevó a una heladería frente al mar. Entre ellos, los silencios eran elocuentes y precisos. Sabían tan poco el uno del otro que sintieron que podían ser lo que quisieran, sin más, sin preguntas.

Silvia pidió un helado de chocolate y vainilla y Sergi un café del tiempo. Estaban callados, oteando el mar embravecido por la tarde. El tictac de la vida no se detenía y para ellos no habría un mañana, solo aquel instante que Sergi no pudo soportar.

—¿Te volveré a ver? —le preguntó al fin.

—Ojalá todo fuera diferente.

—Si quieres puedo ir a Barcelona. No me importa.

—¿Podrás?

—¿Por qué no iba a poder?

Ella volvió a sonreír una vez más, pero esta vez con tristeza.

—¿De quién es la sillita de niños de tu coche?

Sergi agrandó los ojos y se sintió desnudo. Podría haber vestido sus palabras con habilidad, como por la mañana cuando se despidió de Mayte con otra mentira, pero con aquella chica las cosas eran diferentes. Acababa de conocerla, pero ya la conocía. Y ella a él.

—Me dijiste que no querías saber.

—Es verdad. Por eso no sé si nos volveremos a ver.

Sergi buscó una servilleta, le pidió un bolígrafo al camarero y escribió en él.

—Llámame o escríbeme a esta dirección —dijo acercándole lo escrito—. Esperaré que lo hagas.

Ella alargó la mano sobre la mesa y se guardó el papel en el bolso.

—Nunca se sabe —le contestó.

Esa tarde, el tiempo ya no transcurrió igual para ambos. Silvia tuvo la impresión de que el final de aquella aventura llegaba a contrarreloj. No era fácil saber lo que iba a suceder. Ese solo es un don que manejan los demiurgos, quienes conocen y escriben las historias.

CAPÍTULO VEINTICINCO

Viernes 24 de mayo de 2019

Andreu estacionó cerca de la Iglesia de la Asunción. El pueblo valenciano era un enredo de calles estrechas y empedradas, pero con la estética rimbombante de aquellas fachadas modernistas de finales del siglo XIX. Los ecos de los años de esplendor de la naranja se paseaban por coloridos edificios de grandes ventanales y formas poéticas que se concentraban alrededor de la iglesia y del ayuntamiento. Carcaixent era un lugar de casas y edificios rodeado de huertos, pero unido por un cordón umbilical de tres kilómetros a una pequeña ciudad del interior: Alzira.

El eco de este esplendor ilustre era visible en la plaza, adornada con esbeltas palmeras y una fuente de hierro con varios chorros. Su superficie estaba parcialmente ocupada por las mesas de aluminio de una cafetería. Bajo sombrillas blancas, una veintena de vecinos almorzaban atentos al trajín de la explanada. Clara Guinzburg localizó el despacho de los Gabaldón con facilidad, empujó la puerta de cristal y se introdujo en un espacio abierto y diáfano donde unas cinco mesas blancas de diseño estaban acomodadas de forma semicircular. En cada una de ellas, pantallas Apple de veintisiete pulgadas, lapiceros, carpetas y papeles, y en una de las paredes el previsible nombre de aquel despacho de arquitectura: «Gabaldón», con relieve y en blanco. Preguntó por Alberto y una mujer le respondió que debía llegar de un momento a otro, que podía esperarlo. Clara se sentó en un sillón blanco desde donde se podía observar el trasiego de la plaza y, nada más hacerlo, la misma mujer se acercó hasta ella. Tendría unos cincuenta años, pero llevaba un vestido verde entallado que podría haber lucido una de veinte. Bien maquillada, con un corte de pelo *bixie*, tono blanco, corto, versátil y flequillo cortina. Se sabía atractiva y lo transmitía al andar.

—Tú debes ser la periodista argentina, ¿verdad?

Clara agrandó los ojos y afirmó con la cabeza.

—Es que tu acento te delata —agregó, cordial.

—Veo que las noticias vuelan.

—Esto no deja de ser un pueblo... —Le extendió la mano para saludarla

—Clara. Mi nombre es Clara Guinzburg —le contestó poniéndose en pie.

—Yo soy Cristina, la esposa de Alberto. Mi marido estará a punto de llegar. Se cuida mucho y sale a correr todas las mañanas. Hoy también habrá ido a nadar o al gimnasio. Los hombres se vuelven como adolescentes cuando tocan los cincuenta.

—Lo entiendo perfectamente. Hacer deporte aumenta la calidad de vida.

—¡Pues mi marido tiene mucha! —Cristina sonrió con complicidad.

Luego invitó a Clara a sentarse nuevamente y ella lo hizo a su lado, intentando mostrarse acogedora.

—Mi cuñada le habló de tu llamada y le dijo quién eras. Por eso lo deduje, sinceramente. Tu presencia aquí ya no es ningún secreto, sobre todo si se trata de una periodista que viene haciendo preguntas de lo que sucedió en El Descanso. Creo que, si cruzas la calle y vas al ayuntamiento, también ya sabrán de ti.

—No he venido a investigar aquello, créame. Se lo intenté explicar a Mayte. Solo intento comprender qué relación existió entre mi madre y Sergi Agulló. Mi madre murió poco tiempo después de que sucediera todo, pero fue tras haber estado aquí. Vengo siguiendo el rastro de mi madre, y pensé que su cuñada podría ayudarme con eso.

La mujer hizo un esfuerzo para atenuar su voz.

—¿Dónde murió tu madre?

—Solo sé que murió en un accidente de tráfico en algún punto de Valencia, imagino que cerca de este lugar. Al menos, es lo que sé por mi padre. Nosotros vivíamos en Barcelona, y hoy tengo la certeza de que Sergi y mi madre mantuvieron una relación. Por eso ella vino hasta aquí justo antes de morir.

Cristina Bellver la observó interesada, asintiendo con sorpresa.

—Mi marido y yo éramos novios entonces, pero jamás escuché nada relacionado con esto. ¿Mi cuñada qué te ha dicho?

—Nada. Ella dice que no sabe nada.

—Me temo que Alberto tampoco sabrá. Nunca mencionó nada al respecto. Sí sabía muy bien que Sergi conservó relaciones con otras mujeres durante su matrimonio con Mayte. Fue más que lógico que mi cuñada quisiera separarse de él, sinceramente. Lo que no fue normal fue la reacción que tuvo él y lo que hizo. Todos sabíamos que engañaba a Mayte, pero jamás se mencionó ninguna mujer en concreto.

—Alguien tiene que saber de ella. Sé que estuvo aquí.

—Desde luego, mi cuñada intentó olvidar todo aquello. Debes entender que la llegada de una periodista revolviendo el pasado… En fin, digamos que la desestabiliza.

—Por supuesto, lo entiendo. Pero me gustaría que ella también entendiese por qué necesito respuestas.

Cristina Bellver le contó que Mayte Gabaldón nunca había vuelto a ser la misma tras la muerte de su hija. Había remontado su vida a contracorriente, como si hubiese tenido que nadar braceando el doble. Para ella, Mayte era una superviviente que había decidido dejar de abrazar la adversidad para erguirse frente a su destino, y a su manera. Después de la desaparición de su hija se encerró en una oscura sima de dolor, al igual que un faraón era sepultado con todas sus riquezas, y para Mayte sus únicas riquezas estaban en el cuarto de su niña, que conservo en un museo funerario durante un par de años, hasta que el frío mármol de la vida le pesó tanto que ella misma comprendió que estaba a punto de perder ese indispensable aliento que todo ser humano necesita para mantener el equilibrio en este mundo. Mayte Gabaldón emergió de su Hades con el firme propósito de llenar su mente de cualquier otra cosa que no fuesen recuerdos. Con ayuda de su hermano Alberto, vendió el apartamento en el que había crecido su hija y comenzó a prepararse unas oposiciones para profesora de Inglés en Secundaria y Bachillerato. Se volcó al estudio con adicción, decidida a olvidar, con su cabeza obcecada en los libros varias horas al día, hasta que obtuvo una plaza en el Instituto Doctor Luis Simarro de Xàtiva. Según Cristina Bellver, su cuñada fue emergiendo de su abismo con la piel de los afectos endurecida como la de un reptil. Parecía que ya no sabía amar, y se plantó en los cuarenta viviendo sus relaciones como un saltamontes sentimental. Ella no se atrevió a decir que Mayte Gabaldón había sido una mujer promiscua, pero sí que le había conocido incontables parejas que, rigurosamente, nunca llegaron a serlo. Solo Toni Revert, un compañero de instituto con quien tuvo un hijo en el linde de su edad fértil. Por supuesto, no habían llegado a mantener ningún tipo de vínculo civil o religioso entre ambos. Tan solo fueron pareja durante cinco años, hasta que los dos comprendieron que la convivencia era un imposible. En aquel momento, su hijo tenía poco más de diez y vivía con Mayte a escasos metros del estudio de arquitectura. Ella nunca le hablaba de aquella hermana que había tenido, pero Cristina Bellver estaba convencida de que el recuerdo de la pequeña Marta asfixiaba a Mayte, y al niño también.

—Es como cuando huele mal, pero realmente no sabes muy bien dónde está escondida la podredumbre —le comentó la mujer —. Mayte me preocupa mucho, pero Enric me preocupa mucho más. Es imposible ser feliz en ese ambiente tóxico en el que se ha refugiado su madre... Estoy segura de que ella intenta olvidar su pasado todos los días... Hasta que, de pronto, llegas tú. ¿Comprendes?

Clara levantó los hombros y abrió las manos, como si se exculpara.

—Procuraré molestarla lo menos posible, pero tengo la impresión de que eso no le importa. Solo le diré que creo, aunque le parezca descabellado, que existe alguna relación entre el crimen de Sergi y la muerte de mi madre, y vine a encajar esas piezas.

Antes de que terminase de decir aquello, Alberto Gabaldón llegó de la calle. Clara lo supo porque Cristina se puso en pie y se dirigió a él con manifiesta cercanía. Su aspecto era impecable, como el de su esposa: pantalones pitillo color camel, camisa Ralph Lauren azul, ajustada sobre su torso de gimnasio, y el pelo sutilmente engominado, corto a los lados, pero lo suficientemente largo como para mesarlo hacia atrás con un resultado informal. Eran visibles algunos mechones con canas, pero no demasiados. Alberto pareció sorprendido al principio, pero inmediatamente ablandó su expresión y le ofreció una afable sonrisa.

—Ven, estaremos más cómodos en mi oficina —le dijo indicándole el camino.

Clara agradeció la atención de Cristina Bellver y siguió a su marido atravesando la estancia. Alberto atravesó una puerta corredera blanca y la invitó a sentarse frente a su escritorio y a una pintura al óleo del antiguo almacén de José Ribera, una construcción modernista que era un símbolo del pueblo y del pasado de la naranja. Como había hecho con su hermana y con su esposa, volvió a exponer cuál era el motivo de su llegada al pueblo: rastrear el paso de Silvia Ros Mas por la zona y comprender por qué había visitado Valencia después de saber que había mantenido una relación con un psicópata o un asesino.

—Según tengo entendido, Sergi y usted fueron muy amigos.

—Así es. Desde la adolescencia. No le miento si le confieso que éramos como hermanos. Lo conocía muy bien, y creo que jamás debería haberse casado con mi hermana.

—¿Usted sabía de la existencia de mi madre?

—Todo el mundo sabía que mantenía... aventurillas. Llamémoslo así. Imagino que en alguna de ellas habrá aparecido tu madre. No sé decirte.

Clara metió la mano en su bolso y extrajo una fotografía, la de su madre junto a Sergi, Mónica y otro joven. Estaban en la playa de Cullera.

—Esta es mi madre —dijo, señalándola con el dedo—. Verano de 1988. ¿Le suena?

Alberto Gabaldón tenía unas gafas de pasta negra sobre el escritorio. Se las puso y se acercó a la fotografía.

—No la conozco, pero sé que existió. Los vieron una tarde en Cullera. Podría haber buscado otro lugar para sus líos, pero no, eligió pavonear lo que hacía en frente de casa. Él era así. Lo recuerdo porque cuando me lo contaron hablé con él, y tuvimos nuestros más y nuestros menos por eso. Discutíamos mucho por estas cosas, para qué mentirte.

—Su hermana me dijo que no sabía nada de ella.

—Más que probablemente. Yo hablaba con Sergi, éramos amigos, pero evitaba contarle sus andanzas a mi hermana. Pero ella se dio cuenta, por eso lo de la separación. Fue lógico. El muy imbécil no era nada discreto. —Al decirlo, endureció su voz—. Ya te digo yo que mi hermana no conoció a tu madre, ni yo tampoco.

—¿Después de la muerte de Sergi no recuerda a nadie preguntando por él?

Negó con la cabeza varias veces sin dejar de ojear la fotografía.

—Es posible que viniese a Carcaixent, incluso que me la hubiese cruzado, pero debes entender que yo no la conocí.

Clara no pudo esconder su decepción.

—De verdad que lo siento —agregó él—. Es más que probable que te equivoques y que ella nunca haya estado aquí después de aquel verano de 1988. Quizá viniera a Valencia, pero no aquí. Solo sé que es un capítulo de nuestras vidas que cerramos hace tiempo y que no tenemos ningún interés en remover.

—Lo entiendo perfectamente, señor Gabaldón.

—De verdad que lo siento. Pero puedes contar conmigo para lo que necesites. Mejor que recurras a mí antes que a mi hermana, ¿entiendes? A ella todo esto le hace mal. Muy mal.

Esta vez fue Clara quien asintió.

—¿Y él? —Señaló nuevamente la fotografía—. ¿Quién es el otro chico de la fotografía?

—A él sí que lo conozco. Es Fran. También fue un buen amigo, hasta que decidió hacer negocio de nuestra amistad. No nos hablamos desde hace años... Imposible después de lo del libro.

Clara meditó un instante y ató cabos en su cabeza.

—¿Fran es Francisco Querol Rico?

—El mismo. Se aprovechó de la situación para airear trapos sucios, fabular y hacer caja. Jamás se lo perdonaremos. Más le hubiese valido quedarse callado y acompañarnos en el dolor que hacer leña del árbol caído con esa tragedia.

—Es más que probable que él sepa qué sucedió aquel verano de 1988.

—De eso no te quepa la menor duda. Era un pobre infeliz que vivía a la rueda de Sergi.

Clara pensó que era comprensible aquella animadversión. En *Perdida* había encontrado algunas descripciones innecesarias sobre los Gabaldón. No solo era la crónica de un crimen, sino también una intromisión familiar que no solo concernía a los Agulló. El libro resultaba interesante porque no se quedaba entre los decorados y bastidores de la historia, sino que iba más allá.

Antes de que finalizaran aquella conversación, Alberto Gabaldón pareció sugerirle algo que Clara apuntaría en sus notas con doble subrayado.

—No sé nada de él desde hace más de veinte años, pero puedo decirte que ese hombre no es trigo limpio. Nunca lo fue.

CAPÍTULO VEINTISÉIS

Viernes 24 de mayo de 2019

Le costaba controlar la nostalgia de aquello que nunca había vivido, de todo lo que no conoció, pero que presentía del mismo modo que una sonámbula tanteaba sombras. Clara Guinzburg parecía una amnésica que apenas acababa de descubrir que lo era, una incesante viajera buscando respuestas que se escondían en las burbujas de recuerdos olvidados. Quería escribir una novela como la de Nora Rizzo, quería descubrir quién había sido su madre y quería volver a aquel tiempo en el que ella no había existido, como si se pudiera llegar al pasado a través de un vaporoso cristal intangible y sentarse a observarlo dentro de aquella inexplicable bola de cristal.

Llegó a Cullera atravesando una comarca de naranjos y montañas afelpadas por pinos. Las tierras eran un inmenso caudal verde ordenado en prolijas cuadrículas que a veces trepaban las montañas en terrazas de naranjos, aprovechando todo el terreno, como si aquel verde tuviese que lamer todas las orillas de un cauce gigantesco. A Clara le recordaba a los paisajes andinos donde los incas cultivaron el maíz y la papa, escalando la cumbre hasta llegar a la antigua Machu Picchu. De aquel paisaje verde y poderoso solo la agotaba su humedad, un vapor casi invisible que blanqueaba la tierra si intentaba otear la lontananza.

El coche de Andreu circuló por la carretera como si avanzara por un delgado arroyo de cemento y, en cuanto llegó al pueblo de Favara, de pronto el paisaje se convirtió en un gran estanque de arrozales recién sembrados. Los tallos verdes emergían del agua y, al fondo, una de las montañas que ocultaba el mar tenía enormes letras pintadas de blanco, como en Los Ángeles sucedía con Hollywood. Sin embargo, allí escribían «Cullera», y se podía leer a kilómetros de distancia.

—¿Qué buscas aquí? —le preguntó Andreu al llegar.

Se habían descalzado y habían descendido a la playa, a pocos metros del Hotel Sicania. El mar era una piscina azul recorrida por lanchas, veleros y algún *paddle surf*.

—En este hotel tiene que haber estado mi madre.

—¿Por qué crees eso?

—Alberto Gabaldón reconoció a Francisco Querol Rico en una de las fotografías, y él, en su libro, menciona las aventuras de Sergi en este lugar.

—¿Nombra a tu madre?

—No. Pero si yo hubiese sido ella, me habría enamorado de un lugar así, a pie de arena y con esta enorme bahía.

Observó el vuelo rasante de las gaviotas sobre las perlas de luz que deslumbraba el agua y la escollera rodeada de pedruscos con un puñado de pescadores.

—Tengo que localizar a ese tal Fran. Creo que es el hilo más largo del que tirar en esta historia. Él es el único localizable de los que estuvo aquí hace más de treinta años. ¿Quién puede saber de él?

—La editorial del libro podría darte alguna pista.

—Lo dudo. Fue publicado hace muchos años, y he visto que ese sello ya ni existe. Es más fácil buscar a alguien del pueblo que lo conozca.

—No sé a quién.

—Pregúntale a tu padre. Quizá pueda darte alguna pista. Me dijiste que quería hablar conmigo. ¿Quieres que vayamos a verlo?

—El domingo será un buen día. Quiere invitarte a comer.

—¿Estás seguro de que no será demasiada molestia?

—Me lo pidió él.

Anduvieron por la orilla en dirección al sur. Había muy pocas sombrillas en la playa, y algunos simplemente se acomodaban con toallas y esterillas bajo las palmeras que nacían de la arena.

Clara cerró por un momento los ojos, y la bahía y los grandes edificios veraniegos desaparecieron. La brisa salobre sobre su rostro era una caricia tibia del tiempo, una energía sobrenatural que le evocaba a su madre y la hacía sentirse bien.

Luego volvieron al paseo e intentó encontrar el punto exacto donde su madre aparecía en la fotografía junto a Mónica, Sergi y Fran. La referencia de la escollera y un edificio que ganaba altura escalonando pisos igual que una pirámide le facilitaron las cosas. Era justo frente a la pizzería El Vesubio. *Ya casi te encuentro, mamá,* gritó en su mente, y un tifón agitó el mar de su alma. *¿Por qué regresaste? ¿Por qué? Necesito saberlo. ¡Ayúdame!* Pero su voz era un pequeño cascarón en un mar desconocido.

Clara abrió su bolso y extrajo una postal en la que se veía un castillo iluminado que se elevaba sobre una ciudad nocturna. Detrás de la imagen solo podía leerse «1988».

—Llévame ahí arriba. ¿Sabes si se puede llegar en coche?

—Por supuesto. Además, podemos comer allí. Hay una vista única de la playa y toda la contornada.

Andreu la condujo hacia la cima del mismo modo que, treinta y un años atrás, su tío lo había hecho con la madre de Clara. La mujer sentía que en los monumentos históricos el tiempo se detenía y, al escalar hacia la explanada del santuario, tuvo el presentimiento de que su madre también tendría que haber estado allí, y que sus ojos se habrían inundado del mismo azul y de la misma luz.

Se sentaron en una de las mesas del bar, a la sombra de un grueso pino con forma de globo. Pidieron el menú del día y ambos acabaron comiendo una ensalada mediterránea y una paella para dos.

—Te estoy haciendo perder el día —le dijo ella.

—En el huerto está todo controlado. Lo que no haga hoy, lo haré mañana. Además, después de las amenazas, prefiero estar algo pendiente de ti.

—Lo único que han conseguido es acrecentar mi sospecha sobre las circunstancias de la muerte de mi madre.

—Por cierto, tengo algo que tal vez te interese. Mi padre recuerda un accidente gordo allá por el verano del 91. Si no fue por ese año, fue el siguiente, pero él cree que fue poco después de lo de Sergi. Fue cerca de Alzira, por la carretera que vinimos. El coche cayó por el barranco de La Murta, y él escuchó la explosión desde el vivero cerca de allí. Mi padre me dijo que, a raíz del accidente, en aquella curva pusieron unas barreras de hormigón que todavía puedes ver hoy. ¿Encajan las fechas?

—Es posible, pero no sé cómo estar segura.

—¿Cuál es el aniversario de su muerte?

—El 20 de julio de 1991. Eso sí lo sé.

—Ese es un muy buen primer paso, Clara. Puedes buscar en la hemeroteca de los periódicos de la comarca. Quizá puedan ayudarte.

—¿Qué periódico es?

—El periódico *Levante* tiene una oficina comarcal, y *Las Provincias* creo que también.

—Me lo anoto. Hoy mismo les mando un correo.

—Pero a quien deberías preguntar primero es a tu padre. ¿Vino aquí cuando tu madre murió?

—No lo sé, Andreu. Siempre evitó hablar de todo esto. Desde pequeña, construyó un tabú alrededor del tema, y cualquier posibilidad de hablar de mamá quedó vetada de nuestras vidas.

—Pero ahora estás aquí haciéndote preguntas. Él puede que tenga alguna respuesta.

—Lo sé, pero prefiero sacar mis conclusiones antes de hablar con él. Quizás, aunque me duela, también pueda comprender los motivos de su silencio.

Clara extrajo del bolso su teléfono, se apuntó la información que le acababa de dar y luego se quedó mirando a Andreu.

—¿Qué tengo en la cara? ¿Monos? —le preguntó él sonriendo.

—Nada. Solo que me estás ayudando demasiado para haberme querido echar de tu propiedad el primer día. ¿Qué es lo que ha cambiado?

Andreu dejó los cubiertos sobre la mesa y suspiró hondamente.

—Hay algo. En todo esto de tu madre, hay algo, y tengo la sensación de que, entre toda la mierda que nos dejó mi tío, quedan cosas por descubrir. No te puedes imaginar cómo todo esto nos ha amargado la vida. —Al decirlo le tembló la voz como una flauta mal llevada—. Pero desde anoche estoy convencido de que estás molestando a alguien, y quiero saber por qué.

La mano derecha de Clara reptó sobre el mantel hasta alcanzar la de Andreu. Acarició sus nudillos con el pulgar y luego sus dedos grandes, como si amasara un pan tierno.

El destino vibraba bajo sus pies. Podía sentirlo.

Todo volvía a suceder, pero ella no lo sabía.

—No quiero hacerte daño, Andreu.

—¿Por qué me dices eso?

—Tengo la estúpida costumbre de atraer problemas.

—Pues lo estás haciendo muy bien.

Sonrieron al mismo tiempo, con complicidad. Ninguno de los dos imaginaba las conexiones que existían con un pasado invisible, un espectro regresando para repetirse, como si se hubiese quedado atrapado en el tiempo.

CAPÍTULO VEINTISIETE

Viernes 24 de mayo de 2019

Aquella tarde se sentó a escribir con el corazón como una noria, una de esas ruedas de hierro que inundaban las huertas valencianas para hacer circular el agua por las acequias cuando nacieron los naranjales. Sus sentimientos se mecían en un vaivén constante, pero sereno. Parecía el planeo de las aves sobre el valle al amanecer, cuando todavía dormía el viento y los estorninos y los mirtos tejían el cielo con hilos invisibles. La quietud de la huerta y el sol ahogándose tras las montañas la envolvieron en una burbuja de energía que fluía en el teclado. En otro momento lo hubiese llamado inspiración, pero aquella tarde el nudo de emociones la confundía: el inagotable latido de su madre, la tentación que le provocaba Andreu y los entresijos ocultos que habían llevado a Silvia Ros hacia aquel rincón de Valencia. Sentía que debía aprovechar aquella oportunidad para que explotasen las palabras y, sin pretenderlo, escribió hasta avanzada la madrugada.

Bajó la tapa de su portátil a las tres. Estaba cansada para ponerse a cocinar y solo se preparó un sándwich de jamón serrano y una copa de vino tinto. Tenía el ventanal abierto de par en par, y estaba sentada cómodamente en el sillón y con los pies apoyados sobre la mesita. Anclada a la pared había una pantalla plana que encendió para entretenerse mientras cenaba. No tenía otra intención que permitir al gusanillo del sueño hacer su trabajo. Estaba cansada, pero el sueño debía llegar lentamente, como un vaho de amapolas que la sorprendiese distraída. Solo encontró disponibles un puñado de canales y su zapeo se detuvo en una película. La reconoció de inmediato, y su columna vertebral se irguió recorrida por un batallón de hormigas intangibles. Se titulaba *Perdida*, como el libro de Francisco Querol Rico, pero aquí el protagonista era Ben Affleck buscando a su esposa desaparecida. Clara siempre había tenido la irracional certeza de que las casualidades no existían y, en aquel momento, esa idea cobró vida. Por supuesto, aquello no era algo inculcado por su padre ni por su abuela Rafaela, quienes consideraban al mundo como un ecosistema libre donde se terminaba imponiendo la ley del más fuerte. Para Clara no era así. Ella lo había experimentado muchas veces, pero prefería callarlo, porque sabía que hubiese ido a parar a la lista negra de las excéntricas, de las que más que ingenuas eran raras, de esas cándidas que van por el mundo leyendo el horóscopo o interpretando los posos del café. *Las casualidades no existen*, se repetía como si rezara un conjuro. Pero ahí estaba ella, por una carambola del destino que doblegaba la razón de cualquier escéptico.

A Clara solía sucederle aquel tipo de cosas que a otros no les llamaba la atención, y «por casualidad». Como aquella vez que le habían pedido que escribiese un poema sobre lo que sentía por su mamá. Tenía dieciséis años y se acercaba el Día de la Madre. Era ese obstinado calendario que obligaba a ventilar su frustración como si fuera un estandarte. Desde luego, habría querido hacerse invisible, como en Navidad, y dejar que el tiempo pasara sobre ella como cuando se sumergía en el mar para que las olas rompieran sobre su cabeza. A Clara ya no le dolía no tenerla. A Clara le dolía no recordarla y tener que explicárselo a los demás, pero aun así se sentó a escribir unos versos tan inocentes como carentes de verdadero lirismo, pero que sangraban lágrimas:

Mamá es ausencia.
Mamá es un silencio sin nombre
y una sima inabarcable
entre el corazón y la memoria.

Ya no sé si la extraño,
ni siquiera si la necesito,
solo sé que está en las vitrinas
y en las cocinas,
y en los besos de los niños,
y en los cumpleaños,
y en todas esas vidas
que yo no conozco.
Porque mamá es ausencia,
esa ausencia que no puedo
olvidar.

Podría haberlo escrito cualquier día, pero lo escribió el mismo día en que llamó su abuela Carmen, la de Barcelona, aquella sombra que ni siquiera podía ser un sucedáneo de su madre, porque su presencia se había limitado a dos cartas al año y una llamaba de cinco minutos por Navidad. A su abuela Carmen le costaba escribir, a su abuela Carmen le costaba todo porque estaba muy enferma. En aquel entonces, a Clara no se le ocurría preguntarle sobre la muerte de su madre. Simplemente era algo que había sucedido, un hecho consumado, indiscutible, en el que no era bueno recrearse. Su abuela no perdía el tiempo con aquello, solo procuraba que no dudase de cuánto la añoraba, de cuánto la quería. Ella era un desborde de sentimientos que llegaron a parecerle superfluos, intangibles y lejanos. Sin embargo, lo poco que supo de quién fue su madre fue por ella: maestra, alocada, susceptible, emotiva, poetisa, jardinera, divertida, traviesa... Las cartas de su abuela eran el boceto de una madre que no podía reconstruir, pinceladas de una memoria anciana. Una madre inservible para ella. Y el día que escribió aquel poema, justo esa misma tarde, recibió una de esas excepcionales llamadas. *Otra curiosa casualidad*, pensó después. Rigurosamente, no era ella, sino de parte de ella, porque el último eslabón que la unía a su madre acababa de romperse.

—¿Clara?

—Sí, soy Clara.

—Tu abuela Carmen ha muerto.

Le pareció inconcebible escuchar aquello en ese momento, y se quedó muda.

—Lo siento, niña. La señora Carmen me pidió que te llamara cuando muriese —le dijo aquella voz tan lejana—. Y que te recordara que te quería, que tu madre también te había querido, que le hubiera gustado que las cosas fuesen de otra manera y que no te hubieran… llevado tan lejos.

Clara apenas balbuceó algún monosílabo, sin saber cómo encajar aquella última pieza de su vacío.

—Ahora tengo que colgar. Las llamadas internacionales son muy caras, niña. Lo siento mucho.

Recordaba aquel momento con nitidez. Se quedó sentada sobre su cama con el poema entre sus dedos. Todavía podía sentir el tacto del papel y el dolor afilado de las palabras. Lo dobló en cuatro partes que despedazó en cientos, hasta que los papelillos volaron sobre el suelo. No le dijo nada a su padre cuando llegó por la noche. Clara sabía que a él le importaba poco, pero esperó el momento, quizá después de cenar. Sin embargo, tampoco lo hizo. Su padre preparó unos ravioles con salsa con cierta solemnidad, se sentaron y, entre bocado y bocado, le habló de él, de ella y de Lucía, la mujer con la que mantenía una relación desde hacía un año.

—Creo que es el momento de que tengas una mamá.

Clara se quedó petrificada. Nadie podría decirle que aquello fuera una casualidad. Nadie podría hacerle creer que desde algún lugar desconocido no estaban jugando con ella. Sintió que la rabia hinchaba su cuello y su garganta, y que ya no podía tragar.

—Todo va a salir bien, Clara. Necesitás a alguien —le insistió él.

No estaba preparada para nada de eso aquel día, y sus palabras salieron de su boca como proyectiles.

—Yo no la necesito, papá.

El hombre apoyó los cubiertos sobre la mesa con una violenta parsimonia. Su rostro parecía agrietado.

—Yo sí la necesito. Yo sí.

Clara no necesitaba explicárselo a nadie. Ella estaba buscando a su madre «perdida» y, Ben Affleck, a su esposa en una película que se llamaba *Perdida*, como estaba también la niña de Mayte Gabaldón, a quien se la había tragado la tierra. Parecía un laberinto de espejos en su cabeza, una relación sujetada por pinzas durante el cansancio de la madrugada. Aquello era una simple, llana e intrascendente casualidad. El detalle estaba en cómo Clara interpretaba esas cosas, y se le encendió una alarma. Estaba acostumbrada a esos guiños y se puso en pie, inquieta. Recordó la amenaza de la noche anterior y sintió la incertidumbre despistándola en su cabeza. Apagó la televisión, se asomó por la ventana y observó el blanco vaho de la luna cubriendo los campos. Oyó el sonido intermitente de los grillos y también el vacío de aquel silencio que dormía el valle. Clara se sentía confusa, alerta y ansiosa de que cayese el velo que le impedía descubrir la verdad, aquello que se le ocultaba a su razón. *Las casualidades no existen, Clara. Tú sí lo sabes,* y esta vez lo repitió como una invocación. ¿Qué sentido tenían aquellas señales? ¿Acaso era una desequilibrada en toda regla?

La posibilidad del sueño pareció disiparse de pronto y se sintió como una avecilla enjaulada. Sin meditarlo demasiado, abrió la puerta para dar un paseo nocturno e inesperado. Algunos farolillos iluminaban la pequeña explanada donde estaban situadas las casas y el camino que conducía hacia la balsa de agua. Sabía que Andreu no estaba en el caserón aquella noche, pero no por ello se sintió insegura. Ni siquiera al imaginar a las jaurías de jabalíes descendiendo por la montaña en busca de comida, porque Andreu ya le había explicado que no había que temerles. Más bien, aquellos cerdos salvajes evitaban a los humanos y, aunque las más peligrosas podían llegar a ser las hembras protegiendo a sus crías, solo era preciso no hacer movimientos bruscos, porque esos animales temían aún más que los humanos. Clara deambuló hacia la alberca y se adentró por el camino hasta que todo fue oscuridad y susurro de insectos. Observó las luces de su casa desde la lejanía y le pareció una pequeña embarcación flotando sobre una laguna negra. Luego desanduvo sus pasos y decidió caminar hacia el trazado que conducía a la entrada de vehículos del huerto, situada al menos a quinientos metros. Volvió a pasar por el frente de la vivienda, pero esta vez algo llamó su atención. La enorme higuera situada junto a la construcción parecía una nube oscura, y un columpio colgaba de una de sus ramas. Al principio, desde la distancia, le costó reconocer sus detalles, pero estuvo convencida de que algo oscilaba debajo de sus ramas. Sintió el espasmo de la amenaza, primero en el estómago y luego en el pecho, como cuando se producía la caída en una montaña rusa. Avanzó lentamente, sujeta por telarañas de inquietud, y, cuando estuvo apenas a veinte metros, la claridad del farol del porche materializó a una mujer balanceándose suavemente. Llevaba un vestido largo, de un blanco inmaculado y una cabellera negra que caía por los hombros hasta el pecho. Clara sintió el frío recorriendo todo su cuerpo e intentó estar segura de no delirar. Sus pies fueron piedras, y su respiración se agitó de golpe.

—¿Quién es usted? —Su voz surgió débil y temerosa.

Ella no le contestó, pero de pronto dejó de columpiarse y se puso en pie en silencio. Era alta y tenía los brazos pegados al cuerpo, y comenzó a avanzar hacia ella con pasos cortos y decididos, tan silenciosos como amenazantes. Su rostro pálido e irreconocible parecía avanzar sin ver.

—¿Quién es usted? —repitió casi tartamudeando.

Pero aquella visión no se detuvo y, en lugar de responderle, extendió los brazos como si esperara su abrazo, hasta que Clara no pudo resistirlo más y corrió hacia la casa, despavorida. Cerró la puerta con doble cerrojo y luego se dirigió hacia la ventana para hacer lo mismo. Apagó la lámpara del comedor y se quedó pegada al cristal, divisando el campo y temblando. Sintió el frío sobre la mejilla y abrió los ojos como un búho. No era capaz de enlazar sus ideas. Su vida solo era aquel instante, sin más, paralizada y sin aliento. Y en aquel momento volvió a verla. Parecía un espantapájaros blanco elevándose sobre los naranjos. El hálito de la luna la hacía resplandecer como una virgen sobre una peña. Miraba fijamente hacia ella y, unos segundos después, desapareció engullida por el huerto.

Clara intentó moverse para reactivar su cuerpo. Por un momento pensó en llamar a Andreu, pero lo desestimó al consultar su reloj. Eran casi las cuatro de la mañana.

Le costaba comprender lo que estaba sucediendo en su vida. Solo había preguntas sin respuestas. Y algo más. Algo más que se elevaba sobre el mundo de los vivos.

No recordaba un miedo igual. Solo quería salir de allí.

Esta vez lo había comprendido.

CAPÍTULO VEINTIOCHO

Sábado 25 de mayo de 2019

Una flor de azahar puede tener hasta ocho pétalos blancos, con los filamentos de los estambres como púas y las anteras como nubes de algodón amarillas. De su corazón nace el estigma, irguiéndose como una chimenea hinchada en la cima. «El rey del mambo», pensó Clara con el peso del sueño sobre los párpados. Andreu le había contado que «azahar» provenía del árabe, y que los árabes la habían bendecido con un nombre maravilloso, «suerte», y que también la utilizaban como infusión, agua de azahar o aceite, y que disminuía la presión arterial, los dolores de cabeza y el insomnio. Y era verdad, porque aun luchando contra el cansancio y el miedo, se rindió a su suerte con la mirada fija en aquel ramillete que había arreglado sobre su mesita de noche, y logró dormir cuatro horas.

El calor la despertó. Se levantó, abrió la ventana, y el jaleo de los hombres trajinando por los naranjos la tranquilizó. *Ella no existe,* pensó. *No estaba allí*. Sentía su sangre bombear con fuerza y hasta atascarse en su cabeza. Barajó la posibilidad de un cóctel de cansancio y nervios agitándose en el sonajero de su cerebro, pero lo cierto era que la había visto. Había sido demasiado real para negarlo. No podía ponerle nombre, ni explicarlo, pero el castillo de naipes se había derrumbado y, quizás, aquella era la señal que necesitaba para rendirse y dejar de tantear sombras del pasado.

Le parecía que los muertos salían de sus tumbas y no se sentía preparada para afrontar sus fantasmas, los de otros, o lo que aquello fuera. Si aquella aparición era la de Carmen, la que había sido asesinada por su marido años atrás, estaba convencida de que no podría resistir ni una noche más allí.

Fin de la historia. Aquello la había superado.

Su última experiencia había sido cinco años atrás. Le habían ofrecido un apartamento de dos ambientes en el centro de la ciudad de Buenos Aires, pero en el antiguo barrio de San Telmo, cerca de la Plaza Dorrego. Edificio colonial, reformado, con aquel espíritu bohemio que una periodista joven necesitaba para reivindicarse, y a un precio sorprendente. Lo pintó, compró algunos muebles *vintage* y se instaló con la excitación de quien descubre una ganga. Pero empezaron las malas noches, los insomnios y aquella sensación de que le pesaba la vida. Hasta que un día vio a alguien en su habitación, junto a la ventana, pero observando el apartamento desde la calle. Subió las escaleras con el corazón en la boca y le pidió al portero del edificio que la acompañara. No encontró a nadie. «Es don Lautaro», le dijo él. Clara lo miró ojiplática y esperó la historia como una cascada de agua helada. No era un cualquiera. Don Lautaro había sido un viejo militar al que encontraron en aquel apartamento mucho antes de que hubiese portero. Estaba recostado boca arriba, con su pijama y unas pantuflas al borde de la cama. Su ropa estaba desparramada por toda la habitación, como si hubiese decido que aquel ambiente sería su gran armario. Pero no lo era. Fue su sarcófago. Don Lautaro era una momia que llevaba más de diez años muerto, con una jofaina ennegrecida sobre la mesita de noche. «Para los vómitos», le dijo el portero. Nadie nunca preguntó por él, a nadie nunca le importó su buzón hinchado de cartas. De don Lautaro no se sabía nada. Solo que había muerto en soledad, como un perro. Y que cuando la municipalidad ordenó desahuciar por incumplimiento sistemático de impuestos, comprendieron que el hedor se había estancado en la habitación, porque la puerta estaba cerrada. «Seguro que murió en invierno», supuso el portero.

Clara no durmió una noche más en la habitación de don Lautaro. Volvió durante una temporada a casa de su padre. Solo de pensar que había pasado semanas en un sepulcro se alteraba. Y aquel día le sucedió lo mismo. No sabía a quién había visto y si esa tal Carmen existía o no, pero no se iba a quedar a averiguarlo.

Desayunó y se tomó un paracetamol para el dolor de cabeza. Sentada a la mesa y barajando si podría encontrar algún alojamiento en el pueblo, de pronto escuchó un *clin* en su teléfono. Echó un vistazo y sintió su corazón rebotar como una pelota. Era una respuesta a los mensajes que había enviado por Facebook el día anterior. La emisora era «Moni Vert». Se limpió los ojos con el índice para no equivocarse y presionó para leer el mensaje.

Antes de hacerlo, respiró hondo e intentó tomarse su tiempo. «¡Claro que conocí a tu madre, Clara! ¡Qué sorpresa! Llámame nada más puedas. Tenemos que hablar. Un beso: 606112191».

Volvió a leerlo dos o tres veces. Después de lo que le acababa de suceder, aquello le pareció un guiño del más allá. Una vez más. Como si emergiera de una espesa nube de polvo, su madre volvía a salirle al encuentro.

Marcó el número de teléfono con el pecho a punto de explotar, del mismo modo que se inicia una cuenta atrás antes de ser lanzada al vacío. Oyó los tonos de llamada dilatados, inacabables y, al cuarto, cuando estaba a punto de desistir, una voz irrumpió casi inesperada.

—¿Diga?

—Soy Clara, la hija de…

—¡Clara! ¡Dios mío! ¡Clara! ¡Eres tú, mi niña! ¡Qué alegría me has dado! No te lo imaginas. Llevo muchos años intentando saber de ti.

—Gracias, señora.

—No me llames «señora», por favor. Llámame Mónica.

—Yo solo supe que existía hace unos días.

—Te perdí el rastro desde pequeña. Cuando tu padre se fue de Castelldefels, desapareciste para siempre. Después de la muerte de Silvia, lo llamé y le pregunté si necesitaba algo y le dije que quería ir a verte. Yo en aquel entonces vivía en San Sebastián, pero quería ir. Ni siquiera pude ir a su entierro, ¿sabes? Me enteré de su muerte cuando ella dejó de llamarme. Habían pasado dos semanas desde que me dijo que iría a Valencia. Fue un shock, Clara. Una verdadera locura, créeme. No me lo podía creer. Una de las peores experiencias de mi vida. Pero tu padre me dijo que no fuera, que ya la habían enterrado y necesitaba tiempo. Yo insistí, insistí mucho en que quería ir a verte, pero él me dijo que me llamaría en el momento en que fuera posible. Fue la última vez que hablé con él. Después desapareció... Hasta hoy, Clara, que has venido a buscarme.

Una náusea de resentimiento la dejó sin palabras durante un instante. Siempre supo que su padre le había ocultado a su madre, pero durante aquellos días constataba que también le estaba mintiendo.

—Lo siento, de verdad.

—¡Tú no tienes nada que sentir, cielo! ¡Nada! No fue culpa tuya. ¿Dónde vives ahora?

—Mi padre me llevó a Argentina.

—El acento te delata. Siempre lo supuse.

—Pero ahora estoy de viaje por España. Estoy en Valencia.

—¿En Valencia?

—Sí, en un pueblo cerca de Cullera.

—¡Cullera! ¡Qué recuerdos, Clara! Ni te lo imaginas. ¡Estamos casi al lado! Yo vivo desde hace algunos años en Alicante, en Altea.

—¡Es increíble! —le dijo con verdadero alivio.

—Tenemos que vernos. —Su voz se volvió más oscura a través del auricular—. Es importante.

—¿Sabe algo sobre la muerte de mi madre?

—Tutéame, por favor.

—Lo siento, Mónica.

—No te preocupes, hija. Por teléfono no podemos hablarlo. Es mejor que nos reunamos.

—Puedo viajar esta misma mañana y quedamos para comer.

—Sería perfecto, Clara. Hablaremos tranquilas.

—Dame una dirección.

—¿Vienes en coche?

—Sí.

—Ahora te la envío. Vivo en un chalé frente al mar. En cuanto llegues, llámame y aparcas dentro. No es fácil encontrar lugar.

—Gracias, Mónica.

—Llevo años esperando este momento.

—Yo tengo muchas preguntas. Muchísimas. Toda una vida de silencio.

—¿Tu padre nunca te habló de mí?

—Jamás.

—¿Y cómo me encontraste?

—Es una larga historia que no te creerías. Pero te la contaré personalmente.

—Te envío la ubicación y nos vemos dentro de un rato. Un beso.

Dejó el teléfono sobre la mesa como si le quemara y abrió el ordenador para localizar Altea en el mapa. Estaba a una hora en coche por la autopista, lo que le pareció otra de aquellas casualidades indemostrables. ¡Mónica estaba a apenas cien kilómetros de allí! Era asombroso.

Se dio una ducha rápida y meditó qué decirle a Andreu antes de meter su equipaje en el coche y huir de allí despavorida. No quería mencionar lo que había visto y que la tratase como a una histérica o una desequilibrada. Él no creía en aquellas cosas y era innecesario mencionárselo. Entonces decidió enviarle un mensaje de WhatsApp: «Andreu, no quiero molestarte esta mañana. Voy a pasar el día en Altea. He decidido dejar el huerto. Te pido disculpas por las molestias. Me gustaría encontrar algún hostal en la zona para los próximos días. Te ruego que me sugieras alguno. Ahora tengo prisa. Hablamos más tarde».

Y al acabar de teclear meditó un momento y agregó: «Un beso».

Fue entonces cuando advirtió otro mensaje. Era de un número desconocido. Solía ser muy precavida con aquellas cosas, pero quien lo enviaba la conocía: «Este vídeo puede interesarte. Míralo bien».

Era un enlace a YouTube: «Jean Paul, ganador de *The Voice Kids*, conquista al público francés con apenas diez años». Presionó el *play* y una voz eléctrica y potente vibró en el teléfono. Parecía alcanzar notas que escapaban del pentagrama, con vibratos indescriptibles. Cantaba *Still Loving You*, de Scorpions.

«Quién eres», balbuceó Clara.

No hubo respuestas. Solo silencio. Como todo en su vida, que había transcurrido entre silencios y sombras, y solo entonces comenzaba a comprenderlo de verdad.

CAPÍTULO VEINTINUEVE

Sábado 25 de mayo de 2019

Buscó la autopista y condujo hacia Altea, en la Costa Blanca alicantina. Rodeado de sierras masificadas por la urbanización, encontró un pueblo nacarado y de tejas color tierra. Caía de la montaña como si lo hubiesen espolvoreado de harina y estaba atravesado por un río que tiempo atrás era llamado «de la Salud», pero que entonces todos lo conocían como el «Algar». Descendía hacia el mar igual que sus calles, estrechas arterias empinadas que se asomaban a miradores de negras rejas, como el de la Plaza de la Iglesia desde donde Clara llegó a trazar con el dedo su sinuosa costa de playas, calas y acantilados de piedras redondeadas.

Callejeó hacia el Club Náutico, preñado de veleros y yates dormitando sobre un mar azul, pero no hizo falta contactar con Mónica para estacionar. Consiguió hacerlo a pocos metros de su casa. La amiga de su madre vivía en una unifamiliar de dos plantas, con diáfanas vidrieras abiertas al mar y formas rectas elegantes que alternaban la austeridad blanca con refinadas piedras color carne. Era de una sencillez ostentosa y se alzaba rodeada de césped y una piscina en armonía con su diseño. «Mi marido es arquitecto», le comentó Mónica cuando la vio admirar la construcción.

Mónica la recibió eufórica y la analizó de arriba abajo como si estuviese frente a una aparición. «¡Cómo te pareces a tu madre! Ni te lo imaginas», y prolongó un abrazo más allá del tiempo.

Luego la hizo esperar unos minutos en una sala que parecía de revista, con un muro de cristal desde el que se divisaba el jardín y, más allá, el Club Náutico, pero Mónica regresó enseguida con un bolso de Christian Dior bajo el brazo. «Vámonos de aquí, Clarita, hoy prefiero que estemos tranquilas», y la arrastró por calles escondidas y empinadas. Mónica le habló de la magia de Altea y de su vida privilegiada frente al Mediterráneo al tiempo que ascendían por rampas y escalones empedrados. Clara la seguía sin aliento, apenas capaz de esbozar algo de su vida, como si el modo de presentarse la una a la otra fuese una prueba de resistencia. Pero Mónica no dejaba de hablar y zigzagueaba ágil, acostumbrada al ejercicio de aquel pueblo encaramado a las alturas, y, cuando Clara alcanzó la Plaza de la Iglesia Nuestra Señora del Consuelo, fue como coronar una cima mucho más alta, que en nada se asemejaba a la planicie de Buenos Aires.

Mónica se detuvo en el mirador para que descansara y luego la hizo descender por un callejón de estrechos balcones con macetones floreados y faroles decimonónicos. Solo bajaron cinco anchos escalones enconchados de piedras blancas y calizas hasta toparse con un restaurante ambientado con pinturas de artistas locales y vistas a los tejados orientados al mar. «Mira, ese cuadro me lo compraron a mí», le dijo señalando un lienzo de estilo impresionista que le recordó a *La noche estrellada* de Vincent van Gogh, pero en donde brillaba un mar oscuro bajo unas estrellas anaranjadas. Ya en aquel momento Clara sabía que tenía dos hijas que vivían en Madrid y en Estados Unidos, que hacía años que había dado carpetazo a la abogacía y que dedicaba su vida a la pintura, al altruismo social y a ver pasar el tiempo. «Ni yo necesito trabajar, ni la profesión me necesita a mí», le había dicho mientras se ponían al día.

Mónica se encargó de sugerirle el menú y pidieron pastel de berenjena, lubina a la plancha y tarta de manzana. Para beber, un tempranillo de crianza de apenas nueve meses. «El verte es como haber desandado el tiempo», le dijo cuando se sentaron en una de las mesas del lugar. Luego, por fin, alargó su mano y acarició la suya, como si aquello fuese un reencuentro.

—Ahora cuéntame cómo has llegado hasta mí, Clara. Quiero saber cómo es que la vida me hizo este regalo inesperado.

La joven abrió el bolso y extrajo las fotografías y las cartas. «Son los restos de la vida de mi madre». Después le contó lo de su paso por Castelldefels y el laberinto de preguntas en el que estaba atrapada.

—Parece otra vida —comentó Mónica observando la imagen de los cuatro en la playa de Cullera.

—¿Lo recuerdas?

—Perfectamente. Fue el último viaje que hicimos juntas. Luego ella se casó y yo viajé unas cuantas veces a Barcelona para vernos. Pero aquel viaje marcó un antes y un después para nosotras.

—¿Y a él? —Le señaló a Francisco Querol Rico.

—Solo lo vi un par de veces, nada más. Esta foto no refleja la realidad. Nos la sacamos de pasada, más bien fue un trámite, recuerdo. Silvia y Sergi sí que... Quiero decir, que pasaron más tiempo juntos. Pero él y yo nada de nada, te lo aseguro. Ni siquiera su nombre recuerdo. Era un tipo muy desagradable. Eso sí lo recuerdo muy bien.

—Fran.

—Eso es, Fran. —Al mencionarlo, frunció el ceño—. Era un baboso, de ese tipo de personas que quieres quitarte de encima cuanto antes. Recuerdo muy bien que, después de comer, Sergi y tu madre se fueron y yo me quedé con él. No sabía de qué manera sacármelo de encima y le dije que me tenía que ir, que no me encontraba bien. En el fondo daba pena. Se esforzaba en caer bien y ganaba mucho con sus bromas y sus ocurrencias, pero tenía las manos más largas que un pulpo y el atractivo de ese cómico inglés, Mr. Bean. ¿Por qué lo preguntas?

—Vine a Valencia buscando respuestas. Quizá te parezca una locura, pero es posible que la muerte de mi madre no haya sido un accidente y, desde ayer, sospecho que él podría ser una de las llaves para averiguar qué sucedió cuando ella volvió tras la muerte de Sergi. Hasta ahora nadie parece haberla visto en la vida. Es como si su paso por Valencia no hubiese dejado ni rastro.

Mónica respiró hondamente al mismo tiempo que echaba su cuerpo hacia atrás. Su rostro ya no era una castañuela parloteando, sino más bien un frío mármol indescriptible. Clara jamás la hubiese reconocido por aquellas fotos que conservaba de ella. Sin duda, Mónica había pasado por una cirugía estética de labios y parecía mucho más interesante de lo que aparentaba en los años 80.

—Nada te puedo decir de ese hombre. Es una minúscula mancha en mi memoria. Sin embargo, la vida nos ha sentado cara a cara para un ajuste de cuentas. Los ahogados se hunden como piedras, pero más pronto que tarde emergen como globos silenciosos. ¡No sabes cuánto esperé un momento parecido a este! —Las lágrimas agrietaron su rostro cuidadosamente maquillado—. Discúlpame, Clara.

Intentó recobrarse con un pañuelo bordado al tiempo que una camarera les servía el vino con parsimonia. Luego recuperó la compostura y, del mismo modo en que un ejército se prepara para un asedio, Mónica se acomodó para derribar muros que llevaban muchos años en pie.

—A mí jamás acabó de convencerme todo lo que había sucedido. Primero fue confusión y sospecha, luego se convirtió en dudas, y con el tiempo se transformó en dolor.

—¿Existió aquel accidente de tráfico realmente? Nunca me había hecho esta pregunta, hasta ahora.

—Yo no estuve allí. ¿Cómo saberlo? Pero es descabellado pensar otra cosa. Hablé con tu abuela entonces y ella jamás puso en duda el accidente. Incluso me contó lo que tuvieron que esperar hasta que llegó el cuerpo desde Valencia y que el coche había quedado destrozado. Ella también estaba destrozada, y por eso entonces evité decirle lo que voy a decirte ahora. En aquel momento pensé que solo le causaría dolor, pero ahora siento que puede servir para descubrir esa verdad que estás buscando y por la que has llegado hasta mí.

Clara se sujetó a la silla, como si estuviese a punto de descender por un tobogán.

—No te reserves nada, te lo ruego.

—¡No lo haré! Por mis hijas que no lo haré. Para eso nos reunió tu madre hoy aquí. Porque estoy convencida de que detrás de todo esto está ella. —Se detuvo como si midiera las palabras—. ¿Nunca te preguntaste qué motivo pudo traer a tu madre a Valencia? Sergi Agulló había hecho desaparecer a su hija y se había quitado la vida. ¿Qué demonios pintaba tu madre en aquel aquelarre siniestro?

—¡Es lo que me llevó a Valencia, Mónica! Una pieza que no encaja desde el principio.

—Silvia me llamó antes de viajar. —La mujer bebió un sorbo de vino con calma—. Me dijo que no podía soportarlo más y que no dejaba de darle vueltas a lo que había hecho Sergi. Cuando un par de semanas antes saltó la noticia en los medios de comunicación, también me había llamado desconsolada, pero entonces solo estaba llena de rabia e indignación. Sin embargo, con los días la asaltaron las preguntas, y Silvia llegó a convencerse de que él no podía haberse quitado la vida, de que no tenía sentido. Por eso me llamó para decirme que se iba a Valencia. Quería hablar con la familia, con la policía... Estaba desquiciada. Yo no podía acompañarla. En aquel tiempo estaba hasta arriba de trabajo, pero me he arrepentido cientos de veces de no haberlo hecho.

—Todo lo que leí sobre el caso no arrojaba dudas sobre el suicidio. La Guardia Civil jamás cuestionó esa línea de investigación. ¿Qué le hacía pensar a mi madre que estaban equivocados?

—Todo encajaba. Era un arrebato pasional, un crimen vicario, como lo llaman ahora. Su mujer lo había dejado y, para hacerle daño a ella, le arrebató lo que más quería. Sergi estaba desquiciado y obsesionado, y por eso lo hizo. Ese era el razonamiento de la investigación, y todo encajaba. Salvo que Silvia pensaba que no era así, que Sergi no tenía ningún motivo para hacer algo así porque llevaban varios meses planeando irse a vivir juntos.

—¿Mi madre y Sergi iban a vivir juntos?

Mónica asintió.

—A tu madre la asustaba e ilusionaba a la vez. Pero estaba decidida. Lo quería y él estaba buscando algo en Barcelona. A mí, ¿qué quieres que te diga? No me gustaba Sergi. Fue un accidente en la vida de tu madre. Simplemente fue una locura de verano que tuvo sus consecuencias, aquel muchacho no tenía nada que ofrecerle y parecía un Peter Pan buscando disfrutar el momento. Pero Silvia no lo veía igual. Tu madre estaba enamorada de él y existía un vínculo muy fuerte entre ellos.

Mónica se detuvo y le sostuvo la mirada hasta que Clara no lo soportó más y bajó los párpados. Se le había erizado la piel. No lo quería saber, pero lo supo, como si aquella mujer le hubiese lanzado un dardo silencioso pero certero.

—Era tu padre. Sergi Agulló fue tu verdadero padre.

Clara se llevó las dos manos al rostro y lo cubrió como si se tratara de una ablución. Se mantuvo así durante unos segundos y luego volvió a ofrecerle a Mónica su expresión desencajada.

—¿Mi padre lo sabía?

Mónica titubeó durante un instante.

—Fernando de Ángelis, el marido de mi madre. —La ira se deslizó por su voz—. ¿Él lo sabía?

—Sí, Clara. Él lo sabía todo. Tu madre se lo dijo poco tiempo antes del viaje a Valencia.

Llegó el pastel de berenjena y Clara aprovechó para llenar su copa y apurar un largo trago de vino.

—Tenía que decírtelo. Lo siento muchísimo.

—No lo sientas —repuso con firmeza—. Para eso he venido. A estas alturas solo nos sirve la verdad.

—Sergi viajó algunas veces a Barcelona para verte. Silvia decía que, cuando él venía, había música en su mirada. Podían conocerse poco, pero lo suficiente como para saber que jamás te hubiese hecho daño. Pero lo cierto es que no te lo hizo a ti, sino que acabó haciéndoselo a quien habría sido tu hermana.

—¡Es que me cuesta creer que hiciese una atrocidad así! —continuó Clara—. No me cabe en la cabeza. Todo lo que me estás diciendo no encaja con lo que sucedió después. Todo parece una locura.

—No pudo hacerlo. Eso repetía tu madre: «No pudo hacerlo». ¡Pero los comportamientos humanos a veces son tan impredecibles! Ellos apenas se conocían. Sin embargo, Silvia no lo dudó un instante, y por eso viajó a Valencia... Y luego, murió. Simplemente se fue, y después solo quedaron la nostalgia, el vacío y las dudas. Llevo años con este peso en mi interior, Clara. Quizás entonces debería haber ido a la policía y explicarles todo esto que te acabo de decir, pero lo creí inútil. Era abogada y sabía muy bien que lo que yo mantendría sería una postura viable, pero difícilmente demostrable sin Silvia. En Derecho hacen falta pruebas sólidas, y yo no las tenía. Ni siquiera tenía estas cartas que ella guardaba, ni el apoyo de Fernando, para intentar seguir una lógica que iba en contra de toda la investigación de la Guardia Civil.

—¿Tú lo crees capaz de haber hecho algo semejante? ¿Crees que Sergi Agulló fue capaz de matar a su hija y quitarse la vida cuando estaba haciendo planes de futuro con mi madre?

—El tiempo asienta el vino. —Mónica elevó la copa para observarla a trasluz—. Y el tiempo también asienta las dudas. He necesitado muchos años para comprender lo que Silvia supo desde un primer momento. Realmente no lo creo, si es eso lo que quieres saber. Te pido disculpas, Clara. Desde que Fernando desapareció contigo me vi obligada a enterrar todo aquello, pero no debí. Fui egoísta.

Clara dio un bocado con dificultad y se quedó con la mirada perdida sobre el horizonte azulado.

—Sergi Agulló no pudo haberlo hecho, y a mi madre se la sacaron de encima. Han tenido que pasar más de treinta años para que lo comprendiéramos con certeza. En estos días que he estado en el pueblo, recibí amenazas para que me fuera. Hay alguien que está muy nervioso e intuye que estoy cerca de algo que todavía no entiendo.

—Ten cuidado, Clarita. Lo que me estás contando suena muy peligroso.

—Lo sé. Pero estoy decidida a encontrar la verdad. Quizás esté más cerca de lo que yo imaginaba.

—¿A qué te refieres?

—Mi padre, Fernando, tiene que saber algo más, y es hora de que tenga una conversación con él. ¿Sabes si fue alguna vez a Valencia?

—Sí que fue. Silvia me contó que incluso estuvo en su huerto.

—¿En El Descanso?

—No sé cómo se llamaba. Era el huerto de naranjos de la familia de Sergi. ¿Lo conoces?

Clara sintió el vértigo de quienes alcanzan una cima tanteando a ciegas y el desfallecimiento de un corredor de fondo que comprende que la meta existe aun sin poder verla.

—Mi padre me ha mentido todo el tiempo. Siempre lo ha hecho —murmuró sin escuchar ya a Mónica.

Cerró los ojos por un momento para evitar el llanto. Se sentía dolorosamente transformada: ya podía identificar el aguijón que llevaba clavado en el corazón desde que era una niña. Estaba enquistado entre ausencias, mentiras y recuerdos jamás recordados.

—Nada es casualidad, Mónica. Mi madre está detrás de todo esto, y ya distingo huellas donde antes creía ver manchas.

CAPÍTULO TREINTA

Julio de 1991

Las estrellas pierden el control, su gas se convierte en una colorida nebulosa en el universo y luego estallan en una supernova. Cuando mueren se encienden en el cielo. A miles de años luz, ocultas en la memoria del tiempo, se iluminan para que puedan ser descubiertas y, en el caso de Clara, y como no podía ser de otra manera, su estrella ya hacía demasiado que había muerto. Tres décadas. Permaneció oculta en la oscuridad de su memoria hasta que los recuerdos emergieron tras una inesperada explosión y, de pronto, pudo ver a su abuela Carmen con el rostro hinchado. Si hubiese podido comprender entonces, habría sabido que fueron las lágrimas. Recordaba su habitación: colcha con ositos y tambores, un globo terráqueo en la mesita de noche y nubes azules sonriendo desde la pared. Más allá, la ventana abierta hacia una gran pinada pasando el jardín en Castelldefels. Su madre le había regalado una pequeña pizarra y tenía las manos manchadas de pintar estrellas con tiza amarilla. De pronto, ya podía volverlas a ver y sentía aquel polvillo entre los dedos. Se había encendido el faro de su memoria.

—¿Qué dibujas, mi niña?

Acababa de entrar al cuarto. Casi podía reconstruir el pábilo vacilante de su voz y cómo avanzó hacia ella procurando mantener el equilibrio, igual que los árboles se morían de pie.

—Estrellas, yaya.

—Son muy bonitas.

—Me las enseñó mi mamá. ¿No ha vuelto?

Casi podía escuchar a su abuela tragar saliva, como pesadas ruedas de molino aplastando la tristeza.

El silencio debería haber sido parte de la respuesta, pero Clara no desvió sus ojos de la pizarra. Todavía conservaba la inocencia.

—No ha vuelto, ¿verdad?

—No, mi niña. —Su voz se atascó en el llanto.

—¿Yaya? —Se volvió hacia ella—. ¿Por qué lloras?

—No es nada, mi amor.

—¿Es por mamá?

Negó con su cabeza, reprimiendo el gesto de la boca igual que si hubiese sorbido un limón.

Clara se apartó de la pizarra y se la quedó mirando con sus ojos grandes bien abiertos. Parecían de dibujos animados. Su abuela la abrazó.

—¿Qué te pasa, yaya?

—Tu mamá me envió un mensaje y me pidió que te dijera que tenía que ir allí — dijo, y señaló las estrellas amarillas.

De pronto, dejaron de interesarle las tizas. Observó a su abuela como si fuese la primera vez. Sabía que sucedía algo, pero fue incapaz de descifrarlo.

Solo entonces, después de tantos años, pudo comprender que en aquel momento su corazón hizo un clic, imprevisto, pero para siempre.

—Pero… —balbuceó—. ¿Cuándo va a volver?

—No puede volver, mi amor. —Su abuela intentaba controlar el llanto—. Ahora está en las estrellas, cuidándote.

Recordaba el vacío estallándole dentro y el descubrimiento de aquella piececita que se le había desencajado en su pecho. En aquel momento no supo ponerle nombre, pero cayó muy hondo, en un pozo oscuro y sin fondo.

—Mamá me dijo que volvería. —A Clara le temblaba la boca.

—Ella te quiere, mi amor.

Lloraron las dos.

—Yo quiero que vuelva, yaya. Por favor, llámala.

—Ella sabe, Clarita... Lo sabe. Por eso se ha vuelto invisible, para estar para siempre contigo. Para siempre.

—¿Dónde?

—En todas partes.

—Pues yo quiero que venga, como antes.

—Como antes, no. Pero ya ha venido. Está aquí. Su voz es invisible.

—Yo no la escucho, abuela, que me lleve con ella. —Ya no podía dejar de llorar.

—Todavía no. Dice que todavía no.

—No la escucho, yaya.

—Aprenderás a hacerlo. Ahora está en todas partes.

—¡Yo quiero que vuelva! —Se vació de lágrimas.

Aquella niña parecía un barquito de papel a la deriva. Un océano inmenso y ella flotando en su tristeza, con toda la fragilidad de la inocencia y el abandono. No tenía consuelo.

—Ella lo sabe. Duerme donde las estrellas y te acompaña con su voz invisible. Presta atención a partir de ahora.

Una costra de pena lo había sepultado todo en su memoria, pero después de tantos años ya podía verlo con claridad. Aquella niña sostenía una piececita en sus manos manchadas de tiza amarilla, igual que si se le hubiese desmontado un juguete.

Era su madre y todo lo que había significado para ella.

CAPÍTULO TREINTA Y UNO

Tu voz invisible

Verano de 1988

Silvia creyó que olvidar Cullera sería parecido a borrar la pizarra del colegio, pero Sergi no le dio tregua e intentó que el fino cordel invisible que se había trazado entre Valencia y Barcelona no se cortase, y le envió su paloma mensajera casi sin darle tiempo al desarraigo. No solía escribir cartas. Más bien, no solía escribir nada. Pero por Silvia logró sentarse en la vieja barraca de la Carmen, donde sabía que ni las alimañas se atreverían a llegar por miedo a encontrarse con su sombra. Sergi rompió un borrador, luego otro y otro, hasta que empezó a oscurecer y supo que a Mayte se la llevarían los demonios. Silvia recibió aquella carta escrita entre borrones y tachaduras, pero manchada de una pasión que la sorprendió, y a la que no le pudo ser indiferente. Aquella misiva casi adolescente había desplegado toda su artillería sentimental en la forma de un náufrago que lanza una botella al mar. En aquella breve carta, Silvia subrayó un «no quiero perderte», otro «vamos a intentarlo» y un «creo que te llevo buscando toda mi vida y ya te he perdido». Aquel SOS sentimental dejó su vida temblando. Fue una zozobra en las plácidas aguas de un noviazgo que estaba a punto de caramelo. De hecho, aquella escapada a Cullera con Mónica había sido esa última aventura que se concedían como amigas, porque el 31 de agosto de 1988 se casaría con Fernando de Ángelis, un argentino emprendedor que dos años antes había encontrado en Barcelona un mercado prometedor para la importación del cuero vacuno. Su padre tenía miles de hectáreas en el interior de la provincia de Buenos Aires, y Fernando afrontó la apuesta española como una posibilidad de independizarse y viajar por Europa. Fue una buena decisión. En un año generó una cartera de quinientos clientes y se preparó para darle proyección con bolsos, carteras y utensilios de cuero. Fue por aquel tiempo que conoció a Silvia en una de las pistas de Trocadero, una conocida discoteca barcelonesa donde ella coqueteó con él toda la noche. Decía que le recordaba a Luis Aguilé, un cantautor argentino del que su madre había comprado todos los discos. A Silvia la volvió loca su chaqueta de piel negra, su bigote dandi y aquel acento melodioso con el que sabía soltar halagos inteligentes y con un donaire de gran pantalla. Fernando supo aquella noche que había dado en la diana, y el siguiente encuentro fue en Castelldefels, donde la paseó con su nuevo Renault Fuego a lo Grace Kelly por las calles de Mónaco. Fue un noviazgo rápido y, en el concierto de David Bowie en julio de 1987, Fernando le pidió matrimonio con un discreto anillo de diamantes. La puesta en escena fue tan seductora como innegociable su respuesta y, sin meditar profundamente si aquel muchacho la deslumbraría para siempre, fijaron la fecha de boda.

Todo había sido de novela rosa, salvo por aquel exceso en Cullera y, finalmente, por la llegada de la carta de Sergi Agulló, un desliz incomprensible que a Silvia se le había ido de las manos.

Aquella fiebre enamoradiza fue un veneno que intentó drenar preservándolo en cuarentena. Ajustó la brújula de su vida y fijó el norte manteniendo sus planes de boda, pero un mes después de haber pasado aquel fin de semana con Sergi la regla no le llegó puntual como solía, y un test de embarazo le generó un temblor tal que amenazó con convertir su noviazgo y futuro matrimonio en escombros.

Silvia se negó a enfrentar la realidad y siguió adelante como un kamikaze se prepara para su última batalla. Aquella misma noche Fernando y ella hicieron el amor en la cala de Vallcarca, escondidos junto al espigón, con la excitación de la urgencia, como dos fugitivos. «¿Es mi regalo de bodas?», le preguntó él. Pero ella no le contestó. Se abrazó a él en la penumbra y dejó que sus lágrimas cayeran en silencio. Quería anular a Sergi en su cabeza como aquel que corre un biombo, pero cerca del día de la boda Silvia volvió a recibir otra carta: «Todavía pienso en ti. Te diría que todos los días pienso en ti y no lo entiendo».

Silvia tuvo que claudicar y, durante su luna de miel en República Dominicana, le escribió una carta de despedida, uno de aquellos «lo que podría haber sido y lo que nunca será». Mientras Fernando dormía bajo el ventilador de techo y con el bisbiseo de un mar color turquesa meciendo la habitación, Silvia le confesó que acababa de casarse y que aquella fugaz aventura sería un maravilloso recuerdo… que debían olvidar. Sus palabras parecían hábiles artesanos cincelando una despedida digna, pero también afiladas dagas que iban cortando todos los puentes posibles entre los dos. Sin embargo, como un torpe amanuense que emborrona con el brazo el fino trazo de su caligrafía, Silvia fue vencida por su subconsciente y finalizó aquella misiva con un mensaje que a Sergi le acabaría resultando esperanzador: «Quizás en otra vida, quizás en otro tiempo, quizá todo nuestro amor se haya consumido antes de hora».

Para cuando Sergi volvió a ponerse en contacto con ella, Silvia ya no lo esperaba. Esta vez se tomó su tiempo, y el 30 de septiembre le escribió un «sentí mucho que te hubieses casado», con un discurso que sabía a despedida. «Me ha hecho feliz saber de ti». Fue su carta más breve. Destilaba el rancio perfume de la resignación y del desengaño. Su final era tan desangelado como sincero, o al menos así le supo a ella: «No pierdo la esperanza de volver a verte». Silvia sintió el desarraigo de los que no han partido, el desamor de quienes no han amado y ese vacío que deja el observar el deterioro de las cosas, esa muerte lenta e inexorable de una relación que, paradójicamente, se había ido fortaleciendo con las cartas, pero que ella ya no podía postergar más.

Silvia era una mujer pragmática que bien sabía que aquel amor tenía el aliciente de la atracción inexplicable que los seres humanos sienten hacia lo que no tienen. Y sabía también que, en ningún caso, podía sacrificar un proyecto de vida con Fernando de Ángelis y la estabilidad que le proporcionaba en todos los sentidos: una hermosa casa en una zona residencial de la localidad, prosperidad económica y la compañía de un hombre atractivo y emprendedor.

Sin embargo, cuando Clara nació, la relación del matrimonio sufrió el desgaste de lo cotidiano y la decepción de lo inesperado. Fernando resultó ser un hombre tan seductor como egoísta, o al menos mucho más de lo que ella había imaginado. Tras su máscara de simpatía, galantería y elocuencia se escondía un personaje aburrido que se esforzaba por caer bien a los demás, pero que, al bajar el telón en su hogar, se refugiaba en lo que Silvia llegó a denominar como «mediocridad». Su empresa le exigía muchas horas fuera de casa y, de tanto en tanto, algunos viajes. Especialmente a Francia y alguna vez a Argentina, a donde Silvia llegó a ir solo una vez y con la niña de seis meses llorando igual que si se acabara el mundo. Sin embargo, cuando Fernando regresaba a Castelldefels, ansiaba la monotonía del hogar, el aislamiento social y tener el espacio para sus hobbies, especialmente la filatelia o las maratonianas construcciones de puzles con miles de piececitas desiguales, algo que poco a poco fue irritando a Silvia, no ya por lo absurda que le parecía aquella pérdida de horas rellenando huequitos como un niño, sino porque sentía que la casa la asfixiaba cada día algo más, del mismo modo en que el cuidado de la niña y su docencia en el colegio Pau Casals en Viladecans la iban agotando. Mientras tanto, él quemaba su tiempo libre como se sopla al viento. Esquivaba las tareas domésticas como a una obligación debida, y su desentendimiento diario fue uno de los motivos principales de sus discusiones más importantes.

Llevaban dos años de matrimonio cuando Silvia exigió un tiempo muerto. Le expuso la posibilidad de que su madre pasase algunos días de la semana con ellos, sobre todo cuando él estaba de viaje, pero Fernando se negó porque lo consideraba una invasión a su intimidad y, además, porque era innecesario. Entre otras cosas porque se había comprado un Seat Ibiza nuevo, tal como ella lo había elegido, con el que podía ir a lo de su madre, «incluso a París, si le daba la gana». Silvia también le sugirió una excedencia laboral hasta que Clara cumpliera los tres años para poder pasar más tiempo con ella, pero tampoco aquello lo consideró posible, ya que ponía en riesgo su calidad de vida en un momento de inestabilidad para su empresa. Según Fernando, durante los últimos meses había hecho muchas inversiones que no habían funcionado del todo bien y, aunque le pesara, necesitaban unos cuantos meses «de atarse el cinturón». El vaso se iba llenando gotita a gotita, y solo las esporádicas visitas de su amiga Mónica aliviaban aquella cárcel en la que inesperadamente se había convertido su vida. Quizás, en otras circunstancias, en lugar de pedir un tiempo muerto habría apostado por el fin de la partida. Sin embargo, en el pozo de su conciencia cargaba aquella paternidad oculta que, de alguna manera, sentía que debía ser redimida con una abnegación ejemplar. Sabía que su relación con Fernando estaba cimentada sobre una mentira, y el peso de la culpa le impedía razonar con cordura. Solo estaba convencida de que en aquel momento no podía tener más hijos, y por eso también le ocultó la ingesta de pastillas anticonceptivas.

Era evidente que todo había comenzado a derrumbarse desde mucho antes, pero fue nuevamente una carta la que lo cambió todo de modo inesperado. Su pequeño mundo colapsó y su precaria vida comenzó a hacer aguas igual que una embarcación que no es capaz de obstruir la herida de una fuga. Aquella carta era una bala perdida en una batalla que había terminado dos años atrás, y acabó confesándole a su amiga Mónica que no había conocido a una persona más «obstinada» en toda su vida. Era breve y racionalmente inverosímil: «Viajo a Barcelona el próximo fin de semana y a veces sueño con volver a verte. Nada se pierde con soñar despiertos. El sábado a las doce te espero en Plaça Catalunya. Nada se pierde cuando ya todo está perdido». La carta tembló en sus manos, y su vida con ella. Sergi era un terco desconocido, pero también el padre de su hija. Todo era tan absurdo como real… y el muró cayó. Habían pasado casi tres años de su encuentro en Cullera.

Fue con Clara, que ya tenía dos añitos. Sergi se había situado justo en el centro, en el corazón de la rosa de los vientos, y Silvia lo encontró como a un crío dándoles de comer a las palomas. «Es mi hija», le dijo, y Sergi se arrodilló y le alargó la mano a la niña con una sonrisa traviesa: «¿Quieres darles de comer tú también?». Parecía que se conociesen desde siempre, y estuvieron lanzando granitos de maíz mientras las aves revoloteaban a su alrededor. Silvia se los quedó mirando perpleja y, cuando Sergi le dijo a Clara que las palomas debían irse a dormir, se fueron a comer a Can Culleretes, en el Barrio Gótico, y se pusieron al día como si no hubiesen existido las cartas, ni el tiempo, ni toda una vida sin haber sabido el uno del otro. Simplemente los dos y una oportunidad. Sergi parecía una cigarra veraniega, viviendo su existencia como en una verbena. A Silvia la cautivaba su luz y aquel ahínco por enamorarla contra viento y marea. Parecía que él todavía seguía en la playa de Cullera, con el tiempo detenido, obstinado en una historia imposible. «Tiene tus ojos», le dijo a Silvia con la niña en brazos. «La mía es un poco mayor», y se la quedó mirando y recordando con los ojos bien abiertos. «Ojalá las cosas hubiesen sido de otra manera», le dijo al fin. Aquel día Sergi le habló de Mayte, de su hija Marta y de una vida que no había sabido esquivar. «No se puede cambiar el pasado, pero sí querer escribir el futuro de otra manera». Sergi era un hombre de campo que no quiso siquiera acabar el instituto por pereza, pero Silvia sabía que era inteligente porque siempre encontraba palabras para encenderle el corazón.

—Todo esto es un imposible —le dijo antes de despedirse de él.

—Démosle una oportunidad al tiempo, y que él ponga las cosas en su sitio. —Una vez más, volvió a encontrar las palabras.

Era como si siempre supiese qué decir. Era como si siempre supiese cómo acertar. Tres semanas después volvió a Barcelona, pero entonces quedaron en Castelldefels. Fernando viajaba a Francia, y Silvia esta vez dejó a la niña en casa de su madre. Era otoño y pasearon por la playa hasta el puerto de Ginesta. Comieron dorada fresca frente al mar, jugaron con una cometa que se acabó perdiendo en el horizonte y, antes de que cayese el sol, hicieron el amor en un hotel del paseo marítimo. Fue entonces cuando se encendió la mecha y la vida se convirtió en un rosario de cartas que alternaban los «no quiero perderte» con aquellos «no puedo vivir sin ti», hasta llegar a los urgentes «vamos a intentarlo». La relación entre los dos fue creciendo entre ausencias, esperas y encuentros furtivos. La mayoría de ellos porque Sergi lograba escaparse a Barcelona barajando las mentiras cada vez con menos agilidad, hasta que en marzo de 1991 fue Silvia quien viajó a Valencia. El huerto estaba vacío y pasaron el fin de semana paseando entre naranjos y amándose como animales en un Edén de azahar. La fiebre de aquella pasión era una burbuja que la elevaba del mundo, y aquella noche de primavera Silvia le confesó que Clara era su hija.

Fue el principio del final, pero ninguno de los dos podía imaginarlo. La obstinación por Silvia se convirtió en determinación por estar juntos y, cuando su torpeza para calibrar mentiras se atascó definitivamente, Sergi sintió un verdadero alivio. El día que Mayte le lanzó una maleta por la ventana no aporreó la puerta de su apartamento en Carcaixent porque no quisiese perderla, sino por la indignación de verse humillado con el pueblo asomado a los balcones. «Fóllate a quien quieras, pero ya no cuentes conmigo», le gritó con la intención de que se enterara todo el barrio. Aquello fue por mayo, y Sergi sintió que el telón de la historia entre los dos había caído definitivamente y, por primera vez, se tomó la licencia de llamar por teléfono a Castelldefels y preguntar por ella.

—¿Está Silvia?

—No llegó todavía —le respondió Fernando—. ¿Quién eres?

—Sergi. Necesito hablar con ella. Dile que la llamé, ¿de acuerdo?

—¿Qué Sergi?

—Ella sabe. Pregúntale.

Silvia no estaba preparada para aquel terremoto y le indignó que él tomara decisiones por ella. Aquel día, Fernando de Ángelis había acabado revolviendo entre sus cosas hasta encontrar un sobre escondido en la mesita de noche. Contenía una flor de azahar reseca y un pequeño mensaje con un «te quiero». Él tampoco estaba preparado para algo así. No supo si le dolía más su ego o que aquello parecía haber sucedido a bombo y platillo, mientras él pegaba sellos en un álbum sin importancia.

No hizo falta vencer ninguna fortaleza inexpugnable. Cuando Silvia llegó y vio el sobre en sus manos y su rostro desencajado, llevó a la niña a la habitación y se preparó para el asedio. «No quería hacerte daño», fue su única alegación. Fernando mantuvo su ira a raya, pero le escupió su rabia con violencia, a milímetros de la cara. Aquel era otro hombre, ese salvaje que se lleva adentro y que a veces escapa cuando se abre la jaula. Pero Silvia creyó merecerlo. Y cuando se sentó, vencido, llorando como un niño, ella le acarició la cabeza y le dijo que todo se había ido degradando lentamente, que estaba confusa, muy confusa, pero que no quería perderlo. «Necesitamos tiempo», le dijo al fin.

Ni siquiera Silvia confió en sus palabras. No sabía si le estaba mintiendo o le decía la verdad, pero aquel día sintió el vértigo de una vida junto a Sergi e imaginó que aquel muchacho testarudo y atolondrado era un refugio encantador, pero no estaba segura de si sería un hogar estable donde ver crecer a sus hijos. «El fuego acaba quemando si te acercas demasiado», le dijo Mónica el día que la llamó para desnudar su sufrimiento.

Intentó guardar la calma y castigó a Sergi con un silencio inesperado. Se sentía traicionada, víctima de un golpe para el que no se había preparado lo suficiente. Fernando volvió a su cama y la poseyó con violencia, hurgando en su cuerpo con deseo y rabia, y ella se entregó como arrastrada por una turbia marea.

Pero ella no era la misma, ni él tampoco.

Silvia supo de su viaje a Valencia cuando Fernando ya estaba regresando. Fue a principios de junio. Condujo hacia la única dirección que tenía, la del huerto El Descanso. Llegó al mediodía, entre el trajín de los camiones que salían cargados de naranjas. Los jornaleros lo guiaron hasta él y Fernando encontró a Sergi arremangado en el campo y metido en una acequia con el agua hasta las rodillas. El argentino lo esperó fuera y, nada más poner los pies en tierra firme, lo amenazó y lo hizo recular a empujones.

—Déjala en paz —le repitió varias veces—. Vengo porque quiero que lo tengas claro. ¿Me oyes? Desaparece, cabrón. ¡Es mi mujer!

Sergi aguantó el chaparrón estoicamente. No quería un espectáculo delante de sus trabajadores.

—Vienes a perder el tiempo. No quiero líos.

—Eso lo deberías haber pensado antes. Entérate de una vez.

Sergi lo esquivó y salió al camino ancho para andar hacia la casa.

—O la dejas en paz o te juro que te mato, ¿me escuchas?

Pero él continuó alejándose.

—Grábate lo que te digo, hijo de puta. Grábatelo.

Ya no pudo acercarse más a él. Los trabajadores lo rodearon y lo obligaron a arrancar el coche y salir de allí enfurecido.

Silvia supo de aquello cuando Sergi volvió a llamarla aquel mismo día, mientras Fernando estiraba su ira hasta Castelldefels. Aquello había ido demasiado lejos y, en ese momento, comprendió lo que no quería comprender: ella y Fernando no tenían futuro. Pero a Sergi no le dijo nada. Fueron días de desconcierto y tristeza.

Entonces ninguno de los dos imaginó que sería la última vez que hablarían.

—Voy a esperarte hasta que estés preparada. Te quiero.

Fue lo último que le dijo.

Luego se esfumó por un par de semanas. Hasta que supo de él por los periódicos.

CAPÍTULO TREINTA Y DOS

Domingo 26 de mayo de 2019

Vio su cuerpo meciéndose en una boca negra. Podía sentir el alboroto de los grillos y la soledad en un espacio sin tiempo. Se columpiaba en un universo pequeño. Su cabello muy oscuro, su cuerpo refulgiendo blanco, sin rostro, inquietante... Pero no podía apartar la mirada. Sabía que algo iba a suceder. Clara también estaba atrapada en aquel bucle triste, expectante y silenciosa, como si aquella mujer la ignorara, hasta que el vaivén cesaba y se ponía en pie con su rostro vacío burbujeando palabras, susurrando voces, sin que Clara pudiese escapar ni entender, y de su boca estallaba un grito y un mensaje reconocible: «La verdad se esconde entre demasiadas mentiras».

Clara se despertó sudando e intentó espantar aquel sueño. «Ya no es real», pronunció en voz alta. «Solo está en tu cabeza».

Le costó varios segundos recuperar el ritmo de su respiración. «Olvidate de ella».

Se puso en pie e hizo algunos estiramientos para poder alejarse de aquel mundo oscuro, pero al detenerse llegaron los recuerdos de su madre, como un jilguero resonando en su cabeza. El día anterior había pasado muchas horas escuchando a Mónica, y antes de dormirse había escrito sobre sus padres enardecida, como si por fin recuperase la memoria de Silvia. El eco del pasado ya le llegaba reconocible y doloroso. Ya no estaba tan segura del inicio de su historia, y sentía que su novela se retorcía viva y que escapaba de los reglones para llevarla a la realidad. *Él no pudo haberlo hecho*. No tenía sentido. *Las cosas no son como nos hubiese gustado.*

A su mente acudió un recuerdo de cuando tenía catorce años y vio a aquella turba enloquecida derribando la estatua de Sadam Hussein. Acababan de entrar los estadounidenses en Bagdad, y quienes le habían temido entonces ya podían odiarlo. Así imaginó a su padre, a Fernando de Ángelis, cayendo desde muy alto y haciéndose añicos sobre sus recuerdos. Necesitaba volver a enfocar el pasado. Era un puzle al que le faltaban muchas piezas, las más importantes, las que estaban relacionadas con la muerte de su madre, con la de su verdadero padre y, cómo no, con la de quien había sido su hermana.

Un sentimiento de orfandad desconocido cayó sobre ella como una fina lluvia.

Había pasado la noche en Altea. El marido de Mónica estaba de viaje en Dubái y la amiga de su madre le había insistido en que se quedara. «A tu madre le hubiese gustado». Necesitaba conocer su pasado y le pareció bien. Como si ya existiese algún vínculo entre los dos, volvió a enviarle un WhatsApp a Andreu diciéndole que al día siguiente regresaría e irían a comer con su padre, tal como habían quedado. Aquella mañana Clara leyó su respuesta: «Nos espera 13:30. He localizado a Francisco Querol Rico. Sé dónde puedes quedarte. Nos vemos».

Clara dio un salto de júbilo y apretó los puños, del mismo modo en que lo hacía cuando la selección argentina de fútbol marcaba un gol. Aquello lo había heredado de su padre y formaba parte de esos recuerdos que entonces le dolían, porque no deseaba que desaparecieran.

También tenía un WhatsApp de Fernando Curiel, director de Cultura del diario *La Voz de América* y su jefe más directo. Le recordaba algunos temas de trabajo que la volvieron a conectar con aquella realidad a la que pertenecía. «Lo de la corresponsalía en Europa está casi decidido, pero tenés a Florencia Galiani haciendo méritos para sacártela, y a punto de conseguirlo. Sea lo que fuere, que valga la pena. No tardes, Clara».

Sabía que el tiempo era un reloj de arena goteando horas sobre Valencia y aquello la ponía nerviosa. Sin embargo, había descubierto tantas cosas en tan poco tiempo que se sentía incapaz de interrumpir sus pesquisas y volver a Buenos Aires con más interrogantes que respuestas. No podía abandonarlo. Después de tantos años, había llegado el momento de atar todos esos cabos que la Guardia Civil había dejado sueltos, por desidia, por ineptitud o por la ausencia de aquellos indicios que ella tenía entre manos.

En su teléfono aún encontró dos mensajes más: uno era de su padre, pero esta vez ni siquiera quiso abrirlo. Sentía una indignación tal que prefirió dejar pasar unas horas para meditar qué decirle. En él, necesariamente, también debía encontrar respuestas, aunque Clara no estaba del todo convencida de que fuese a colaborar. El segundo WhatsApp era confuso y provenía del mismo número del día anterior. La imagen del niño cantando *Still Loving You* en *The Voice Kids* volvía a desconcertarla. Esta vez, el enlace del vídeo iba acompañado de otro mensaje incomprensible. Era tan escueto como extraño:

«Quizás aquí obtengas respuestas».

Intentó repasarlo varias veces y encontrarle alguna lógica con todo aquello que llevaba entre manos, pero aquel vídeo era un complejo acertijo sin sentido para ella.

Había dormido poco y se sintió incapaz de continuar. En su habitación había un baño, y desde ahí se podía divisar el Mediterráneo, manso y prologándose hasta el cielo. Se dio una ducha mientras en su cabeza se agitaban las inconfesables visiones del huerto, sus padres amándose en la clandestinidad y los mensajes sobre aquel niño desconocido chirriando sin sentido. No podía hablar de aquello con casi nadie. Pero con Mónica, sí. Habían pasado juntas pocas horas, pero sabía que podía compartirlo con ella. Eran dos desconocidas que parecían reconocerse. Existía un hilo invisible que las había mantenido unidas, aun sin que ella lo hubiese sospechado. Su abuela Carmen se lo había escrito una vez, pero cuando todavía no podía entenderlo: «No importa la distancia para estar cerca, Clarita. Ni el tiempo. Tan solo un instante es suficiente para que nuestras vidas hayan valido la pena. Tan solo un momento de verdadero amor compartido será un lazo indestructible entre nosotras, incluso más allá de la muerte». Su abuela Carmen solía resumirlo con «la fuerza de la sangre». Se lo había dicho y se lo había escrito varias veces. Y con Mónica pensaba que sucedía algo parecido, pero porque sentía a su madre muy adentro: una voz atrapada bajo su piel, pero golpeando su cabeza e intentando escapar igual que el genio de una lámpara.

Bajó a la cocina. Mónica le había preparado un desayuno continental con café, zumo de naranja, tostadas y algunos cruasanes que había ido a buscar expresamente al horno. Le insistió en que se quedara, que ella necesitaba compañía, pero Clara le dijo que no podía, que el tiempo le corría en contra y que pronto debía volver a Argentina.

—Me preocupa que te pueda pasar algo, mi niña. Yo tendría cuidado. No es bueno que estés sola.

—Lo tengo en cuenta. No volveré a aquel huerto.

—Debería ir contigo.

—¿En qué cambiaría realmente? No es necesario, de verdad. Sabré cuidarme. Siempre lo hice. Quédate tranquila.

Mónica bebió un trago de café y se la quedó mirando por encima de la taza. Luego la posó sobre el plato y se quedó meditando.

—Tu madre hizo lo mismo, Clara —le dijo al fin—. Tu madre fue a buscar respuestas y acabó con el coche en un barranco.

—¿Cómo sabes que fue un barranco?

—Lo recuerdo. El coche explotó y…

Clara agigantó los ojos, horrorizada.

—¿Estás segura?

—¿Cómo no iba a recordar algo así? Recuerdo que el día que hablé con tu abuela sufría porque ni siquiera la había podido volver a ver. Muy probablemente, tu padre te ocultó ese detalle terrible para no hacerte sufrir más.

—Él no me contó ni eso ni nada, Mónica. Y se encargó de alejarme de quienes podían contármelo. Creo que para él desapareció de su vida incluso antes de morir.

—¿Por qué preguntabas lo del barranco?

—El esposo de la hermana de Sergi recuerda exactamente dónde sucedió. Encaja con lo que me dices. Ni siquiera tenía constancia de dónde había sido. No recuerdo el nombre del barranco, pero todo encaja. Creo que ya sé dónde murió, y de qué forma.

—¿Cambia en algo las cosas?

—No lo sé. Lo que sí sé es que los periodistas y los investigadores tienen algo en común: saben que cualquier información puede llegar a ser importante.

Estaban sentadas sobre unos bancos altos en una mesa americana, y a ambas les colgaban los pies como si fuesen dos flecos. Mónica se dejó caer mientras se limpiaba la boca con una servilleta.

—Espera un momento. Casi lo olvido. Quiero que veas algo —dijo, y subió por los escalones de madera color caoba a toda prisa.

Solo un par de minutos después regresó con una fotografía.

—Mira. Esta es la única foto que tenemos las tres juntas. —La mujer posó la foto sobre la mesa—. Fue solo cuatro meses antes de que tu madre muriera. Pasé por Barcelona y fuimos al zoo. Estás mostrando los dientes porque querías seguir comiendo algodón de azúcar y Silvia te dijo que el azúcar hacía caer los dientes.

Clara miró aquella fotografía y, una vez más, volvió a asomarse por la ventana del tiempo. No recordaba absolutamente nada, pero todo le era familiar.

—Siempre te he recordado así.

Clara se acercó la imagen a los ojos, intentando reconocer mejor algún detalle. Su expresión cambió y, sin que Mónica pudiese adivinar el motivo, extrajo el teléfono del bolso y comenzó a curiosear en él. La voz de un joven parloteando comenzó a sonar y Clara se llevó la mano derecha a la boca, intentando reprimir una emoción.

—¿Qué sucede, mi niña?

—Es ese colgante que llevo puesto en la fotografía. Míralo.

—Es una cruz de Tau. La recuerdo muy bien.

—¿Tau?

—Son esas cruces que tienen forma de «T». Los franciscanos las usan mucho. Tu madre me dijo que te la había regalado Sergi y que por eso la llevabas, porque era algo de tu padre. Lo recuerdo bien porque era más bien fea, pero a ti te gustaba y Silvia quería que la llevaras.

—¡Aquí hay algo, Mónica! ¡Aquí hay algo y no sé qué es!

—No te entiendo.

—Mira este vídeo. Mira a este muchacho. ¡Lleva la misma cruz!

Acercó el móvil a la mujer y ella se quedó estudiando unos segundos al joven francés que llevaba el mismo colgante.

—Este es Jean Paul, el que ganó el programa de *The Voice Kids* en Francia. Lo han promocionado mucho en España. ¿Qué es lo que sucede con él? No te entiendo. ¿Sabes cuántas personas llevan la cruz de Tau?

—Mónica, esta mañana me hicieron llegar el vídeo con este mensaje: «Quizás aquí obtengas respuestas».

—¿Qué significa eso?

—Eso me pregunto. No entiendo nada, pero es evidente que existe una conexión entre este muchacho y yo. Hay alguien que quiere que comprenda algo, Mónica.

La mujer negó con la cabeza. Parecía asustada.

—Ayer ya recibí otro mensaje de estos. Vienen de un número desconocido. En esa fotografía y en ese vídeo, la misma cruz. No puede ser una maldita casualidad.

Mónica dejó el teléfono sobre la mesa y le sujetó las dos manos a Clara.

—Escúchame, niña. Debes tener mucho cuidado. Esto no me gusta. Te estás acercando a algo que puede explotarte en la cara. No es bueno que estés sola.

—Lo sé.

—Podrías estar en peligro. Deberías ir a la policía.

—¿Con qué? ¿Con fotos? Se reirían de mí. Tengo que llegar hasta el final yo sola. Hace treinta años de todo esto.

—Ten cuidado.

Una vez más volvió a mirar la fotografía de cuando ella era una niña e intentó buscarle alguna conexión con aquel joven francés.

—Hay algo que se me escapa en todo esto, pero lo voy a descubrir. Sé que mi madre me trajo aquí para esto.

Parecía que habían descubierto el fuego. En la mirada de ambas no solo había admiración, sino el temor a lo desconocido. Y parecía quemar.

CAPÍTULO TREINTA Y TRES

Tu voz invisible

Julio de 1991

Fernando de Ángelis aparcó en el camino perpendicular a la carretera CV-510. Uno de los polígonos de Alzira quedaba a algo más de un kilómetro, una línea de construcciones blancas e irregulares que rayaba el horizonte como un friso debajo de la cornisa montañosa que se extendía de norte a sur. Hacia la izquierda, un valle de naranjos surcaba la tierra rojiza hasta las montañas opuestas, y un huerto nacarado se levantaba tal cual un castillo en medio de un tapiz verde. Cruzó la carretera que unía Alzira con el pueblo de Corbera y que, más allá, conducía hacia la playa de Cullera. Era el mediodía, y un incesante fluir de vehículos atravesaba el asfalto ardiendo. Fernando podía percibir aquel vaho invisible quemando la suela de sus zapatos. Avanzó hacia el barranco, justo encima de él, con los guardarraíles de hierro retorcidos por donde había volado el coche de Silvia. «Fue mala suerte», le había dicho un guardia civil. «Tenía que ir demasiado rápido cuando el coche trompeó como una peonza. Fue a dar contra la barrera que, en lugar de detenerlo, lo lanzó hacia arriba y se precipitó con más fuerza». Se situó sobre el barranco y advirtió una altura de no más de diez metros. Aquel cauce reverdecido de herbaje y rocas, cuando se cargaba con el agua de las lluvias, podía llegar a ser un arroyo caudaloso. «Fue mala suerte, señor De Ángelis», insistió el guardia civil.

«Cayó boca abajo y se prendió fuego». Fernando pudo ver el Seat Ibiza volcado como un escarabajo boca arriba. Era un insecto negro, con la herrumbre retorcida como el vientre repugnante de una cucaracha. «No quedó nada, solo la matrícula, y porque el parachoques se desprendió con el impacto del guardarraíl». Podrían ni haberla reconocido. Lo que había en el Anatómico Forense era un amasijo de carne carbonizada. No la quiso ver. No tuvo el valor, y ya no era ella. «Si no es por la matrícula, imposible saber quién era».

No se atrevió a bajar para inspeccionar el coche. Ni siquiera sintió la tentación. Solo quería hacerse una idea del lugar, de cómo había sucedido todo.

Sintió la llegada de una arcada incontenible. Un regusto ácido ascendió por el esófago con rapidez y alcanzó su cénit regurgitando en su garganta. Escupió sobre el arcén para evitar el mal sabor y volvió a cruzar la carretera. A su izquierda, los coches venían de una curva pronunciada, e imaginó que aquella circunstancia había influido en el accidente. Las marcas negras de los neumáticos cerca del guardarraíl impactado evidenciaban que Silvia había intentado frenar.

Regresó malhumorado al coche y condujo hacia el Hotel Avenida, al final de la vía Santos Patronos, en Alzira. Subió a la habitación, encendió el aire acondicionado y se tumbó sobre la cama boca arriba, intentando que la vida le pasase por encima sin rozarlo. Estaba resignado. Silvia ya no estaba. Hacía ya semanas que había dejado de estar. Le costaba asimilar cómo habían llegado a eso. Entonces el problema era Clara, la pequeña Clara. Desde luego, él no era capaz de hacerse cargo de aquella revelación. No podría ni mirarla a los ojos. Ya había llamado a su suegra para que se lo dijera: «Clara, tu mamá se mató». Fernando sabía que no podía ser así, pero tampoco hubiese sido capaz de encontrar la llave correcta para abrir aquella puerta blindada. «Ya no va a volver, lo siento, Clarita». Imaginó que en aquel momento estaría sucediendo y, como si existiese alguna conexión con ella, sintió bajo su pecho el tamborileo agitado de su corazón. «Fue su culpa, hija. Ella se lo buscó». Ni siquiera había sido capaz de decirle que viajaba a Valencia, pero dos semanas antes sí fue capaz de soltarle que su matrimonio se iba a pique y que Clara no era su hija: «Debí habértelo dicho antes, lo siento». Aquella fue su única disculpa, y el colofón a una relación que ya había terminado. Su madre se lo había buscado, esa era la verdad, pero eso jamás se hubiese atrevido a decírselo. Se lo juró. No, de ninguna manera. Ya se las ingeniaría para sobrevivir frente a la niña. De momento, solo quería dejar pasar el tiempo, empujarlo hacia adelante y hacer que se desvaneciera. No sabía cómo podría afrontar aquello con ella. «¿Dónde está mamá?». No podría decirle la verdad: «En ninguna parte».

Una hora después sonó el teléfono de la habitación.

—Tenemos que hablar…

Era una voz de mujer. Estaba maquillada por el alcohol o los somníferos, pero también pudo percibir el eco de la pena.

—¿Mayte? ¿Eres tú?

—Sí, soy yo. Tenemos que hablar.

—Lo sé.

—Necesito tu ayuda.

Mayte Gabaldón pensaba en su hija. Fernando, en la que había creído que era suya.

CAPÍTULO TREINTA Y CUATRO

Domingo 26 de mayo de 2019

El centro comercial parecía un gigante que le había ganado terreno a una planicie de huertos. Estaba situado en el extremo norte de Carcaixent, una mancha de edificios y tejados acurrucada frente a verdes macizos que podían alcanzar los quinientos metros. El pueblo había nacido como un racimo de alquerías siglos atrás, cuando los musulmanes lo situaron en el mapa por primera vez, en una hondonada fértil que, tras los veranos, solía inundarse con violentos temporales. Pero nunca como en 1982, cuando la crecida del río Júcar había reventado inesperadamente la presa de Tous, a veinticinco kilómetros de distancia, y en Carcaixent y Alzira el agua había llegado hasta los cinco metros de altura.

Clara observó el paisaje desde el estacionamiento semidesierto del centro comercial Ribera del Xúquer. Era domingo y tuvo que esperar a Andreu durante media hora, intentando encajar toda aquella información que estaba desmoronando su vida. Cerraba los ojos y el fin de semana anterior le parecía una fecha demasiado distante en el calendario. Había aterrizado en Madrid para entrevistar a Nora Rizzo y, desde entonces, se sentía como si hubiese caído en la madriguera de *Alicia en el País de las Maravillas*, pero con un descenso hacia un pasado que todavía no tenía fondo.

Revisó su teléfono y buscó la casilla de mensajes con el nombre de Mayte Gabaldón. Antes de salir de Altea pensó que no perdía nada intentando volver a contactar con ella: «Sé que no tiene interés en hablar conmigo, pero tengo novedades muy relevantes que solo unos días atrás no podía sospechar: Sergi Agulló era mi padre y, al parecer, previo a todo lo sucedido, había hecho planes para irse a vivir con mi madre. Necesito hablar con usted. Clara Guinzburg».

El texto aparecía como leído, pero Mayte no le había contestado. Por supuesto, tenía demasiadas dudas de que llegase a hacerlo, pero al mismo tiempo estaba convencida de que Mayte Gabaldón era una pieza indispensable para encajar su puzle. Clara sentía que se le escapaban detalles que ella le estaba escondiendo. No podía regresar a Buenos Aires sin dejar encauzado todo aquello.

Cuando llegó Andreu, le dijo que podía quedarse en su apartamento el tiempo que ella necesitara, que había un buen hotel en Alzira, pero que él estaba dispuesto a facilitarle las cosas. Sin embargo, el abandono precipitado del huerto no había dejado de sorprenderlo y Clara parecía tener la intención de no contarle nada. Sabía que la visión de la noche del viernes la situaría en el escaparate de las desequilibradas, aquellas que veían fantasmas del mismo modo en que los niños veían unicornios. Pero Andreu insistió, y Clara acabó confesándole lo que había visto columpiándose bajo aquella higuera.

—Era tan real como tú y yo, Andreu. No sé quién era aquella mujer, pero no voy a volver allí para averiguarlo.

—¿Te intentó agredir?

—No. Creo que sabía perfectamente que me tenía aterrada. Cuando me refugié en la casa se fue alejando hasta perderse entre los naranjos.

Andreu la observó preocupado y no pudo disimular su escepticismo.

—Crees que fueron mis nervios, ¿verdad? Crees que me volví loca.

—No. Creo que desde que pusiste un pie en el huerto han comenzado a suceder cosas que nunca habían sucedido. Y no puede ser casualidad. Hay alguien que quiere que te vayas, y me gustaría saber por qué.

—La Carmen de la que me has hablado parecía haber salido de su cueva como aparecen los zombis.

—Esta noche intentaré averiguarlo. A mí no me asustan los fantasmas. He convivido con ellos muchos años.

—Sé que no me crees.

—Te creo, pero no me atrevo a ponerle nombre. Solo sé que algo ha estallado desde que estás aquí, e intuyo que esto también tiene que ver con la muerte de mi tío y la desaparición de la niña.

Mi hermana, pronunció en su cabeza Clara, pero aquello no se atrevió a decírselo todavía. Debía digerir demasiadas cosas. Entre ellas, que Andreu Baldoví estaba emparentado con ella.

—Es imposible que Mayte Gabaldón esté al margen de todo esto —agregó Clara—. No se me ocurre ninguna otra persona que quiera que me vaya de aquí.

—Mayte Gabaldón lleva la cruz de su hija clavada de por vida, pero no entiendo por qué habría de amenazarte o enviar a alguien para que te amenazara. Para ella, tú simplemente eres un abejorro merodeando en un dolor ya cicatrizado.

—¿Quién, si no?

—Cualquiera. ¿No te das cuenta de que no conoces a una inmensa mayoría que sabe que estás aquí?

Ella asintió.

—No le des más vueltas. Tengo buenas noticias. He localizado a Querol Rico.

—¿Dónde está?

—En Valencia. Al parecer regenta un pub en Plaza Honduras, cerca de Blasco Ibáñez. Se llama «Kaylo». Es una zona universitaria, hoy domingo estará cerrado.

—No sé cómo agradecerte todo lo que haces por mí. No tengo palabras.

—No te preocupes. Yo también tengo interés en todo esto.

—Mañana iré a verlo sin demora, te lo aseguro.

—Ese pájaro debe saber cantar mucho. Yo te ayudaré a que nos dé todo un concierto. Por algo los Gabaldón lo tienen entre ceja y ceja.

Su tono fue divertido, algo que ella no esperaba.

—Veo que hoy estás de muy buen humor.

Él sonrió. Sus labios se estiraron levemente y sus mejillas dibujaron un gesto que a Clara le pareció tentador. Sin embargo, intentó reprimirlo en su cabeza y extrajo su móvil. Como había hecho aquella mañana con Mónica, le mostró el vídeo del muchacho francés.

—¿Sabes quién es?

—No, pero me es familiar.

—Haz memoria, por favor.

Andreu se quedó observándolo durante unos segundos y luego negó con la cabeza.

—No lo recuerdo, Clara, pero pásame el enlace e intentaré darle algunas vueltas.

—Es muy importante. Tiene algo que ver conmigo. Alguien me mandó este enlace a través de un número desconocido. Otra sorpresita más, y ya van varias. Al parecer, el pasado está atascado bajo demasiados miedos y mentiras, Andreu. Solo había que estirar un poquito para que saliera a borbotones, como la mierda.

—Tengo mucho interés en descubrir qué hay detrás de todo esto, ya te lo he dicho.

—Creo que es como un iceberg: solo podemos ver la pequeña parte que está en la superficie, pero la verdad nos está esperando ahí abajo.

—Mi padre sabe cosas. Desde el día que le hablé de tu llegada, me ha insistido en que quería reunirse contigo. Él también podrá responderte algunas preguntas.

—No me extrañaría, Andreu. Creo que aquí todo el mundo esconde algo.

Y, al decir esto, lo miró a los ojos buscando alguna evidencia de sinceridad. Clara sentía que se había adentrado en un laberinto de espejos donde nada ni nadie era lo que parecía, y las respuestas resultaban demasiado confusas.

—Es posible.

—Solo espero que tú no seas uno de ellos, Andreu.

Pero él no le contestó. Se puso las gafas de sol y le pidió que subiera al coche. «Es mejor que vayamos juntos», le dijo. El estacionamiento del centro comercial estaba abierto todo el día, por lo que Clara podría recoger su coche más tarde.

CAPÍTULO TREINTA Y CINCO

Domingo 26 de mayo de 2019

Antonio Baldoví recibió a Clara Guinzburg del mismo modo en que se abren las puertas a las condecoraciones y las insignias. No utilizó una alfombra roja, pero había hecho ir a una tal María para que dejara el apartamento de punta en blanco. «Te pagaré el doble», le dijo a la limpiadora. «Esta mañana viene una periodista internacional». Antonio Baldoví tenía casi ochenta y vivía achacado por un reuma que lo había envejecido demasiado rápido. «Voy a la piscina todos los días, pero estoy hecho polvo», y le mostró a Clara las manos hinchadas. «Llevo una maldición encima, hija», y al decirlo se mordió los labios y le dio la espalda. «Somos unos supervivientes», insistió después señalándole la pared: «Hasta aquí llegó el agua cuando se rompió el pantano de Tous». Llevaba en aquel departamento desde que se había casado, un primer piso de la calle Julián Ribera, una de las arterias céntricas de Carcaixent. Las cicatrices de aquella inundación de 1982 todavía podían encontrarse olvidadas en algunos edificios, pero Antonio Baldoví no olvidaba. «Fueron muchas, señorita. Primero la inundación, después lo de mi cuñado y al final lo de mi mujer, que reventó de tanto disgusto». Le hablaba en la cocina, mientras abría y cerraba el horno para supervisar la cocción de la cazuela de arroz. Andreu iba y venía del comedor preparando la mesa, al tiempo que su padre le decía que pusiera las copas de la vitrina y que utilizara los platos de las visitas. «Es muy bueno, pero lo ha marcado lo de Sergi, ¿sabe?». Y se la quedó mirando fijamente: «A todos, señorita». El hombre parloteaba sobre su vida y, al mismo tiempo, la envolvía en menudencias que la desorientaban. Como si hubiese decidido que el cometido de aquella invitación debía tener lugar sentados, Antonio Baldoví esperó a que los tres estuviesen bien acomodados, bajo una lámpara de la que se descolgaban cristales como racimos. «Un arroz así seguro que no lo has probado nunca», y puso la cazuela sobre la mesa del comedor.

—Verá el sabor que tiene. Sequito, pero suave. Los garbanzos, el tomate, la patata y la carne son los ingredientes principales, pero para que esté bueno hay que ponerle ajo, romero y algunas especias que son un secreto de la casa.

Le guiñó un ojo y luego le llenó el plato, aunque Clara le dijese que era suficiente con la mitad. Después, un vino tinto de la Comunidad Valenciana: «Un afrutado muy bueno de Requena, ya verás qué bien que entra». Clara intentó buscar alguna respuesta en Andreu, pero él elevó los hombros y negó con la cabeza, porque pasaba el tiempo y él tampoco sabía de qué quería hablarle su padre. Antonio Baldoví tuvo que llegar a la segunda copa de vino para soltar por fin la lengua.

—Todo aquello fue devastador —le dijo al fin—. El cuerpo de Sergi hecho pedazos, la niña desaparecida en algún lugar del monte y el apellido de los Agulló linchado en todos los medios.

El padre de Andreu bebía y daba bocados como si aquel coloquio hubiese sido solo con su conciencia. Su vista estaba fija en el plato y movía los garbanzos con el tenedor igual que sus pensamientos.

—Te juro que me las pagarás. Te juro que me las pagarás —pronunció con sorna y grandilocuencia a la vez —. No sé cuántas veces leí aquello: ¡me las pagarás! Pero aquello solo lo escuchó Mayte, ¿me entiende, señorita? Nadie más.

Clara asentía, pero no se atrevía a mentar nada que interrumpiera aquel trance.

—¡Y no digo que mienta! No es eso. A todos se nos calentó la boca en alguna oportunidad. ¡Pero de ahí a decir que él ya lo había planeado! ¿Me entiende?

Y ella continuó asintiendo y cavilando a la vez.

Antonio Baldoví le contó que en aquel momento tenía cincuenta y cuatro años y que aquel muchacho lo tenía como a un padre.

—A mí me lo contaba todo, ¿sabe, señorita? Menos eso. Lo que iba a hacer se lo guardó muy dentro, digo yo, porque para mí fue como si lo hubiera hecho otra persona.

Volvió a llenarse la copa y le pidió a Andreu que abriese otra botella, cosa que hizo sin rechistar.

—Ni motivos tenía él, ya se lo digo yo.

—Explíquese, señor Baldoví —intervino ella—. ¿Es que acaso usted cree que a Sergi Agulló lo mataron?

El hombre se volvió y le ofreció sus ojos vacíos con la misma parsimonia con la que observan los animales mansos.

—¿Qué motivo tenía para hacer lo que hizo, señorita? Dígame.

—Por despecho, para hacerle daño a su mujer, evidentemente. Nadie lo cuestionó nunca.

—¡Fue todo un disparate! Sergi no quería a su esposa. Nunca la quiso. El muchacho la dejó preñada y cumplió. Pero no la quería. ¿Por qué vengarse de ella entonces? ¿Por qué? Y más aún queriendo a otra, señorita. Por eso le pedí que viniera.

Clara agigantó los ojos. Por primera vez, el dardo de sus palabras había dado en la diana. Se mantuvo unos segundos boquiabierta y el padre de Andreu continuó.

—Cuando mi hijo me vino con la historia de que había una periodista argentina que quería saber de su madre, que se llamaba Silvia, supe que tenía que hablar con usted.

—¿Conoció a mi madre?

—Jamás. Pero Sergi me habló de ella y de que vivía en Castelldefels, y de que estaba pensando en irse a vivir con ella. Él y yo éramos buenos amigos. Como yo era mayor, con el tiempo me situó entre la paternidad y la amistad, y lo que no le contaba a su padre, me lo contaba a mí. Yo sabía muchas cosas. ¡Muchas, señorita! Nos llevábamos muy bien... —Exhaló con fuerza—. Fue una pena, de verdad.

—¿Por qué nunca me contaste nada de esto, papá? —intervino Andreu.

—¿De qué hubiera servido? Se lo dije a tu madre y nada le evitó la mala sangre que le hizo el pueblo, queriendo o sin querer, pero nos crucificaron. Policialmente, el caso estaba muy claro y yo no sabía cómo encontrar a aquella mujer. Más bien sí sabía, pero nunca obtuve una respuesta. Había algunas cartas en su casa, y aquello me sirvió para localizarla. Incluso tenía su número de teléfono, pero fue inútil. Un día llamé allí y me dijeron que me había equivocado, que no conocían a ninguna Silvia. ¡Vaya a saber!

—¿Usted nunca llegó a verla por aquí?

—No, nunca. ¡Y mire que lo siento! Cuando Andreu me dijo que había muerto por aquí cerca, recordé un gran accidente por el barranco de La Murta. Yo estaba a unos metros de allí, en un vivero. ¡Fíjese lo que son las casualidades! Hasta vi la explosión de lejos. ¡Cómo iba a imaginar que era la mujer que buscaba!

El rostro de Clara se ensombreció. Cruzó los cubiertos sobre el plato y lo empujó levemente hacia adelante. Había comido muy poco.

—Por cierto, Clara —volvió a intervenir Andreu—, había olvidado decirte que lo busqué en la hemeroteca del periódico local, y el accidente fue el 20 de julio del 91, la misma fecha que tú tienes de la muerte de tu madre. No hay ninguna duda de que fue aquel día.

—Es increíble que dudase incluso de eso hasta ahora. Gracias por tu empeño, Andreu.

Clara bebió un trago de vino y se quedó ensimismada un momento.

—Para mí todo esto es nuevo también —agregó Andreu dirigiéndose a su padre—. No entiendo por qué jamás me dijiste una palabra.

—Eras un crío, ¿de qué hubiese servido hablar del tema después? Lo dejamos atrás, tú me entiendes. —Por primera vez Antonio Baldoví alargó el brazo y, con su mano, acarició levemente el hombro de Clara—. Tampoco imaginaba que tu madre hubiera muerto aquí por aquellos días. Es imposible pensar que fue una coincidencia fortuita. Han pasado treinta años, pero solo ahora veo con claridad que nada de lo que pasó es lo que parece.

—Hace solo una semana yo no partía de esa hipótesis, pero desde que llegué a Valencia siento que el pozo es mucho más profundo de lo que imaginaba.

—No sé lo que pudo haber pasado, pero siento que podrá averiguarlo si se lo propone. Es periodista y puede hacer una buena investigación, como jamás se hizo.

—Pasó demasiado tiempo, señor Baldoví, pero tiene que haber algo que recuerde y que me pueda ayudar. Tiene que haber algo que le llamase la atención por aquellos días.

—Uno acaba atando cabos después de muchos años, dándole vueltas a todo lo que pasó, y solo hay algo que recuerdo muy bien: cuando vino tu padre aquí.

—¿Estuvo aquí el padre de Clara?

Antonio Baldoví asintió, como si una pesada piedra hubiera empujado su cabeza hacia abajo. Clara se removió en la silla y, casi mecánicamente, sujetó la copa de vino y la vació en su boca de un trago rápido.

—¿Qué fue lo que pasó?

—Su padre estuvo en el huerto. No recuerdo cuántas semanas antes de la muerte de Sergi, pero no demasiado antes. Sé que estuvo porque yo lo vi con mis propios ojos. —El hombre se llevó el dedo índice y el medio hasta la cara—. Lo encontré merodeando por la propiedad, acercándose a la casa a través de los campos. Parecía una comadreja escabulléndose entre los arbolillos. Lo vi rondando la casa. Yo estaba llegando al huerto, descendiendo con el coche lentamente. Me pareció extraño porque intentó ocultarse, pero yo me detuve, bajé y lo llamé a voces preguntando quién era. El hombre se acercó despacio para incorporarse al camino nuevamente con desgana. Tendría treinta y pocos años. Era corpulento y llevaba su camisa blanca manchada y sudada a la vez. Volví a preguntarle quién era, pero simplemente me dijo que se había perdido y, sin mediar más palabras, se fue andando hasta salir de la propiedad. Había un coche allí fuera.

—¿Y cómo supo que era mi padre?

—Me lo dijo Sergi. Ese día los trabajadores habían evitado una pelea y lo habían sacado a empujones del huerto. Le describí cómo iba vestido y me dijo que era él, pero me hizo jurar que no se lo diría ni a su hermana.

—¿Ni a la policía se lo dijo después?

—Fíjese que sí lo hice. Se lo acabé contando a la Guardia Civil, pero era como hacer cosquillas a un elefante, señorita. Ni pruebas, ni nombres, ni nada. Tan solo que los trabajadores podían constatar que Sergi sabía meterse en líos y que no era extraño que un hombre cornudo quisiera ajustar cuentas con él. El guion de toda aquella tragedia estaba muy claro y, mientras tanto, todo el pueblo rastreando el huerto y los alrededores para hallar el cadáver de su hija.

Clara se puso en pie y dio una vuelta por la estancia, atusándose el cabello con su mano derecha.

—Sergi me pidió que lo olvidara y ni siquiera supe su nombre. El del marido de Silvia Ros, digo. ¿Quién iba a imaginarlo? Pero mi cuñado aquellos días sí me confesó algo importante, señorita. Y necesito que lo sepa.

—¿Qué es?

—Siéntese, por favor, y escuche. Quiero que esté tranquila.

—Por lo que parece no es para estar tranquila, ¿verdad? —Clara volvió a su lado—. ¿Qué le dijo?

—Una locura de juventud, señorita. Sergi me contó que tenía una hija en Barcelona y… —se detuvo.

—Soy su hija. Lo sé.

—¿Lo sabe? —En su voz hubo asombro.

Clara asintió y miró a Andreu. Su expresión de confusión y sorpresa se parecía a la de un niño palpando el frío del hielo por primera vez.

—¿Tú lo sabías?

—Lo supe ayer —le contestó cabizbaja—. Me lo dijo la que fue amiga de mi madre, con la que contacté en Altea. Buscaba el momento apropiado para decírtelo. Lo siento.

—Sergi quería estar con esa mujer, con su madre. ¿A qué santo semejante locura? ¿Por qué iba a armar la que armó? Dígame, señorita. ¿Por qué? No tiene ningún sentido.

Clara cavilaba, intentaba encajar las piezas… que no tenía.

—Demasiados silencios, papá. ¿Por qué nunca me hablaste de esto? —insistió Andreu.

—Enterramos el pasado. De nada servía recordar o hablar. Sobre tu tío cayó una maldición que intentamos que no nos hundiera a nosotros también.

—¡Qué maldición, ni maldición! ¡Hasta los cojones estoy de la historia de Carmen! —Andreu se había cargado de rabia, y su voz sonó excesiva y violenta—. Me habéis hecho crecer con esa estúpida leyenda igual que a los niños se les cuenta que viene el coco. ¡Pero ya no! Ya no sirve esa estupidez.

—¡Fue para protegerte, Andreu!

—¿Protegerme de qué?

—¡De esa maldita barraca! —Tenía la copa de vino llena hasta el borde y él también la apuró con un largo trago.

Andreu lo miraba irritado.

—¡Allí solo hay musgos y escombros, papá! Os habéis montado una película que os ayudó a sobrellevar la muerte del tío Sergi. Solo eso habéis hecho.

—Lo sé. ¡Claro que lo sé! Y tu madre también lo sabía.

—¿Y por qué entonces?

—¡Maldita sea, hijo! ¡Maldita sea! Para que no dieses con su cuerpo.

De pronto, Clara y Andreu intercambiaron miradas urgentes. Una luz roja parpadeando parecía deslumbrarlos como si estuviesen en la cabina de un submarino.

—¿Qué estás diciendo?

—El cuerpo está allí. —Lo pronunció con abatimiento—. En aquella maldita barraca.

Clara pudo sentir una explosión y el agua reventando las ventanas con violencia. Parecía que el mundo era una cabina hundiéndose rápidamente bajo el agua y que no podía permanecer de pie. Su mente había colapsado de golpe, y no estaba muy segura de que aquel hombre estuviera lo suficientemente sobrio.

—¡Está allí, joder! ¡Ya lo he soltado! No hay vuelta atrás. Ahora ya lo sabéis. Lo necesitaba.

CAPÍTULO TREINTA Y SEIS

WhatsApp de Clara Guinzburg:

<u>Mayte Gabaldón:</u>

Se eliminó este mensaje.
Domingo 13:32

Se eliminó este mensaje.
Domingo 13:40

No creas todo lo que te dicen y, mucho menos, lo escribas. Ellos siempre lo han perdonado todo.
Domingo 14:30

Déjame en paz. Vuelve por donde has venido.
Domingo 14:35

CAPÍTULO TREINTA Y SIETE

Tu voz invisible

21 de octubre de 1982

Tenía dieciocho años. La tierra se había anegado y Carcaixent era una extensa laguna color chocolate. Sergi trepó por una de las colinas que lindaban con el huerto y divisó el agua espesa lamiendo los edificios y ocultando el asfalto. Luego le contaron que los animales flotaban como corchos a la deriva y que los coches y los contenedores rebotaban en los muros antes de hundirse bajo el agua terrosa. No llovía demasiado, pero el cielo estaba encapotado de un gris taciturno que había borrado la luz y el verde de las huertas.

El apocalipsis había comenzado veinticuatro horas antes. La presa de Tous, apenas a veinticinco kilómetros, se resquebrajó igual que un cristal. Durante aquel 20 de octubre, sintieron que el peligro era un rugido inmenso pero silencioso. Goteaba inofensivamente sobre Alzira y Carcaixent, pero la herida sangraba por el oeste, con el río Júcar hinchado por las lluvias y abasteciendo un pantano que, hacia las siete de la tarde, se hizo incontenible y reventó los muros de la presa como un obús tritura una fortaleza. En el pueblo llevaban desde temprano subiendo vehículos a las carreteras que ascendían a las montañas, precavidos ante una posibilidad que todavía no podían asumir. Pero al anochecer el agua negra empezó a subir, del mismo modo en que una marea rápida anega una playa hasta hacerla desaparecer y solo por la mañana del día siguiente puede asomarse al nuevo mundo. Toda su familia había subido al huerto, aquel valle verde acomodado entre montañas, y todos los chalés de la urbanización de San Blas se habían convertido en refugio para huir de aquella laguna negra.

Al mirar hacia el cielo, solo pudo distinguir el gorjeo de los helicópteros bajo una atmósfera gris, como si recorriesen un territorio de guerra. Sergi no supo si fùe instinto o que aquella mañana la tierra se había vuelto inestable, pero descendió la colina con un presentimiento. Atravesó los campos manchados de aquellas naranjas que no habían resistido el peso de las tormentas y se adentró en aquel territorio olvidado donde todavía se mantenía en pie la barraca que una vez había pertenecido a otro huerto. El techo perforado permitía que el agua lloviera sobre los restos de la cerámica resquebrajada y los charcos crecían en el suelo igual que espejos. Sergi sujetó su paraguas y esquivó la casa hasta dejarla justo atrás. Estaba a apenas unos metros de la pinada que ascendía otra colina y observó el terreno con espanto: una mano atrapada bajo la tierra húmeda se mostraba inerte y la forma de un brazo emergía como una negra raíz. «¡Mierda!», pronunció en voz alta. «¡Las jodidas prisas!». Lo habían sepultado de cualquier manera —le faltaba experiencia para enterrar— y comenzó a dar patadas sobre el suelo, rabiando y chapoteando como si matara insectos. Maldecía, pataleaba y se ensuciaba al mismo tiempo.

Rebufando por su boca deformada, corrió a zancadas hasta el cobertizo y cargó la pala hasta el lugar. Arrojó el paraguas a tierra y, mientras continuaba tronando odio, comenzó a cavar en el fango. El impermeable que llevaba encima apenas era capaz de evitar que el agua se le escurriera por todo el cuerpo y, con la exigencia del ejercicio, acabó por abrírselo para que el calor no lo agobiara. El agua goteaba por todo su cuerpo como la cera por un cirio malgastado. Dio paladas como un energúmeno hasta conseguir un foso profundo. Tras una hora de pelea, estaba cubierto de tierra. Era un minero sin mina, e intentó orquestar cómo deshacerse de su ropa sin que su familia se percatase de ello. Sin embargo, aquello fue lo que menos le inquietó. Debía desenterrar el cuerpo a toda prisa —tarea poco exigente porque estaba rozando la superficie— y trasladar el cadáver a la tumba que acababa de abrir. Pero cuando la negra fisonomía del cadáver quedó expuesta como un tronco, Sergi escuchó una voz detrás. Parecía un grito de la tierra.

—¿Qué has hecho?

Se volvió y vio a su cuñado, bajo un paraguas negro, observándolo boquiabierto.

—¿Qué has hecho?

Se detuvo, clavó la pala y negó con la cabeza.

—Fue un accidente de mierda, Antonio. Se dio un golpe en la cabeza y se quedó tieso como una mojama. Fue solo un accidente.

Se escuchaba la lluvia golpeando sobre el paraguas de su cuñado. El mundo era un apocalipsis y los muertos eran vomitados de sus tumbas.

—¡Por Dios!

—Ayúdame, Antonio. ¡Por favor! No te miento.

—¿Quién es?

—Nadie lo va a buscar. Era un marroquí que ni familia tenía.

—¿Trabajaba para tu padre?

Negó con la cabeza.

—¿Para quién, pues?

—Ni idea. Se las rebuscaba como temporero por aquí y por allá. Era un morito cualquiera. Tuvo mala suerte. Una pelea sin más.

—¿Por qué no llamaste a la policía? —Antonio agitaba sus manos con incredulidad.

Él dudó.

—¡Me asusté! ¡Joder! Esto es una mierda.

—¿Quién más lo sabe?

Sergi titubeó.

—¡Nadie! Ni la policía lo busca. Todos piensan que se volvió a su país. No existe. ¡No existe!

—Sí existe —dijo, y con el índice señaló el cuerpo hinchado de tierra.

—Por favor, ayúdame.

—No puedo, Sergi. —El hombre se dio media vuelta para alejarse de allí—. No puedo.

—¿Qué vas a hacer?

—¡No sé! —le contestó alejándose—. Nos has metido a todos en un lío que ni te imaginas. ¡Nos has jodido bien jodidos!

Sergi lo vio desaparecer por una calle de naranjos, desandando su trayecto bajo su paraguas negro.

—¡Antonio! —le gritó—. Será como si no hubiera pasado, por favor. Fue un accidente, un accidente estúpido.

Su voz fue absorbida por el temporal y se quedó mirando el camino, indeciso y confuso. Después arrastró el cuerpo al foso y comenzó a cubrirlo. Esta vez no iba a ser una chapuza. *A los muertos hay que enterrarlos para que no se nos vuelvan a aparecer*, pensó, y no cesó de tirar tierra hasta que acabó con los tobillos hundidos en aquel fangal.

No le dio por pensar que aquella tierra también lo quería a él.

CAPÍTULO TREINTA Y OCHO

TU VOZ INVISIBLE

17 de marzo de 1991

Sergi abrió la ventana de su habitación y le dio la espalda a Silvia. Las ramas de un inmenso jacarandá dificultaban la panorámica del huerto. Los racimos de florecillas violetas parecían romper el cascarón del invierno. La primavera era un óleo de tinta fresca y colores luminosos. A la distancia, llegaban como truenos las detonaciones de la pólvora. Toda Valencia estaba sumida en las fiestas de las Fallas, con la ciudad y los pueblos adornados con gigantes de madera, pintura y cartón, los mismos que la noche del 19 marzo, San José, serían fuego y ceniza entre música y pólvora. Durante la festividad, las falleras vestían sus trajes tradicionales de huertanas y bailaban en pasacalles del brazo de hombres con fajín y chaquetilla. A lo largo del día, no solo les llegaba la música de los cohetes, sino también el ritmo de la percusión, tubas, trombones, trompetas y clarinetes de las orquestas callejeras. Sin embargo, mientras Carcaixent salía a la calle, ellos se refugiaron en El Descanso, un huerto justo al borde del mundo. Fernando estaba en uno de sus viajes y Silvia había aprovechado para dejar a Clara con su abuela durante tres días.

Sergi regresó a la cama y se tumbó junto a ella. Acarició sus hombros desnudos como se recorre la cresta de una montaña, hasta descender por su brazo derecho buscando las cosquillas. En la mesita de noche tenía el radiocasete que su padre se había comprado en un viaje a Andorra. Le dio al *play* y *Losing My Religion*, de REM, sonó bajito.

—Podría dormir aquí, en la habitación de al lado, donde duerme Marta. Me las imagino a las dos jugando con las luces apagadas, divirtiéndose con sus cosas.

Silvia sonrió y Sergi le acarició la sonrisa.

—No es tan fácil. Esto solo es un sueño. Mañana volveré a casa y se pinchará esta burbuja.

—¡Es mi hija! —exclamó, ilusionado.

—Pero Fernando no lo sabe. Necesito mi tiempo, Sergi.

Se besaron. Eran besos de caramelo, besos de conjuro y de súplica a la vez.

—¿Por qué me lo has dicho, entonces? ¿Por qué?

—No podía ocultártelo más —le susurró cerca de los labios—. ¡Tres años!

—Lo dejaría todo por las dos. Buscaría trabajo en Barcelona y volvería a empezar. Mi cuñado Antonio podría ayudar a mi padre a mantener todo esto. Solo tienes que decirme que sí.

—Estás soñando…

—Haría lo que fuera, y lo sabes.

—¿Y tu hija Marta? ¿Qué sería de ella?

Volvió a besarla y dejó que la música del álbum *Out of Time* amortiguara lo que sucedía más allá de la habitación. Apartó la sábana y nuevamente se enredaron en un forcejeo febril. El roce de los cuerpos entre las chispas de placer volvió a encender una pasión casi imberbe. Se columpiaron en el tiempo y dejaron que la ceguera de aquel frenesí los entretuviese hasta el atardecer.

Solo salieron de la casona para recorrer los campos. El sol languidecía, dorado, sobre un inmenso tapete verde y ondulado. Los arbolillos de naranjos parecían gordos centinelas formando obedientes y ordenados a la espera de que el sol desapareciese tras las montañas. Dejaron atrás la pérgola de metal donde tenían los coches y se adentraron camino abajo, hacia donde nacía el pequeño valle. Caminaban de la mano, ya en silencio, rumiando algún conjuro para detener el tiempo.

—Mi madre dice que la vida es arena entre los dedos. Solo existe lo que amas para siempre porque queda atrapado en tu memoria y en tu corazón, repitiéndose una y otra vez. Recuerda este momento, Sergi.

—Tendremos muchos más.

—Ninguno como este, que jamás volverá.

Él se detuvo, se volvió hacia ella e intentó descifrar el enigma de su rostro. No había tristeza, ni felicidad, ni nostalgia, ni un mañana.

—Si quieres, este puede ser el hogar de los dos. Podemos hacerlo posible.

Silvia no contestó y se detuvo bajo una enorme palmera, una de las decenas que se elevaban como centinelas sobre el huerto. Miró hacia arriba y observó las axilas de sus hojas hinchadas de largos y gruesos péndulos de flores blancas. Algunos pétalos se habían esparcido por el camino y sobre un pequeño cobertizo lleno de herramientas. A partir de allí el camino se bifurcaba, y Silvia amagó a dirigirse hacia la vieja barraca en ruinas, pero Sergi la detuvo.

—No, por ahí, no.

—¿Por qué?

—Solo hay una casa abandonada, y no me gusta.

—¿El huerto también tiene rincones con misterios?

Sergi meditó un instante y se quedó mirando el camino flanqueado de naranjos.

—¿Tú crees en los fantasmas?

Silvia soltó una carcajada inesperada.

—Nunca vi ninguno.

—Yo sí —murmuró con una voz ronca y oscura—. No quiero verlos, pero a veces vienen aquí, aquí dentro. —Y señaló su cabeza.

Al ver su gesto agrio, Silvia desdibujó su mueca divertida.

—No siempre perdura en tu memoria lo que amas. A veces, hay cosas que no se pueden olvidar. Para eso están los fantasmas, para recordártelo.

Entonces recondujo el rumbo.

—Espera. —Lo sujetó del brazo—. ¿Qué sucedió allí, Sergi?

—Olvídalo. Son cosas de cuando casi era un crío. No debí decir nada.

—Cuéntamelo, por favor.

—Nada, déjalo. Todos tenemos malos recuerdos.

Siguieron la bifurcación por la izquierda y esquivaron callados aquel sendero.

—¿Quién vivía ahí abajo? —insistió Silvia.

—Soy un bocazas, déjalo correr, por favor.

—Solo sé que veo dolor en tus ojos. La culpa siempre es el semillero de los fantasmas. No sé dónde lo leí.

—¿Culpa? ¿Culpa, yo? —contestó, enérgico—. ¡De eso, nada! Lo que pasó entonces no fue por mí… ¡No fui yo! Pero sigue ahí dentro. Solo es eso.

La lengua se había desatado furiosa e incontenible.

—¿De qué hablas?

—Tenía dieciocho años y juré no contarlo, Silvia. Un mal recuerdo, una pena… Pero culpa, no. ¿Culpa de qué? Déjalo ya. Te estoy dando miedo.

Ella le sujetó la mano y lo atrajo hacia sí. Se abrazaron.

—Quieres contármelo…

—No, no quiero. Olvídalo, por favor. Yo también juré que lo haría… Pero hoy hablé demasiado.

Y apuraron el paso atravesando los naranjos. El incipiente perfume del azahar formaba parte de aquel instante detenido en alguna burbuja del tiempo.

CAPÍTULO TREINTA Y NUEVE

Domingo 26 de mayo de 2019

—Trae una pala. Tiene que ser aquí —le pidió Clara. Toda la superficie estaba cubierta de hierbas, pinocha y pequeñas piñas.

—Si lo haces, me hundirás —le contestó Andreu—. Si removemos la tierra, habrá que llamar a la Guardia Civil. Así de simple, ¿lo entiendes? Ninguno de los dos podría callar la certeza de un cadáver, y sería lo último que le haría falta al huerto para hundirse definitivamente. Si hay alguien aquí, déjalo descansar en paz. Nunca nadie lo ha buscado.

—¿Y si no hay nada? Salgamos de la duda.

—Mi padre no miente. Jamás se inventaría algo así.

Clara sintió el terreno temblando bajo sus pies, con los golpes del tiempo impactando desde lo más profundo. La tierra era la fina piel de un tambor que cada vez podía escucharse mejor. Se quedó con la mirada clavada en sus zapatillas de lona blanca, ahora manchadas de barro, conmovida ante la posibilidad de estar ante un camposanto.

—Por favor, Clara —le suplicó él.

—Ahí abajo hay respuestas. Estoy segura.

—No pretenderás husmear entre los huesos como quien revuelve en la basura, ¿verdad? No soy capaz.

—¿Y callarás esto?

—Los muertos están muertos, y este, muerto y olvidado. Desde que existe el mundo nunca ha sido buena idea molestarlos.

—¿Es que ahora les temes?

Andreu respiró hondamente y se acuclilló para rozar la superficie con la yema de los dedos.

—¿Estás dispuesta a callar lo que encontremos aquí abajo? ¿Y si aquí hay algo más?

Desde el suelo, elevó la barbilla y la desafió con la mirada.

—No puede ser. —Ella negó con la cabeza—. Rastrearon este huerto por arriba y por abajo... La niña no puede estar aquí.

—¿Tan segura estás? Esto puede ser la caja de Pandora, Clara. Has venido a buscar respuestas sobre tu madre, no a desenterrar el pasado.

—Es allí donde están las respuestas, Andreu. Creo que no puedo llegar a ella sin pasar por esto.

—Te lo pido por favor, Clara. En cuanto la Guardia Civil entre aquí, mi vida se convertirá en un infierno.

—Todo este lugar es tan hermoso como extraño, Andreu. He venido en busca de respuestas y salen a borbotones. Es como si aquí nadie hubiese hecho bien su trabajo. ¡No me lo explico!

Entonces extrajo el teléfono del bolsillo.

—Mira.

—¿Qué es? —le contestó poniéndose en pie.

—Me lo ha enviado esta misma tarde.

Andreu leyó los breves mensajes de WhatsApp de Mayte Gabaldón.

—Esta mujer oculta algo. No puede ser de otra manera —agregó ella.

—Matan a su hija, la hacen desaparecer y vive amargada desde entonces. ¿Qué crees que puede ocultar? ¿Su odio? ¿Su dolor? Será mejor que tiremos del hilo de Fran Querol Rico. Lo demás es perder el tiempo.

Clara bajó la cabeza nuevamente para observar el suelo con detenimiento. Por su memoria revolotearon las imágenes de Sergi dando paladas al barro bajo la lluvia, tal como se las había pintado Antonio.

—No todo es lo que parece. En mi familia tampoco, Andreu.

—Hablemos con Querol Rico. Busquemos otras pistas... Luego haz lo que tengas que hacer... Pero el día que meta una pala aquí, correré el riesgo de callarme y convertirme en cómplice del ocultamiento de un cadáver, o bien de que esto se llene de prensa y guardias civiles. Me tienes en tus manos, Clara Guinzburg.

Se lo quedó mirando con pena. Sabía que se columpiaba al borde de un abismo. Él y todos los que mantenían aquellos campos. Llevaban dos centurias con la naranja, pero nunca habían estado peor. El paisaje valenciano se transformaría en poco tiempo. Parecía inevitable. Los jóvenes ya no querían asumir la ruleta rusa de las cosechas, las plagas y las ventas por debajo del coste de producción. Año tras año, se abandonaban tierras y la mayoría de ellas eran mantenidas por el valor sentimental que tenía para los ancianos o porque grandes corporaciones eran capaces de agrupar miles de hectáreas para que fueran rentables. Los agricultores se encontraban indefensos y desprotegidos ante las políticas que permitían prácticas comerciales abusivas. Se importaban naranjas de Sudáfrica, Marruecos o Egipto sin las restricciones ecológicas y de calidad que eran exigidas en países europeos. Los cítricos del extranjero llegaban con precios que hundían el mercado local y condenaban a la región a sufrir o reinventarse. Y aquello era lo que había hecho Andreu: el negocio del turismo rural era el complemento perfecto para que todavía le fuese provechoso aquel proyecto ancestral.

Solo se necesitaba un cadáver para acabar con él. Sinceramente, Clara lo sabía.

—En este huerto ha corrido demasiada sangre, Andreu, y siento que los muertos gritan sin que tú te hayas dado cuenta hasta ahora. No sé cuánto tiempo podrás mantenerlos enterrados, no lo sé, de verdad, porque desde que he llegado, tus tierras han cambiado y el pasado se pasea por ellas como sombras de otro mundo.

Clara se dio media vuelta y se alejó de aquella barraca en silencio. Andreu la siguió.

—No sé si los muertos hablan —le dijo sin volverse—. Ni siquiera estoy segura de qué es lo que vi la otra noche, pero esta tierra esconde una belleza maldita.

Y no dejó de caminar hasta llegar a la casa. La misma en donde, treinta años atrás, su padre y su madre se amaron como si no hubiera habido un mañana.

CAPÍTULO CUARENTA

Domingo 26 de mayo de 2019

Entró en aquella casa por primera vez. «¿Dónde fue todo?». Andreu señaló escaleras arriba. Estaba adornada con mosaicos valencianos de dibujos azules, rojos y dorados. Le sorprendió aquel ambiente tradicional con paredes de ladrillo caravista, estancias altas y vigas de madera en los techos como nervudas venas. Subieron. «¿Es allí?». Él asintió. Casi era como ella lo había descrito en sus borradores. La habitación de la pequeña Marta había cambiado. El maquillaje de los muebles, la cama doble y el tiempo invitaban al olvido. «¿Y la de Sergi?». Andreu esbozó una mueca de resignación y señaló con el dedo: «Es esa». La cama de matrimonio tenía una cabecera de hierro decimonónica, y el mobiliario rústico y colonial parecía de madera maciza. «Está igual». Andreu no comprendió por qué acertaba, pero Clara se adentró en la habitación como si atravesara el túnel del tiempo. Se asomó por la ventana y observó el valle de naranjos con la alberca igual que un charco. Las ramas del jacarandá eran tentáculos delgados con gemas verdes brotando con timidez. El tiempo era un instante suspendido en un universo que no podía reconocer, pero que intuía.

Cerró los ojos y sintió el velo de su presencia... Su aliento invisible. Su pecho eran las velas hinchadas de un navío y, sus ojos, las ventanas de un gran faro que lo iluminaba todo. Se sentía frente a un umbral observando a sus padres. Su madre estaba vencida por el deseo de un hombre sin grandes luces, tan enérgico e impulsivo como sincero. Comenzaba a amar sus imperfecciones y necesitaba tiempo para romper las amarras de un matrimonio que temía perder.

—Ella no lo sabía —casi murmuró.

—¿El qué? —le preguntó él.

—Lo que había hecho Sergi antes de conocerla. No sabía nada de él. En realidad, nunca supo nada de él.

Parecía en trance, una sonámbula deambulando en otro tiempo, pero en el mismo lugar. Inspiró hondo y se recostó sobre la cama mirando la lámpara de hierro y sus tulipas como velones. «Puedo verte». La había arrastrado hasta aquella habitación con correas imperceptibles y sintió sus ojos tambaleándose en su mundo, atrapada en aquella atmósfera sin tiempo en la que Clara se encontraba flotando. Era un momento de fugaz lucidez. «Ven», le dijo a Andreu. Su voz emergió lejana, extraña… pero él obedeció y se dejó caer a su lado. También era un náufrago, y cuando ella lo sujetó de la mano, sintió que llevaba toda una vida esperando amarrarse a ella. Inesperadamente, volvió su rostro y lo besó a través del cristal del tiempo, y a Andreu no le importaron los lazos de sangre que los unían, porque él también sintió aquella energía magnética arrollándolos, como si no hubiese pasado el tiempo, como si treinta años después siguiesen atrapados en un *déjà vu*. «Todo siempre estuvo escrito». Percibió su lengua húmeda, un músculo suave cosquilleando en su boca y encendiéndola hasta las entrañas. Se entregaron a un placer lejano, en silencio, hasta que la marea de aquel hechizo descendió lentamente.

Y desapareció.

Clara se puso en pie y se apartó de él bruscamente.

—Sácame de aquí. No quiero pasar otra noche en este lugar.

—Puedo quedarme contigo.

Ella negó con la cabeza.

—No, lo siento. Ya no me atrevo. Hay algo aquí que no puedo explicar, pero le temo. No es algo racional.

—Ven a mi apartamento. Allí estarás bien.

—Te lo agradezco, Andreu, pero será mejor que esta vez busque un hotel. Llevo muchos años cometiendo errores. No quiero hacerlo otra vez.

Luego se atusó el pelo con las dos manos y, avergonzada, rehuyó su mirada.

—No sé lo que me ha pasado. Lo siento…

Él la miró confuso. Por un instante, ambos habían rozado aquel vínculo invisible tejido a través del tiempo.

—Sácame de aquí, por favor. Necesito pensar con claridad.

Y sin esperar a que le respondiera, abandonó la habitación y bajó decidida las escaleras.

CAPÍTULO CUARENTA Y UNO

Domingo 26 de mayo de 2019

El mundo era solo un globo de cristal, una pecera celeste con océanos añiles e inmensos contornos ocres. Clara podía imaginarlo como si sostuviese aquella esfera entre las manos o flotando más allá de la estratosfera en un universo inabarcable. Hacía muchos años que el mundo se había vuelto pequeño, con miles de kilómetros unidos en un segundo, apenas a la distancia de un clic. La gran aldea era una inmensa oportunidad de culturas unidas en apenas unas horas, con los ovillos de la comunicación rodeando aquella gran madeja con sus hilos invisibles.

Pensó en todo aquello cuando se iluminó su teléfono con la llamada de su padre. Cuatro horas de diferencia y más de diez mil kilómetros de distancia. El dispositivo vibró varias veces, hasta que Clara venció su rabia y lo atendió. Se llevó el móvil a la oreja. La voz de aquel hombre le pareció tan áspera como insoportable, pero estaba decidida a hablar con él.

—Quería saber de vos. ¿Cómo te va?

Ella respiró hondo y revolvió en la maleta de las palabras. Había afiladas e hirientes, contundentes ráfagas de improperios que jamás había utilizado, pesados reproches y acusaciones que podrían hacer tambalear a un gigante. Tenía la boca bien cargada, pero se contuvo.

—Estoy buscando toda la verdad. Y necesito que me ayudes. Es hora de que me lo cuentes todo. No sé cómo pudiste mentirme todos estos años.

Él calló. Fue apenas un titubeo. Desde la distancia, Clara imaginó a un viejo galeote zozobrando ante el primer golpe de la tormenta.

—No te entiendo.

—¡Ya está bien! Lo sé todo. —Su voz fue violenta e inapelable—. Bueno, casi todo, porque es ahí donde entrás vos. Me dijiste que no lo conocías, pero sabés perfectamente quién es Sergi Agulló. Lo sabés porque viniste a hablar con él. Lo sabés porque mamá te lo dijo. Lo sabés... porque también descubriste hace años que yo no soy tu hija.

Le disparó con habilidad, con toda la confianza que otorga conocer la verdad.

Silencio. La respiración se parecía a un crujido.

—¡Fuiste un cobarde!

—Es... Clara... No podés... —Su voz temblaba—. ¿De dónde sacaste todo eso?

—¡Basta! Ya no podés seguir mintiéndome. ¿Es que no lo entendés? Decime qué es lo que pasó. Te lo exijo.

—Yo no sé nada, Clarita. Te lo juro. Aquello fue hace mucho tiempo. Toda una vida.

—¡De ninguna manera! —Su voz volvió a estallar—. Para mí está pasando ahora mismo. ¿Qué sabés de la muerte de mamá?

—No sé nada, Clara. Fue un accidente. ¿Qué podría haber sido, si no?

—¡Ah! No, no voy a tolerártelo. Ya no. Viniste a Valencia meses antes y lo amenazaste. Hubo testigos. ¿Qué fue lo que pasó? ¡Por Dios!

—Yo no lo amenacé. No digas eso. Solo quería que se mantuviese lejos de tu madre. —Sus palabras habían desbarrancado y atravesaban el mundo angustiadas, rotas—. No supe nada más de todo aquello, ni siquiera que ella había vuelto a Valencia.

—No te creo. Su amiga Mónica me aseguró que mamá te lo había contado todo, absolutamente todo.

—¿Mónica?

—Sí, papá. Mónica. También la encontré, y si me das más días encuentro hasta la Antártida. No se puede esconder la verdad, no se puede, deberías saberlo. Siempre acaba saliendo. Siempre. Mamá te dijo que quería a ese hombre y que yo era su hija. ¿Te lo dijo o no te lo dijo?

—No es tan sencillo, Clara. Ahora me lo contás como una película, pero...

—¿Como una película? Creo que no me estás entendiendo, papá. Las cosas fueron así. ¿A qué santo fue mamá a Carcaixent por última vez? ¿Eh? ¿Por qué? Yo te lo digo: porque no entendía cómo era posible que el padre de su hija, aquel que bebía los vientos por ella, hubiera matado a su otra hija y se hubiera quitado la vida. ¡Eso, mamá no lo entendía! Por eso viajó... Y por eso murió.

—Ella nunca me dijo que iba a volver a Valencia.

—¿Cómo voy a creerte algo así? Es que no puedo creerte nada.

—Ella no me lo dijo, Clara. Lo supe cuando me llamó la Guardia Civil.

—¿Y si yo te dijese que lo sabías y que también viniste aquí? ¿Y si yo te dijese que la seguiste?

—Eso es una locura. Yo solo volví para reconocerla... Para confirmar que era ella, que se había matado.

—¿Qué descubrió mamá para matarse, papá? Más preguntas me hago y más evidencias aparecen.

—Creo que estás desvariando, Clara. Aquello fue un accidente.

—Todo fue un accidente en mi vida, papá. ¡Todo! Por eso nunca quisiste hablarme de ella. Por eso tuve que crecer con ese vacío que parecía una bolsa gástrica metida en el alma. Por eso te fuiste a Argentina, para poner tierra de por medio. No era que querías olvidar. Querías desaparecer sin dejar rastro.

—¿De qué me estás acusando? —Esta vez su tono fue severo, imperceptiblemente desafiante—. ¿De qué? ¿De haber matado a tu madre?

—Solo quiero la verdad. La que sea, pero la verdad.

—No existe más verdad, Clara. Creo que todo esto ya fue demasiado lejos.

—¿Qué sabés de Mayte Gabaldón? Decime.

Pero esta vez no hubo respuesta. Del otro lado del mundo se oyó un resuello, el ahogo de una vida sometida a demasiada presión.

—Clara, escuchame —le dijo al fin—. Dame tiempo, después te llamo.

Y colgó.

Clara se quedó con la mirada flotando por la habitación del Hotel Avenida. Sabía que algo se había roto entre los dos. El mundo que ella había conocido se fracturaba bajo sus pies y, sin pretenderlo, su padre había comenzado a desdibujarse. Todavía no lo entendía, pero estaba desatando los nudos del destino. En su corazón pesaba la tristeza, como dieciocho años atrás, en aquella misma habitación en la que su padre había pasado su última noche en Valencia.

CAPÍTULO CUARENTA Y DOS

Lunes 27 de mayo de 2019

El ajetreo de sus pensamientos era un pentagrama con notas desordenadas, una bolsa de grillos que hacía demasiado ruido como para dejarla tranquila: un padre que ya no lo era, una madre sin rastro y su muerte removiéndose en la memoria de los vivos, un padre biológico con el cuerpo de una niña a cuestas y un sinfín de incoherencias para justificar aquella ruindad; amenazas, apariciones espectrales, un cadáver gritando bajo la tierra de un huerto maldito. Y para acabar de liarla, un adolescente francés que parecía tener alguna inexplicable relación con ella... Clara Guinzburg había agitado un avispero igual que se sacude un cóctel, pero estaba convencida de que la vida le iba en ello.

—Tengo la cabeza como las maracas de Machín —le confesó a Andreu—. Solo me faltaría tener que ir al huerto a remover la tierra para encontrar los huesos de Dios sabe quién. ¿Por qué tenemos que dar por sentado que es el cuerpo de un temporero marroquí? ¿Y si le mintió a tu padre? Nada es fácil de creer. Nada.

—Estás nerviosa. Todo esto es demasiado para ti y para cualquiera.

—No hay otro camino. Voy a averiguar qué es lo que le pasó a mi madre. Sé que lo estoy rozando con los dedos.

Aquella mañana de lunes había llamado al pub Kaylo. Andreu ya le había dicho que abrirían por la tarde noche, pero Clara había insistido llamando varias veces, hasta dar en la diana por casualidad. «No abrimos hasta la tarde», le contestó una voz joven, y ella le preguntó por Francisco Querol Rico. «Soy periodista y me gustaría entrevistarlo por su libro». Una hora después, el viejo amigo de Sergi Agulló le devolvió el llamado, y organizaron un encuentro en Valencia, cerca del mediodía. Andreu se había empeñado en acompañarla. Querol Rico regentaba un pub que hacía esquina sobre la calle del Serpis, justo frente a una residencia universitaria. Era un muro negro, con estrellas y lunas blancas chispeando alrededor del logo «Kaylo». A pocos metros de allí estaba el campus de la Universidad de Valencia, la Facultad de Magisterio y la Universidad Politécnica.

—Por la tarde-noche este tipo de antros se llena —le dijo Andreu—. Y los viernes por la noche, el vecindario no puede ni dormir.

—Lo dices por experiencia, ¿verdad?

—Yo no tuve tiempo para ser joven. Iba y volvía al pueblo en el día. A mí me costó. Tenía que ayudar en el huerto. Ahora todo ha cambiado. La mayoría de estos críos vive en una fiesta continua, esperando a que las cosas les caigan de arriba —comentó con un dejo de amargura.

Tenían una persiana baja con el logo del local, y Andreu la golpeó varias veces hasta que alguien la levantó a media altura para que pudiesen entrar. Nada más hacerlo, un hombre los recibió del mismo modo que un Caronte antes de adentrarlos en el Hades. Francisco Querol Rico parecía un Papá Noel vestido de *millennial*, con varios pendientes en el lóbulo izquierdo, barrocos tatuajes en los antebrazos y vaqueros llenos de jirones. Era un hombre de media altura, con una calvicie que había ganado gran parte de su cabeza, pero que había intentado disimular con un rapado integral del que asomaban cabellos canosos. Su cara era rechoncha, con papada de reptil, y presentaba un vientre hinchado como un avanzado embarazo cervecero.

—¿Eres tú la periodista?

—Así es, señor Querol. Él es Andreu Baldoví.

Su semblante denotó cierta sorpresa, pero Andreu le extendió rápidamente la mano.

—Le agradecemos mucho que nos reciba. Usted seguro que conoce a mi padre, Antonio Baldoví.

—Tú eres el sobrino de Sergi Agulló, ¿verdad?

Andreu asintió.

—Hace demasiados años que me alejé del pueblo. Recuerdo a tu padre, claro. Nos tratamos poco, pero nos conocíamos.

—Señor Querol, mi nombre es Clara Guinzburg y estoy escribiendo sobre todo lo que sucedió alrededor del crimen de Sergi Agulló. Leí su libro y fue de gran ayuda. Me gustaría poder hacerle algunas preguntas.

—Por supuesto, pasad, por favor, y llamadme Fran. Fran para los amigos, los que me llaman «señor Querol» siempre vienen a cobrar algo —dijo entre bufón e inconveniente.

El local estaba en penumbras, y Fran fue encendiendo algunas luces para conducirlos hasta la barra decorada con tulipas blancas cayendo del techo. Las botellas y las copas se acomodaban en un muro con estanterías de cristal que el propietario iluminó de rojo para que el local luciera más atractivo. Por lo demás, el ambiente parecía una cueva oscura con mesas altas y taburetes de un metro. Desde el techo, varios focos de colores apuntaban hacia el centro, pero permanecían apagados. Aquel ambiente lucía desnudo de cualquier encanto.

Los tres se acomodaron en los bancos de la barra y una chica de unos veintipico de años atravesó el local cargando unas cajas de cerveza. Francisco Querol le pidió que les sirviera algo, pero Clara y Andreu rechazaron el ofrecimiento. La joven llevaba un top blanco ajustado, con el contorno de los pechos pronunciando sus formas de manera ostentosa. Él se la quedó observando sin disimulo. «Estás como un tren, Irene», le dijo. La joven sonrió con descaro y después desapareció por la trastienda. Clara y Andreu intercambiaron miradas bastante más discretas que cualquier elemento del local, al tiempo que Francisco Querol agregaba: «Qué suerte he tenido con esa chica, ¡por Dios!».

Clara decidió no perder el tiempo con su cháchara y le explicó el motivo de su llegada a Valencia: que intentaba averiguar en qué circunstancias había muerto su madre y, por tanto, qué relación existía con la muerte de Sergi Agulló, de quien ya sabía que era su padre.

—¿Tu padre? ¿Sergi era tu padre?

—Así es, señor Querol…

—Fran —la interrumpió—. Llámame Fran.

—Como quieras, Fran. Lo descubrí recientemente, a raíz de este viaje. ¿Te importa que grabe la entrevista?

Él elevó los hombros con desinterés y Clara presionó el *play* en su teléfono.

—¿Alguna vez te mencionó algo sobre mí? ¿Lo recuerdas?

—¿Quién era tu madre?

—Silvia Ros.

—¿La de Barcelona?

—Eso es. Tengo una foto donde estáis todos juntos, en Cullera.

Él la miró de arriba abajo y sonrió con avidez. Ella percibió su concupiscencia y recordó el relato que Mónica le había hecho. *Se cree que es un crío y es un viejo seboso,* pensó.

—Ahora que te veo, eres igual de guapa que ella. ¡Vaya cabrón el Sergi! —Se llevó precipitadamente la mano a la boca, igual que un niño travieso—. Perdón, no quería ofenderte. Y menos después de todo aquello. Perdona, de verdad. Ni puta idea de lo que me cuentas. Estoy flipando. ¿No crees que, de haberlo sabido, lo hubiese metido en el libro? Si lo has leído, verás que lo cuento todo, que no me reservé nada. Si Mayte Gabaldón hasta amenazó con denunciarme.

—¿Por qué exactamente?

—A esa mujer le jodió que vendiera veinte mil ejemplares contando su historia.

—Hombre, no sería solo eso —intervino Andreu—. Contabas cosas de su intimidad, de su relación con Sergi. ¡Le acababan de matar a la hija!

—No se podía entender lo que hizo Sergi sin contar su historia. Ni contándola nos entra en la cabeza, pero vaya, contarlo a las bravas no era la forma. Yo los conocía, éramos amigos, bien sabía de qué iba el asunto.

—¿Y de qué iba el asunto, Fran? —le preguntó Clara recostándose en el acolchado negro de la barra.

—Pues lo que sabíamos todos, y quien te dijera lo contrario te mentiría: que Sergi se casó de penalti —dijo, y se dibujó una barriga sobre la suya, que no era discreta ni mucho menos—, obligado, como quien dice, y que Mayte tenía un buen polvo. Uno detrás de otro, vamos, que Sergi ya se encargó de eso, pero no se querían. Lo único bueno de aquello fue la niña, pero Mayte era muy suya y a él se le cruzaron los cables. Ella quería vengarse de sus infidelidades apartándolo de la cría, y él buscó joderla a base de bien.

—¿Y acaso cree que eso justifica lo que hizo?

—Yo no dije tal cosa.

—Pero ¿cree que ese fue el móvil?

—La amenazó antes. Mayte corroboró aquello, ¿me entiendes? Esto no es lo que yo piense. Es lo que es. Pero dime una cosa, guapa, ¿esto es una entrevista o cómo va el tema? ¿Me vas a sacar en tu periódico?

—¿Le gustaría, Fran? —Clara miró de soslayo a Andreu.

—¿Hay pasta? —El hombre se frotó los dedos como si los sacudiera de algún polvillo.

—No, Fran. Espero que no sea inconveniente para que me responda algunas preguntas sobre aquello. Sobre todo, porque me gustaría saber qué le sucedió a mi madre.

—Si es por tu madre, aquí acabamos la historia. La última vez que la vi fue en Cullera. Pasamos un fin de semana entre amigos, y punto. Cada uno por su camino.

—¿Nunca más? Ella volvió a Carcaixent después, y mantuvo una relación con Sergi.

—Ni idea del tema. Sergi se lo tuvo bien, pero que bien callado. Tú ahora me dices que eres su hija y… me lo tengo que creer, ¿sabes? Pero es la primera noticia que tengo del tema. Para mí, Silvia fue un ligue de fin de semana. Uno más.

—¿Cómo fue su amistad con él durante los últimos años? ¿Tenían buena relación?

—Siempre tuvimos buena relación. Con Paco Arenas y Alberto, también. Éramos íntimos, de verdad. Pero desde que se echaron novias la cosa fue decayendo. Ya no nos íbamos tanto de discotecas y esas cosas. Con Sergi pasó lo mismo: el matrimonio para él fue una cárcel, por eso yo nunca me casé. Para qué ser para una, si se puede ser para todas. —Le guiñó un ojo.

—¿Mantiene relación con los demás? Como se alejó del pueblo...

—Después del libro fue complicado. Si te soy sincero, Paco Arenas y Alberto me hicieron cruz y raya. La relación se cortó en seco, y yo no tenía que mendigar nada de nadie. Sí, escribí un libro e hice muchas cosas en esta vida para rebuscármelas, ¿entiendes? No tengo que ir disculpándome por todo, y mucho menos por gilipolleces. Si quieres que te diga la verdad, a Alberto no sé qué le molestó más, si lo de hablar demasiado de su hermana o un comentario que hice de pasada sobre su sexualidad.

—¿A qué se refiere?

—¿Lo ves? Tú has leído el libro y ni te ha llamado la atención. Nada de nada. Pero él un día me llamó para mandarme a la mierda y decirme que me metiera en mis asuntos, y que él no era ningún marica. Pero, la verdad, la pura verdad, es que todos teníamos la certeza de que lo era y de que se casó con Cristina como una tapadera. No me acuerdo qué se me escapó en el libro sobre eso, pero vamos, nada de nada. Si hubiera querido contarlo, lo habría hecho, pero ¿con qué motivo? ¿Qué podía aportar a la historia aquello? Lo que pasaba era que a él le jodía que se rumoreara por ahí, ¿me entiendes? El mismo Paco Arenas me había jurado que lo había visto morreándose con un tío en el estacionamiento de la discoteca Spook, pero él después tampoco quiso saber más nada de mí, como si no nos hubiésemos montado mil juergas juntos. La verdad es que no me lo esperaba. Allá ellos.

—¿La relación entre Sergi y Alberto era buena?

—Muy buena. Sinceramente, para él tiene que haber sido terrible lo que hizo Sergi. Por una parte, se cargó a su sobrina, pero por otra, perdió a su amigo. Es verdad que habían tenido sus más y sus menos con lo de Mayte, pero Sergi y él eran carne y uña. Pero Alberto adoraba a su hermana y le jodía ver cómo Sergi le metía los cuernos en cuanto podía. De hecho, cuando Mayte tiró a Sergi de casa, la relación entre ellos se tensó. Estaba entre dos aguas, intentando hacer recapacitar a su amigo e, imagino, a su hermana también. Es más, recuerdo que la última vez que nos vimos fue en una cena y, si no hubiéramos intervenido, Alberto y él habrían llegado a las manos. «Un día de estos te vas a meter la botella por el culo», le dijo Alberto. Lo recuerdo muy bien porque nunca supimos si lo decía con algún doble sentido, ¿me entiendes? —Fran levantó las cejas con picardía—. Al menos, Paco y yo nos miramos y creo que pensamos lo mismo, porque, ya te digo, todo el mundo sabía que Alberto perdía aceite; menos Cristina, claro. La cuestión es que después nos fuimos a un pub que habían abierto en el paseo del pueblo, y ahí estaban los dos otra vez, como dos tortolitos, de abracitos, palmadas y brindis de ron y Coca-Cola. Se querían mucho, ya te digo, y se lo perdonaban todo. Pero Alberto intentaba ponerse en el lugar de su hermana, y ahí comenzaban a saltar las chispas.

—¿Acaso cree que Sergi también se sintió abandonado por él? Digo, por intentar sumar motivos por los que alguien decidiría cometer tremenda locura.

—Alberto podía tener diferencias con Sergi, pero se querían como hermanos. Eso lo sé yo muy bien.

—¿Y no cree que carece de sentido lo que hizo? Se querían como hermanos, pero le hace daño a su propia hija, a su amigo, a mi madre y, por supuesto, también a Mayte. ¿Soy la única que ve que esto no encaja por ninguna parte?

El rostro de Fran parecía el de un Buda rechoncho, pero con el rictus desencajado.

—Visto así suena extraño, es verdad… Pero fue lo que sucedió, guapa. Sergi se lanzó al tren y se cargó a la niña.

—¿Y mi madre? Mi madre, que mantiene una relación con él, viaja al pueblo y, ¡oh, casualidad!, también se mata… —Sus palabras fueron incisivas, como si expusiese un alegato ante un jurado.

Él se puso en pie, rodeó la barra, colocó un vaso de tubo sobre ella y comenzó a llenarlo de ginebra. Andreu parecía un invitado de piedra, pero lanzó una mirada de estupefacción a Clara. Ambos se mantuvieron expectantes mientras Fran manipulaba la botella.

—Sergi tenía mucho genio, bonita. Yo no puedo decirte nada más al respecto. Si crees que por haber escrito aquel libro tengo alguna autoridad sobre el tema, te equivocas. Ya me cayeron a diestro y siniestro, pero yo solo conté lo que pasó, para quien no lo supiera. Si me estás acusando de haber llevado una línea de investigación equivocada, pues ya puedes ir directo a la Guardia Civil. A mí, que me registren. Ellos siguieron la misma.

—Por supuesto que no lo estoy acusando de nada de aquello.

—Tampoco soy tan mayor, bonita. Tutéame, ya te lo he dicho —remarcó, y apuró un trago.

Clara devolvió la mirada a Andreu, irritada.

—Necesito que me des alguna pista, algo que me sirva para entender quién podría haber tendido una trampa a Sergi, y por qué.

—Para eso necesitamos mucha imaginación, y yo no te puedo ayudar. No tengo la más puta idea de quién podría montar semejante circo. Piénsalo, es una puta locura.

—Lo sé. Pero las piezas no encajan. ¿Alguna vez te habló de enterrar algo o a alguien?

Fran puso los ojos de búho.

—¿No creerás que yo sé dónde enterró a la niña?

Andreu se revolvió incómodo en su taburete.

—¿Nunca te habló de un cuerpo enterrado años atrás?

—Guapa, ¿se te ha ido la pinza o qué?

—Tengo cierta información que no puedo develarte, Fran. Necesito corroborarla, nada más.

—¿Acaso crees que si yo hubiese sabido algo de un enterramiento no lo habría puesto en el libro?

—No lo sé, Fran. Era tu amigo, y los amigos se hacen favores.

—¿Cómo me la estás liando? Vamos a ver: por una parte, crees que Sergi es inocente y, por otra, ¿crees que andaba hablando a sus amigos de enterramientos por ahí? Flipo contigo.

Esta vez fue Clara la que se puso en pie.

—Está bien, lo entiendo. No tiene mucho sentido.

—No, no lo tiene.

—Lamentablemente, no hay nada que en todos estos años te haya hecho sospechar que las cosas pudieran ser de otra manera, ¿verdad?

—No, lo siento. En ese sentido, no creo que pueda ayudarte.

—De acuerdo.

—¿Y las fotos?

—¿Qué fotos?

—Para la entrevista, ya me entiendes. No quiero salir de cualquier manera. Si quieres, puedes poner que voy a reeditar el libro en digital, para que lo puedan comprar desde cualquier parte del mundo.

Clara le hizo un gesto con los ojos a Andreu, señalándole la salida. Luego dibujó una sonrisa protocolaria y le contestó.

—Esta semana enviamos a los fotógrafos y te hacen unas cuantas tomas —dijo, intentando esconder la sorna.

—¿Qué día?

—Ya te llamarán. Muchas gracias, Fran.

Y sin entretenerse un segundo más en aquel tugurio, enfilaron hacia la persiana, del mismo modo en que un buzo busca la luz de la superficie sin oxígeno en su botella de aluminio. Ya fuera, apuraron sus pasos hasta el coche. Parecían dejar atrás un manicomio.

—¡Vaya personaje! —exclamó Clara.

—No te fíes. Ese hombre nunca fue trigo limpio. Me lo ha dicho mi padre.

—Se ve a la legua. Es evidente que las drogas también tienen que haber hecho lo suyo.

CAPÍTULO CUARENTA Y TRES

Lunes 27 de mayo de 2019

Andreu le dijo que la ciudad de Valencia parecía un antiguo jardín frente al mar y que antes de volver podían comer por el Barrio del Carmen. Condujo por el Paseo de la Alameda y dejó a su izquierda la Ciudad de las Artes y las Ciencias, construida en el cauce del río Turia, un complejo vanguardista de hierros blancos y cristales color cielo. El diseño del Palacio de las Artes Reina Sofía, su planetario en forma hemisférica, el Museo de Ciencias Príncipe Felipe y su Oceanográfico estaban integrados entre inmensas piscinas de agua cristalina y verdes jardines. Clara echó un vistazo rápido y pensó que aquellos edificios futuristas le aportaban singularidad a la ciudad que pisaba por primera vez.

Andreu aceleró hasta dejar atrás el Palau de la Música, otra inmensa estructura acristalada como un invernadero, y luego se adentró en el casco antiguo. Estacionó debajo de la Plaza de la Reina y callejearon hasta el ayuntamiento, frente al que colocaban la pirotecnia en marzo. Le contó a Clara que durante las fiestas de las Fallas la ciudad se llenaba de música, vestidos tradicionales y pasacalles, hasta que, en la noche de la Cremà, reducían a cenizas uno de los cientos de monumentos de cartón piedra que situaban en aquella plaza.

Clara se dejaba conducir agradecida, imaginando la posibilidad de que su madre hubiese recorrido aquellas mismas calles alguna vez. La nueva conexión con su pasado excitaba su imaginación y desataba recuerdos nunca vividos, pero anhelados desde que era una niña.

Desanduvieron sus pasos y acabaron en la Plaza de la Virgen, frente a su catedral de rostro gótico y el bronce de las labradoras desnudas de la Fuente del Turia. Callejearon por la Plaza del Mercado y el edificio de la Lonja de la Seda del siglo xv, hasta adentrarse por el estrecho laberinto de calles adoquinadas del barrio del Carmen, encajado entre las torres de Serranos y las de Quart. Comieron lenguado a la plancha y calamares en un local pequeñito. Hablaron de Francisco Querol Rico, de Sergi, su padre biológico, y de aquel puzle de cartas ocultas que Clara tenía sobre la mesa. «Aquí nadie sabe nada, y todos saben algo», le dijo ella. «Creo que la investigación que se llevó con la muerte de mi padre biológico fue penosa». Andreu la miró y asintió con un gesto de resignación. Le gustaba el modo en que Clara se arreglaba el pelo, sus ojos levemente orientales y aquellos labios discretos, sin voluptuosidad, pero que acariciaban las palabras con su acento argentino. Nunca había sabido relacionarse con las mujeres, pero mucho menos con ella. Aquel parentesco de sangre había surgido como una lombriz solitaria, imperceptible, escondida cuando se fijó en su belleza por primera vez. «Creo que llegué a un punto muerto», continuó. «Necesito que alguien mueva alguna carta para darle sentido a todo esto, y creo que en el huerto hay enterrada una». Lo desafió con la mirada y, esta vez, Andreu bajó la cabeza como si se sintiera avergonzado. Luego se removió en su silla y apretó los dientes, visiblemente nervioso. «Tengo algo para ti», le dijo. Echó mano de su bandolera y extrajo un sobre con su nombre en la solapa. Leyó «Clara Guinzburg», manuscrito en tinta azul y con caligrafía en imprenta. Dentro, varias hojas impresas con Times New Roman, tamaño 12 y espaciado de 1,5:

«De mi madre recuerdo muchas cosas y casi todas las coloco en la estantería de la felicidad. Era una mujer frágil...».

Levantó la cabeza y miró a Andreu con gesto incrédulo.

—¿Qué es esto?

—Lo encontré en el buzón de mi apartamento.

Andreu miró con curiosidad los papeles que Clara sostenía entre sus manos. Parecía que los estuviese viendo por primera vez.

—¿Qué es? —le preguntó.

Ella miró la última hoja. Había un nombre y un número de teléfono.

—Parece una carta de una tal Carla Bouquet.

—¿La conoces?

Clara negó con la cabeza, pero sin dejar de observarlo.

—Está fechada en París, donde creo que vive Jean Paul, el chico de *The Voice Kids* —comentó—. No entiendo por qué no me la diste hace horas.

—No encontré el momento. Quería dártela después de que hablaras con Querol Rico.

—Pero ¿por qué? Simplemente, me sorprende que hayas esperado tanto, sabiendo que me estoy volviendo loca por conectar las cosas.

—Solo quería que pasáramos un rato tranquilos, mostrarte algo de Valencia. No pensé que el orden fuese a cambiar nada. No le di importancia, Clara.

—¿Es que acaso te olvidas de que, según tu padre, tienes un cadáver en tu huerto? ¿Es que tampoco te das cuenta de que tu tío no tenía motivos para hacer lo que hizo? ¿Es que no comprendes que tengo que volver a Argentina en cualquier momento y que estoy convencida de que a mi madre la mataron? —Su expresión se había ensombrecido igual que el cielo en una tormenta de verano.

—Lo siento, Clara.

—No me vale, Andreu. ¿Tú me ocultas algo?

—¿Yo? —le contestó, atónito—. ¿Por qué iba a querer ocultarte algo y ayudarte a la vez? No tengo ni idea de dónde ha salido ese sobre, ni mucho menos quién es esa mujer.

Clara se lo quedó mirando espantada. El día se le había caído encima.

—Es que no sé si puedo creerte. No tiene ni pies ni cabeza que esperaras hasta ahora para dármela. ¡Como si fuese una tarjeta de Navidad! No sé lo que está pasando, Andreu, pero si me pongo a atar cabos, fue en *tu* huerto donde me amenazaron, y fue en *tu* huerto donde vi a aquella mujer la otra noche. Y fue ahí mismo en donde se desató un pifostio familiar como pocos en 1991. ¿Cómo demonios sabía esa tal Carla que tú me ibas a ver hoy? ¿Por qué no enviármelo por mensaje, como me han llegado las cosas hasta ahora? ¿Por qué te utilizan a ti? De pronto, tengo la sensación de que por algún motivo quizá tú también estés jugando conmigo, y de que también a ti te preocupa lo que estoy buscando. Estoy más que acostumbrada a rodearme de hombres que mienten, Andreu. Toda mi vida hice lo mismo. Tengo un imán para atraerlos.

Se puso en pie violentamente y guardó aquella carta en su bolso.

—¿Por qué iba a querer engañarte? Tranquilízate, por favor. Siéntate. Esto es ridículo.

—Necesito tiempo para pensar. Tú o alguien parece empeñarse en que yo comprenda algo... Y no sé qué es. No sé por qué me están mareando tanto: si para que comprenda o para que no comprenda.

—Fue una estupidez no habértelos entregado hace horas, lo sé. Pero te juro que yo no tengo nada que ver con esos papeles.

—Ojalá pudiera creerte, pero necesito algo de tiempo.

Clara se colgó el bolso al hombro como una bandolera y se preparó para salir del restaurante. Andreu también se puso en pie y la sujetó del brazo.

—¿A dónde crees que vas? Tranquilízate.

—Suéltame inmediatamente —murmuró, y lo miró con determinación.

Él lo hizo. La gente los observaba con inquietud.

—No puedes hacerme esto. Es una tontería.

—No lo sé.

—No puedes volver sola, por favor.

—Puedo. Volveré en tren o en taxi. No te preocupes. Tendré tiempo para leer esto. ¿Estás seguro de que no sabes quién es? ¿De verdad?

—Te lo juro. No escuché el nombre de Carla Bouquet en mi vida. Hice una estupidez, pero recapacita. Estás nerviosa.

—Ya no sé si puedo confiar en ti. Ahora mismo siento que ya no puedo confiar en nadie.

Él se la quedó mirando, absorto.

—Te estás equivocando, Clara. Te equivocas mucho.

—Es posible, pero necesito estar sola.

Y cuando Clara se marchó, Andreu temió que fuese la última vez que la veía.

CAPÍTULO CUARENTA Y CUATRO

CARLA BOUQUET

París, abril de 2019

De mi madre recuerdo muchas cosas y casi todas las coloco en la estantería de la felicidad. Era una mujer frágil, pero que cuando abría los ventanales de su vida parecía que la energía la golpeaba como una tormenta de verano. Entonces no imaginaba que era por las pastillas de Prozac. Siempre había alguna en la mesita de luz. Tenía un ventanal desde el que podía ver las gazanias color rosa, los lirios azules o las dalias que parecía fresones bermellón. Entre los recuerdos que tengo en esa estantería de mi memoria están los del jardín, cuando en verano la veía con la regadera cantando *Non, je ne regrette rien*, y a veces hasta *La Marsellesa*. Pero cuando Marie —así se llamaba— se quedaba tendida en la cama, solo veía su caja de Prozac. De aquellos días, si quieres que te sea sincera, lo olvidé casi todo. «Tu madre está enferma y tenemos que arreglarnos», me dijo mi padre con ocho años. Ella estaba en su caverna, con la puerta cerrada, y con diez años yo ya preparaba crepes, buñuelos y todo lo que mi madre me había enseñado, porque en mi estantería de la felicidad podía recordarla en la cocina, con el tiempo en *stand-by*, en nuestra cápsula de complicidad, horneando *macarons* de colores, milhojas o tartas de limón. A mi madre no la recuerdo manoteando entre sombras para vencer sus fantasmas, sino deambulando por Langon y siguiendo el rastro del río Garona hasta perdernos por los viñedos. Vivíamos a cuarenta kilómetros al sur de Burdeos, en un pueblo de algo más de seis mil habitantes. Langon no era aquella ciudad de edificios monumentales y grandes avenidas con la catedral de Saint André elevándose por encima de ella. Langon no tenía museos, ni hermosos embarcaderos en el río, ni plazas como La Place de la Bourse, con las fuentes y la piscina de Miroir d'Eau reflectando los edificios. Mi pueblo era un rincón entre viñedos y bodegas, donde la vida pasaba lenta, sin más, un manojo de verdes y flores en primavera y en verano, pero un lagar gris durante el invierno. Eso lo comprendí después, cuando crecí y entendí mejor a Marie. Entonces sus rarezas se hundieron como piedras en el río y solo quedó flotando su amor, el que coloqué bien en mi memoria. Ella y yo en su Renault Clio de paseo por Burdeos; ella y yo montando el puzle de Blancanieves sobre la mesa de la habitación de abajo; ella y yo leyendo los cuentos de *Le petit Nicolas*; ella y yo tejiendo muñequitos de lana. Siempre ella y yo, porque papá siempre estaba en los viñedos, incluso en invierno, cuando anochecía de prisa. Aquello también lo comprendí después. Llegó un tiempo en que le soltó la mano y Marie fue un cascarón a la deriva. Él prefería estar lejos, ausente, resignado a Marie, sin lazarillo, sin salvavidas, y yo tan niña, como una mascota obediente, esperando a que se encendiese la luz de su habitación y se asomase a mi mundo.

Mi casa en Langon debía de tener cientos de años, con entramados de madera sosteniendo su estructura blanca bajo el tejado. Tenía techos altos y estancias mal iluminadas. Me acostumbré a aquella oscuridad de lámparas con pocas bombillas y veladores mortecinos igual que me habitué al silencio y a la soledad. Solía ir y regresar sola de la escuela y recuerdo que los últimos días tenía la sensación de que convivía con espectros: mi padre con su vida, ausente todo el día, y mi madre tras aquella puerta cerrada. Recuerdo que llovía y que, cuando llegué a casa a las cinco de la tarde, me quité las botas y las dejé escurriéndose en el portal. Supe que mi padre no había regresado por los zapatos embarrados que siempre dejaba y que ahora no estaban. El cielo era un vaporoso velo gris, consumiéndose. Encendí algunas luces y dejé mi mochila en una de las sillas de la cocina. Sobre la mesa, recuerdo un recipiente con naranjas, limones, acelgas y alguna coliflor. Recordamos detalles cuando arañamos la memoria, y sé que también pensé en la cena y en que al final ella vendría en un *omelette*, algo de queso Camembert y el pan de comienzos de semana. Subí las escaleras y los tablones gruñeron como un viejo galeón en alta mar y, antes de dirigirme hacia mi habitación, me detuve ante su puerta. Solo faltaban los ladridos de Cancerbero ante el umbral de aquel Hades. Me dolía verla allí, pero sabía que debía entrar. Era demasiado tarde, era demasiado silencio, era demasiado triste para una niña de doce años, y al bajar el picaporte de la puerta supe que ya nunca podría volver atrás. Nadie puede regresar del Hades, y yo tampoco lo hice. El velador de la mesita de noche estaba encendido, y desde entonces siempre me castigué pensando en que me había estado esperando. Su cama estaba vacía y las sábanas abiertas hacia el lado de las pantuflas, desordenadas en el suelo. No tardé demasiado en empujar la puerta un poco más y verla colgando del techo como un murciélago enorme. La cuerda estaba sujeta a una de las vigas de roble, y Marie pendía rígida sobre una escalera del cobertizo tumbada en el suelo. Estaba inmóvil, igual que en una fotografía, con el rostro lívido, la lengua hinchada en su boca y el cuello amoratado y violáceo. Quizá no lo entiendas, pero lo que más me dolió fue que se fuera sin avisarme.

A aquella imagen casi la desterré de mi memoria y la coloqué en la estantería de capítulos para olvidar.

El problema fue que ese estante se llenó demasiado rápido.

CAPÍTULO CUARENTA Y CINCO

Lunes 27 de mayo de 2019

Clara imaginó a Marie colgando de su habitación como un péndulo estropeado y se sintió ante el mismo umbral que la pequeña Carla. ¡Aquello era terrible! El vacío era un gigante devorando las entrañas de su vida. Tuvo que detenerse y observar por la ventana centenares de parcelas, naranjos y el perfil de los pueblos y campanarios en la lontananza. *Esto no puede ser verdad*, pensó, e intentó espantar aquellas imágenes de su cabeza. Al ritmo del traqueteo silencioso del tren, meditó sobre su vida y sobre aquellos gigantes que habían golpeado su corazón desde niña. Ella también había estado ante un umbral semejante. Sin embargo, desde su perspectiva, no parecía haber habido nada más, tan solo una imperceptible voz royendo en silencio. *Esa era mamá,* se dijo, y continuó ante aquel mismo umbral, como había estado siempre. Pero esta vez presentía algo más. Ya no era una niña. Ya no, aunque le siguiese doliendo.

El sonido del WhatsApp pinchó su burbuja de recuerdos. Buscó el teléfono y descubrió un mensaje de Nora Rizzo. Su columna vertebral se irguió como una antena y leyó sorprendida: «Excelente entrevista, Clara. Me ha encantado». El bofetón de la realidad la sentó en el mundo nuevamente. Era lunes, y el domingo había olvidado compartir en digital su entrevista con ella. ¡Ni siquiera Clara misma la había leído! ¿Cómo era posible que olvidara algo así? Tan obcecada estaba persiguiendo sus fantasmas que no solo se había olvidado de su trabajo, sino que había descuidado las más mínimas normas de cortesía profesional. Tecleó en su teléfono una disculpa y le agradeció profundamente que la tuviera en cuenta. Pero, para su sorpresa, recibió otro mensaje: «¿Cómo va esa novela, Clara?». Se quedó perpleja, sorprendida por el interés que había suscitado en ella. No sabía muy bien qué contestarle y optó por la pura verdad: «Creí que tenía una historia, pero ahora creo que la historia me ha atrapado a mí. Ahora sé que tengo que volver a empezar».

A Clara ya ni siquiera le gustaba su título: *Tu voz invisible*. Los acontecimientos no podían haberse desarrollado como ella había comenzado a escribir: «El odio es un relámpago que se prolonga demasiado, una astilla de rabia que estalla en el cerebro hasta oscurecerlo todo...». Ella ya sabía que su historia no podía empezar así. Ni su padre ni su madre se merecían aquella infamia. Todavía no podía demostrarlo, pero presentía que la verdad estaba escondiéndosele entre bambalinas. Se imaginaba como una escaladora trepando por una pendiente escarpada, balanceándose con sus mosquetones, cuerdas y arneses, y resbalando para afianzarse en cada hueco. La verdad estaba en una cima cercana, pero Clara aún no la podía ver.

Pensó que la escritora argentina ya no le iba a responder, pero inesperadamente le entró otro WhatsApp: «A la hora de escribir, lo importante no es cómo empezamos, sino cómo terminamos. Las historias están en constante revisión. No lo olvides. Al fin y al cabo, nuestras historias son como la vida: lo importante es cómo nos vamos reponiendo ante las dificultades, sin desfallecer, y llegar a buen puerto». Y le agregó un emoticono de un sol sonriente. Nora Rizzo no podría haber relacionado mejor lo que le sucedía. Su vida era una obra en revisión. «No sé cómo agradecer toda tu amabilidad, Nora. Muchísimas gracias». Y sin volverlo a esperar, nuevamente le llegó otro mensaje: «Cuando la termines, mándamela, e intentaré presentarte a mi editora. Ya leí varios de tus artículos y sé que los haces muy bien». Un arrebato de calor hinchó su pecho. Imaginar su novela acabada y publicada no era solo un desafío, sino un sueño también. Sin embargo, aquella historia parecía estar ligada al destino de su madre, y la zozobra de las dudas la marearon. Ni se sentía convencida de poder resolver el enigma que ocultaba aquel huerto ni era capaz de hilvanar un argumento en el que las piezas de su pasado encajaran. «No tengo palabras para agradecerte, Nora. Un beso».

Clara permaneció un buen rato dándole vueltas a todo en su cabeza. No podía comprender por qué la había contactado Carla Bouquet, ni siquiera si había sido ella, y mucho menos qué relación existía con su madre. Intentó acomodar en su mente las pistas, pero una vez más todo se derrumbó como un castillo de naipes. Para cuando decidió retomar la lectura tan solo faltaba una estación para llegar a Alzira, y pensó que sería mejor leer tranquila al llegar al hotel.

Media hora después sonó su teléfono móvil. Era Lucy, la esposa de su padre. Por un momento, dudó entre atenderla o no, pero rápidamente comprendió que era muy poco habitual que ella la llamara.

—Hola, Lucy. ¿Cómo estás?

—Bien, Clara. Me alegro de escucharte.

—Papá me dijo que estás llevando bien el tratamiento. No sabés cómo me alegro. Estoy convencida de que todo va a ir bien. Te lo diagnosticaron muy a tiempo.

—Yo también pienso lo mismo. Te lo agradezco, de verdad. Pero te llamaba por otro asunto. Es tu papá... Él, en fin...

—¿Te contó algo?

—No, no me contó nada. ¿Qué pasó?

—Prefiero que lo haga él. Es largo de contar. Todavía estoy esperando a que me responda todo lo que sabe sobre la muerte de mi madre. Hay cosas que nunca me ha contado, lamentablemente.

—¿Hablaron ayer?

—Sí, ¿por qué?

—Tu papá tuvo un infarto, Clara. Lo ingresé ayer en el Hospital Posadas. Está en terapia intensiva.

El mundo se detuvo y las palabras se le secaron en la boca.

—¿Cuándo lo tuvo?

—Ayer. Alrededor de las seis de la tarde. ¿A qué hora hablaron?

—A esa hora, más o menos.

—¿Discutieron?

—Sí, discutimos, Lucy. Nunca imaginé que podía pasar algo así. ¿Cómo está?

—Está bien, de verdad. El médico me dijo que ya pasó lo peor, pero que debe estar unos días más en observación.

—¿Pudiste hablar con él?

—Sí, pero muy poco. No quería que te dijera nada y te preocuparas, pero yo creí que debía hacerlo. Te aseguro que el médico me transmitió tranquilidad.

—Lo siento, Lucy, de verdad. Papá y yo tenemos una charla pendiente. No sé qué es lo que sucedió aquí antes de que viajáramos a Argentina. ¿Alguna vez te habló de mi madre?

—Por supuesto, Clara. Tu padre quería a tu madre. Siempre me habló bien de ella. ¿Cómo se te ocurre que pudiera ser de otra manera?

—¿Y por qué se fue tan rápido? ¿Por qué me desarraigó de mi pasado?

—Tu padre es argentino, Clara. Sin tu madre, quizá no le encontró sentido a continuar en España. Son cosas que tenés que hablar con él, ¿me entendés? No conmigo.

—Por supuesto, disculpame. Lo importante es que él esté tranquilo.

—Nada más quería contarte. Ya habrá tiempo para que los dos hablen cuando vuelvas.

Clara llenó sus pulmones de aire y luego los vació lentamente.

—Sí, ya habrá tiempo.

—Escuchame. Hay algo más. Tu papá me pidió que te dijera algo.

—¿Qué?

—Que vayas a ver a Mayte Gabaldón, que ella te va a explicar de lo que hablaron.

—¿Se conocían, entonces?

—No tengo ni idea de quién es esa mujer, Clara. Solo me pidió eso, que fueras a hablar con ella.

Nuevamente silencio en la línea. Podía sentir el bombeo del corazón golpeando en su pecho.

—¿Estás bien?

—Estoy bien, Lucy. Quedate tranquila. Decile a papá, cuando lo veas, que a más tardar voy a intentar llegar la semana que viene.

—Se lo digo. Te mando un beso.

—Otro.

Clara oyó el tono que indicaba el final del llamado, pero mantuvo el teléfono en su oreja como si hubiese perdido la noción del tiempo. Pensó que aquel laberinto contenía varios nombres, y uno de ellos, sin duda, era el de Mayte Gabaldón.

CAPÍTULO CUARENTA Y SEIS

CARLA BOUQUET

París, abril de 2019

¿Cuánto se puede sobrevivir en un zulo? Simplemente te acostumbras. Cuando mamá se fue, la nostalgia quedó estancada dentro de la casa. La nostalgia y el vacío, y el mundo allí fuera, girando ajeno al mío. De mi padre apenas te hablé. Ni siquiera te dije su nombre. Se llamaba Jules, Jules Bouquet. De él ya solo me queda su apellido. Creo que es lo único que me dio, porque nunca me quiso. Cuando mamá se fue —hay que ver qué eufemismos nos inventamos para todas las cosas—, sentí que mi vida se quedaba a la intemperie. Tuve un techo bajo el que refugiarme, pero nada más. Jules Bouquet era un hombre gris, anodino, sin más horizonte que madrugar para llegar a los viñedos. Era un fantoche a quien me cuesta recordarle una sonrisa, un espantapájaros en los yermos campos de mi vida, una presencia ausente que convivió conmigo. Nada más. Quizá, porque viví bajo el paraguas de mi madre, no comprendí que el vino era su refugio —en todos los sentidos— y que yo fui un incordio desde el principio. Cocinaba para los dos, lavaba su ropa y, con mis pequeñas manos, limpiaba aquel caserón sumido en la penumbra que disimulaba el polvo.

En el *collège* miraban hacia otro lado. Todo lo que acercaron a mi zulo fue una amonestación de la profesora de Educación Cívica: «Tienes que asearte mejor, Carla. Estás muy descuidada».

Recuerdo que me lo dijo en *petit comitè*, con solo una docena de compañeras de clase a mi alrededor. Me acarició la coronilla, me puso la mano en el hombro con la complicidad de la torpeza y ¡zas!, me colgó el sambenito. Con mis tristes doce años abrí el armario y solo encontré varias camisetas, tres pantalones viejos, cuatro polares desgastados y una chaqueta impermeable. Nada más me entraba. La gente no se fija cuando te abandonan bajo un techo. La gente no suele fijarse en nada más que lo que les interesa. Los adultos se miran el ombligo y se encierran para calentarse con sus lumbres, decorar sus árboles navideños y esconder sus miserias tras las máscaras del decoro y la educación. Mientras tanto, yo allí, a la intemperie, pero a la vez, en mi zulo. «Necesito ropa», le dije un día a mi padre. Él me miró desde el otro lado de la mesa y siguió masticando en silencio, ausente, como si yo fuese un espectro o me hubiese declarado *persona non grata* por la muerte de Marie. Tuve que suplicar varias semanas y, cuando descubrí que me habían apodado «Malavida», tragué la humillación como se tragan las piedras, hasta que mi padre me llevó a un Carrefour y me compró cuatro o cinco piezas de ropa pasada de moda y con un cuarenta por ciento de descuento.

Tenía una amiga que se llamaba Cristine. Ella me invitaba a su casa y a mí me aterrorizaba hacerla entrar en la mía. Fue ella la que me confesó lo de «Malavida» y la que se excusó de invitarme a pasar el día en Burdeos con las demás en su cumpleaños. «Por si no estás cómoda», me dijo. Y era verdad. En aquella época yo no estaba cómoda en ninguna parte. Era una pieza desencajada —para los ciegos que se miraban su ombligo, una pieza que no encajaba—, y en marzo de 2002 recuerdo que lo entendí. Tenía trece años y la vida me pasaba por encima sin que yo hubiese podido ponerle nombre a mi soledad, pero el domingo en que el *collège* organizó la Fiesta de la Lengua Francesa con talleres, música y comida al aire libre en el Parc des Vergers, fui la única que deambulaba sin familia, como un globo a la deriva por el cielo, y la madre de Cristine me hizo un sitio con ellos —una hermosa familia con tres hermanos— y le dijo a Cristine: «Siéntate al lado de tu amiga», y ella protestó en silencio y se acomodó junto a mí, muda.

Supe que tenía que irme de aquel lugar mucho antes de que a cualquier adulto le importara. Lo hice antes de empezar el *lycée*, mucho antes de comprender el peligro del mundo, pero convencida de que aquel pedacito del mío acabaría por vencerme, igual que lo hizo con mi madre. Había cumplido los catorce años y, por aquellos días, sentí que había dejado de ser invisible para mi padre Jules. Todavía no era consciente de que tenía un don para atraer a los hombres, una destreza que ni siquiera dependía de mi voluntad, sino de mi cuerpo. Tardé en comprenderlo, pero sí percibí que la mirada de mi padre se había vuelto pegajosa y diferente, y que me regaló un par de sujetadores diciéndome «creo que estos te sentarán muy bien» sin dejar de observarme con una curiosidad que no recordaba. No sé por qué no me había querido, pero sí sé que durante aquellos meses fue cuando más lo hizo. «Estás hecha toda una mujer», me dijo un día, demasiado ebrio. «Si tu madre te viese, no se lo creería». Estaba tumbada sobre mi cama y él se acercó como un lobo salivando las palabras. Sentí su aliento, sentí sus dientes igual que una Caperucita Roja y me volví para darle la espalda. Yo era un avestruz escondiendo la cabeza, pero funcionó. Jules salió de allí farfullando la inexplicable rabia que sentía por mí.

Yo lo sabía sin saberlo y comprendí que había llegado el momento, pero no era fácil saltar al vacío. No siempre se tiene el suficiente valor sin jamás haberse destetado de un triste nido. Pero la vida me lanzó y yo cerré los ojos. El momento llegó sin darme tiempo a pensar. Era junio y comencé a pedalear hacia el sur de Langon, como hacía con mi madre, zigzagueando entre viñedos verdes y húmedos. Era una pulcra sucesión de surcos que se alargaban perfectos entre vides esbeltas, con racimos como ubres pendiendo de los arbolillos. Hacia el verano, aquella región de la Aquitania tenía la luminosidad del Paraíso, entre extensas hectáreas de viñas y bosques de hayas y pinos. Era todo lo que podía alejarme de mi zulo, era todo lo que podía hacer para vislumbrar que mi vida podría ser de otra manera. Aquel día pedaleé quince kilómetros hasta el Château de Roquetaillade, un castillo medieval declarado monumento histórico francés. Era una enorme fortaleza gris, construida entre torres y torreones y rodeada de bosques y viñedos. Era un lugar de ensueño, al que mi madre —alguna vez— llegó a llenar de príncipes y princesas antes de decirme «buenas noches» con un beso. Estuve merodeando el castillo y dando vueltas sin rumbo hasta que regresé a casa cuando ya había oscurecido. Apenas abrí la puerta, mi padre estaba allí como un enorme Polifemo. Sentí su rabia resollando por la nariz, del mismo modo en que un lobo salvaje se prepara para su presa. Apenas me dio tiempo a reaccionar, apenas me dio tiempo a situarme en mi vida, «Malavida», y sentí su mano como un huracán golpeando una ventana abierta.

Debo ser sincera: no lo esperaba. Nunca me había puesto una mano encima. Creo que fue una tormenta de alcohol, ira y algo tenebroso que parecía emerger como la mierda de una ciénaga anegándolo todo, hasta asfixiarme. «¿De dónde vienes, puta? ¿Con quién has estado?». El cachetazo me lanzó al suelo como se arroja un despojo. Mi padre me sujetó del pelo y me zarandeó entre insultos. «¡Me paso el día trabajando para esto!». Estaba fuera de sí, y yo aguanté aquella embestida como si estuviese dentro de un coche dando vueltas de campana sin parar. Hasta que lo hizo.

—Aléjate de mi vista, guarra.

Y lo hice. Salí corriendo como una liebre intentando salvar su vida y me encerré en la habitación. Me atrincheré con el corazón en la boca, esperando que aquel cíclope derribara la puerta. Pero no lo hizo.

No lo hizo y nunca lo volví a ver.

Por la mañana metí mi vida en una maleta vieja y revolví su habitación para encontrar algo de dinero. Mi padre ya no estaba. Como todas las mañanas, se había largado temprano.

Luego me fui a la estación y tomé un tren hacia Burdeos. Algunos vecinos me vieron, pero callaron del mismo modo en que lo habían hecho toda la vida.

CAPÍTULO CUARENTA Y SIETE

Lunes 27 de mayo de 2019

Le pidió a Andreu la dirección de Mayte Gabaldón y, media hora después, recibió su WhatsApp: «Carrer de San Roc, 8» y un «no sé si acabarás empeorando las cosas, Clara». Sin embargo, después del mensaje que le había enviado su padre a través de Lucy, no tenía más opciones: debía hacerle una visita, aun con el riesgo de que le cerrase la puerta en la cara. Mayte Gabaldón le había mentido desde el principio. Su madre no había sido un retrato sin nombre, un espectro inesperado que volvía después de treinta años. *Todos los caminos conducen a Roma,* pensó Clara, y aquella misma tarde condujo desde Alzira hasta Carcaixent, decidida a desanudar aquella madeja que habían encontrado detrás de un armario en Castelldefels.

La casa estaba situada en una calle estrecha, cerca del ayuntamiento del pueblo. Se trataba de una construcción de dos plantas y balcones de rejas negras y ribeteadas, con ventanales alargados y rectangulares protegidos por persianas de madera. Aquella propiedad color terracota mantenía el espíritu arquitectónico de los edificios decimonónicos, cuando Carcaixent había sido pionero en la comercialización de la naranja más de un siglo atrás. No había timbre, sino una aldaba de bronce sobre una ancha puerta de madera maciza. Clara golpeó un par de veces y un estruendo seco sacudió la entrada, como si estuviese ante el umbral de un castillo encantado. Eran las siete de la tarde, y la luz del sol primaveral se colaba nítida por aquella calle angosta y sombría.

Solo tuvo que esperar algunos segundos hasta que le abrieron la puerta. Clara reconoció el rostro de cachorro bonachón de Alberto Gabaldón. En un primer momento pareció sorprendido al verla, pero inmediatamente le ofreció una sonrisa hospitalaria.

—¡Clara Guinzburg! —exclamó, alargándole la mano para saludarla—. Es una fortuna que me encuentres aquí. Mi hermana no tiene intención de hablar contigo, pero intentaré convencerla.

—Usted me dijo que Mayte nunca llegó a conocer a mi madre, pero me mintió.

Alberto frunció el ceño.

—¿Que mi hermana conoció a tu madre? ¿De dónde has sacado eso?

—Me lo ha dicho mi padre.

Él se acarició la barbilla sin dejar de mirarla estupefacto.

—No sé de qué me hablas. Más bien creo que te equivocas, pero en cualquier caso será bueno aclarar las cosas. Yo no te he mentido.

Entró en aquella vivienda de techos altos y paredes ornamentadas con arreglos cerámicos tradicionales. El recibidor estaba ambientado con una gran pintura: varios surcos de naranjales vanguardistas plasmados con tal originalidad que parecían emerger del marco. Alberto Gabaldón no la hizo esperar allí, sino que la condujo hacia el salón, dejando a su izquierda una escalera justo en el momento en que bajaba una mujer. A Clara le llamó la atención su estética joven: vaqueros ajustados, camiseta con hombro al aire y cabello tintado de blanco con rosa en las puntas. Se detuvo un momento e intercambió una mirada inquisitiva con su hermano.

—Esta es Clara Guinzburg, Mayte. Creo que tenéis que hablar.

—¿Hablar de qué? —Continuó descendiendo y se dirigió a Clara—. Te pedí que me dejaras en paz. No respetas a los vivos, ni a los muertos.

—Mi padre me ha dicho que se reunió con usted. No sé por qué me ha mentido. Desde el principio intenté saber qué le pasó a mi madre.

—¡Eres un incordio!

—Mayte, sácala de su error —le pidió su hermano—. Será la mejor manera de aclarar las cosas.

Sin soltar el pasamanos de la escalera, inspiró hondamente y clavó sus pupilas en Alberto.

—Sí, conocí a su padre.

—¿De verdad? ¿Por qué no me lo contaste?

—No tuvo ninguna importancia. ¡Ninguna! —Esta vez, sus ojos se posaron en Clara—. Fue nada, algo sin importancia... ¡Pero tú no te das por vencida!

Alberto Gabaldón dio un par de pasos y se acercó a las dos.

—Será mejor que nos pongamos cómodos, Mayte. Por favor. Es hora de que habléis.

—¿De qué?

—De lo que ella quiera.

Mayte Gabaldón se apartó y se encaminó hacia el salón sin mediar palabra. Encendió las luces halógenas y se sentó en uno de los sillones grises. Junto a los dos individuales, justo en medio, un tresillo situado frente a una gran pantalla plana. Aquella habitación daba hacia un patio interior, y desde su ventanal no entraba la suficiente luz natural. Sobre un mueble de color cerezo, situado en uno de los laterales, cinco portarretratos. Dos de ellos con fotografías descoloridas y mal pixeladas de una niña. En una, jugaba con un cachorro, mientras que la otra la mostraba riendo con la boca manchada de lo que parecía chocolate. Los otros portarretratos eran mucho más recientes: un niño de diferentes edades posando a la cámara, uno solo y vestido de marinerito, otro arrodillado con un balón y la camiseta del Valencia CF. En la quinta fotografía, el niño estaba en brazos de Mayte, con apenas dos años como mucho, elevando la mano derecha hacia el cielo.

Para Clara solo fue un vistazo rápido, pero no necesitó que nadie le explicara quiénes eran.

—Siéntate. Mi hijo Enric llegará del entrenamiento de un momento a otro y no quiero que nos encuentre aquí con todo esto. Te insistí en que no tenía nada para contarte, pero veo que no me has hecho ni puto caso.

Sus palabras parecían pesados puños, amenazas de un púgil que intentaba intimidar.

Alberto se quedó de pie junto a su hermana y aprovechó que ella no podía verlo para entrecerrar los ojos y asentir levemente al mirar a Clara, como si intentase transmitirle calma.

—Es verdad que una vez me reuní con tu padre. Me llamó él primero. Evidentemente, tu madre tenía el teléfono de Sergi, el de casa, y fue uno de los datos que tu padre obtuvo cuando viajó por el accidente.

—Entonces, ¿tú siempre has sabido quién era y que murió en un accidente? —le preguntó su hermano.

Mayte asintió.

—De esa mujer, supe que existió. A todas las otras me las he imaginado.

—¿Por qué no me lo contaste? No lo entiendo.

—Pues porque no aportaba nada, absolutamente nada, y me daba asco hablar de… —titubeó, volviéndose para mirar a Clara— de aquella mujer. Dejémoslo ahí.

—¿Por qué la llamó mi padre?

—Quería hablar con Sergi. Me dijo que ya había estado en el huerto, pero evidentemente había encontrado el acceso cerrado durante aquellos días. Por eso llamó a aquel número, y fue entonces cuando se enteró de lo que había hecho ese hijo de puta. ¡Tu padre ni imaginaba lo que había pasado! No sé en qué agujero estuvo metido para no saberlo, pero no lo sabía, o al menos jamás pensó que se trataba de la misma persona con quien se había liado su mujer. Eso a mí no me lo preguntes, bonita, eso a tu padre, que llegó a Valencia derrotado por la muerte de su mujer y encima descubrió que ella se había liado con un hijo de puta monumental. —Aquellas últimas palabras se desbordaron hinchadas de odio e hizo una pausa—. En fin, vino hasta aquí porque tu madre se mató con el coche y pensó que Sergi había tenido algo que ver con aquello, o al menos que podría decirle algo. Por eso lo llamó. Bueno, pensaba que lo estaba llamando, pero con quien habló fue conmigo. Para qué negarlo: lo traté mal, muy mal. Él intentó disculparse. Me explicó quién era y por qué había llamado, y ahí le cayó todo lo que había pasado con ese cabrón. Él supo lo de Sergi y yo me enteré de quién era tu madre, que se llamaba Silvia y todo lo demás. Me dio el pésame, ¿qué iba a hacer? La verdad es que lo escuché bastante entero y le pedí el número de teléfono, por si acaso. Me dio el del hotel y el de su casa en Castelldefels, creo.

—¿Por qué me negó que la conocía cuando la llamé? No lo entiendo, Mayte.

—Solo has venido a remover el pasado, a intentar volver a llevar a los medios todo aquello. —Se llevó las dos manos a la cabeza y se atusó el cabello desde la frente hasta la coronilla, como si se colocara una diadema—. ¡No puedo soportar todo esto! Me duele, ¿lo entiendes? No, no creo que lo entiendas, sinceramente. Vienes a buscar respuestas que ya tienes como si tuvieses algún derecho. Insistes e insistes. Sí, supe quién era tu madre, pero eso no cambia en nada las cosas. Solo quiero que te vayas y me dejes en paz.

—Alguien me envió un mensaje de amenaza, Mayte. No sé hasta qué punto le hubiese gustado...

—No creerás que yo he hecho nada, ¿verdad? —Levantó la cabeza y la movió hacia Clara igual que un avestruz—. No sé cuántos amigos has hecho en estos días, pero no puedes venir a mi casa y acusarme de amenazas. ¿Quién te has creído?

Y se puso en pie de un salto.

—Tranquilízate, Mayte. Por favor. —Su hermano la sujetó de los hombros—. Contrólate. Solo está desorientada, buscando respuestas, y tú no tienes nada que esconder. Respóndele serena, te lo ruego.

Mayte Gabaldón tenía el odio inyectado en los ojos y respiraba acelerada, como si hubiese acabado un *sprint* inesperado de largos metros.

—No quería ofenderla —se disculpó Clara—. Sin embargo, fue lo que pasó. Me amenazaron.

—¿Y a mí qué me cuentas? Soluciona tu vida y déjame vivir.

—Discúlpeme, Mayte. Solo creí conveniente comentarlo.

—Pues yo no lo veo igual.

Volvió a sentarse y esta vez Alberto también lo hizo, junto a su hermana y pasando su brazo derecho por encima de sus hombros.

—¿Cuándo vio a mi padre, Mayte? Le ruego que me lo explique.

—El mismo día en que me llamó, le devolví la llamada. Me quedé reflexionando un poco, dándole vueltas a lo que me había contado tu padre. Me estaba volviendo loca buscando algún rastro de mi hija y pensé que aquella mujer, tu madre, podría haber tenido algo que ver con la desaparición de Marta, ¿entiendes? Yo todavía pensaba que estaba viva y me aferraba a cualquier indicio. Quizá tu padre podría saber algo. Quizá tu madre podría haber mencionado algo de huir juntos con mi hija o algo así. Mi cabeza parecía un reactor nuclear trabajando a toda máquina. Me reuní con él en el recibidor del Hotel Avenida. Solo fueron veinte minutos, nada más. Ni siquiera quise involucrar a mi hermano. Alberto no dejaba de decirme que debía aceptarlo, que debía escupir aquel veneno que me estaba ahogando, pero yo seguía buscándola, y tu padre no sabía nada de nada. Ni siquiera había tenido la certeza de que su esposa hubiera viajado hacia aquí. Según él, lo supo cuando lo llamó la Guardia Civil.

—¿Eso fue todo?

—Como lo oyes. Nada más. ¿Acaso crees que cambia en algo lo que sabías? No tengo nada más que decirte, Clara Guinzburg. Absolutamente nada.

Clara la miró y asintió. Intentaba no precipitar la situación.

—Sin embargo, Mayte, le pido que me disculpe una vez más, porque no lo entiendo.

—¿Qué es lo que no entiendes? ¿Es que me explico mal o tengo monos en la cara? —Su tono se parecía a la picadura de un escorpión—. ¿Acaso dudas de lo que te estoy diciendo?

—En lo más mínimo, se lo aseguro. ¡Y no sabe cuánto lamento todo esto! Le doy mi palabra. Lo que no entiendo es a qué vino mi madre a Valencia después de lo que había hecho Sergi. Lo que no entiendo es por qué Sergi tuvo que quitarse la vida y hacerle daño a su propia hija justo en el momento en el que estaba haciendo planes para irse a vivir con mi madre.

—Yo no sé nada de eso. No sé de dónde sacas esa versión de los hechos.

—Lo he constatado a través de una amiga de mi madre. Sergi tuvo una hija con mi madre y esa hija... soy yo. Pensé que cuando le envié aquel mensaje reaccionaría y me llamaría. ¿O es que acaso sabía que Sergi tenía una hija?

—Que tú seas su hija no cambia en nada las cosas. Tampoco me fiaría mucho de ello.

—¿Es que no me cree, señora Gabaldón?

—A estas alturas yo ya no sé qué creer, ¿me entiendes?

—¿Mi padre no se lo dijo en aquella reunión?

—No. Desde luego que no.

—Mi madre mantuvo una relación con Sergi, y yo soy su hija. No tengo dudas de ello ahora mismo, y no soy capaz de entender la lógica del crimen que él cometió.

—Las locuras no tienen lógica. Quiso hacerme daño. Esa fue su lógica.

—Déjeme que le muestre algo, Mayte. No quiero abusar de su paciencia —dijo, y extrajo de su bolso el teléfono móvil.

Manipuló la pantalla táctil, se puso en pie y acercó el dispositivo a la mujer después de accionar el vídeo de Jean Paul en *The Voice Kids France*. Mayte Gabaldón lo observó con curiosidad y volvió la mirada hacia su hermano.

—¿Lo conoce? —le preguntó Clara.

—Todo el mundo conoce a ese chico desde que ganó el concurso en Francia. Se ha vuelto viral. No tengo la menor idea de qué me quieres decir con esto.

Clara volvió a revolver en su bolso y esta vez extrajo el texto de Carla Bouquet.

—¿Conoce a esta mujer? —Le señaló el nombre junto al número de teléfono—. Alguien cree que ambos tienen alguna relación con lo que yo estoy buscando.

—Es que no entiendo qué relación puede tener esta persona con la muerte de Marta. ¿Qué es esto?

—Todavía no lo sé muy bien. Parece la historia de su vida en Francia. Su madre muere y la vida de Carla se derrumba. Todavía no pude terminar de leerla. Alguien me la ha hecho llegar hoy mismo.

—¿Quién?

—No tengo la menor idea, pero sé que es un mensaje. Alguien intenta que yo ate cabos, señora Gabaldón. Y estoy en ello.

Mayte se volvió hacia su hermano, incrédula, y luego volvió a mirar a Clara.

—Creo que estás llena de imaginación, niña. No sé qué pretendes con todo esto, pero ya es suficiente. Te he dicho lo que necesitabas saber y poco me importa si eres la hija de Sergi, si este chico canta bien o mal o lo que haya querido escribir esta mujer sobre su vida en Francia. Para mí ya está bien. Basta. —Nuevamente se puso en pie, pero esta vez con serenidad y aplomo.

—Espera un momento —intervino Alberto—. Creo que Carla Bouquet es una escritora. ¿Me permites?

Sujetó los papeles entre los dedos y los ojeó con curiosidad, pero con la misma rapidez que un notario certifica un documento.

—Efectivamente, me suena, sí. Creo que Carla Bouquet escribe. Me suena que publicó algo recientemente y escuché hablar de ella después de que su hijo ganara *The Voice Kids* en Francia. No estoy del todo seguro de lo que publicó, pero me suena que ese chico es su hijo: Jean Paul Bouquet. Si querías una relación, creo que la has encontrado.

Clara agrandó los ojos y luego tecleó nuevamente en su móvil: «Jean Paul Bouquet» y su rostro se iluminó de satisfacción.

—Tiene usted razón, señor Gabaldón. ¡Es su hijo! No entiendo cómo no me he dado cuenta antes.

—Llámame Alberto, te lo ruego. Es porque en estos programas nunca ponen los apellidos. Yo me di cuenta porque leí que su madre había escrito algo. No me preguntes dónde, porque no me acuerdo.

—Pero ¿qué tiene que ver con mi madre?

—En eso, lamentablemente, no te puedo ayudar.

—Intente recordar dónde oyó hablar de Jean Paul.

Alberto negó con la cabeza y se mordió los labios con la mirada fija en algún recuerdo que parecía escapársele.

—Te soy sincero, no lo recuerdo. Pero mi hija mayor siempre está con todo esto de *The Voice*. Es por ella que lo conozco. No te puedo decir más.

Mayte había sacado su teléfono y también se había dedicado a rastrear al muchacho y a su madre. De pronto, parecía haberse olvidado de que Clara estaba allí.

—Solo le pido que me llame si recuerda algo, Mayte.

—No lo creo. No significa nada para mí.

—A veces, podemos tener lo más extraordinario delante de nosotros y no darnos cuenta. Cualquier detalle, cualquier recuerdo estoy segura de que puede ayudarme. Tiene mi teléfono.

Y esta vez fue Clara quien se puso en pie.

—Fueron muy amables por su paciencia. No quiero molestar más.

—Personalmente, creo que la muerte de tu madre no tiene nada que ver con... —Alberto miró a su hermana—. En fin, ya me entiendes. Tengo la impresión de que hay alguien que está jugando contigo, pero te aseguro que Mayte no tiene nada que ver. Creo que ya es hora de que comprendas que nada de esto tiene sentido.

—Muchas gracias, señor Gabaldón.

La mujer la despachó con una mueca que a Clara le pareció algo más hospitalaria y, al traspasar el umbral de su casa, sintió que acababa de encajar otra pequeña pieza del puzle. Sin embargo, las fichas de aquel mapa todavía parecían deslavazadas y sin sentido.

CAPÍTULO CUARENTA Y OCHO

CARLA BOUQUET

París, abril de 2019

No es fácil contar lo que sucedió después de mi huida de Langon. No es fácil y es la primera vez que lo hago. A mi madre, a Marie, la enterré en el cementerio del pueblo. A mi padre, Jules, lo enterré en mi memoria, como pude. Dejé atrás aquella vida con determinación y, a pesar de todo, jamás pensé en regresar. Tenía catorce años y era tan inocente como tenaz. Había sido forjada con el acero del dolor y aquello me volvió fuerte y resiliente. Todo el dinero que había encontrado entre los cajones de mi padre lo invertí en largarme muy lejos, donde pensaba que no me podría encontrar, y, cuando llegué a Burdeos, compré otro billete para un tren con destino a París. Creí que con más de quinientos kilómetros de por medio podría cortar con mi pasado y, si se trataba de aquello, lo conseguí con creces. Sin embargo, no fui capaz de imaginar cómo lograría sobrevivir para comprar mi libertad.

Llegué a París una prometedora mañana de verano. Atravesé la ciudad desde la Estación del Norte arrastrando una maleta sin ruedas. Mi problema no era el tiempo, y me tomé varias horas para conseguirlo. Descubrir la Torre Eiffel fue casi cumplir un sueño. Había crecido con ella, viéndola en todo tipo de imágenes, y me es difícil describir el vaivén de sentimientos al divisar aquella gigantesca jirafa de hierro. Y como no tenía a dónde ir, decidí situar mi centro de operaciones cerca de ella, entre el río Sena y las Fuentes del Campo de Marte. Era verano y las noches se pasaban cálidas a la intemperie. Me acurrucaba en la explanada de la Torre Eiffel, junto a la avenida de Silvestre de Sacy, o merodeaba alrededor del acuario, junto a los Jardines del Trocadero. Simplemente me dediqué a ver pasar la vida, la de los otros, la de los autobuses, la del turismo que vibraba y se movía como un enorme hormiguero. Desde cualquier lugar en el que dormía, divisaba la gran dama de hierro igual que a un vigía gigante. Me acostumbré a sobrevivir comiendo de los restaurantes de la avenida Kléber. Tiraban las sobras de madrugada y yo me acercaba al contenedor para revolver en la basura y conseguir mi botín. Procuraba mantenerme limpia, lavar mi ropa en cualquier aseo y esconder mi maleta en un estacionamiento de la avenida Brosquet. Las mejores horas eran las de la mañana, cuando limpiaban los servicios y circulaba poca gente. Mi vida se había convertido en una aventura, y me acostumbré a sobrevivir y a esperar una oportunidad que difícilmente podía llegar con catorce años y durmiendo en la calle. Era la inconsciencia de la desesperación, una indigestión de soledad que me había acomodado en los márgenes de la mendicidad.

Sin embargo, mi oportunidad llegó. Se llamaba Roger. Lo vi llegar igual que a un ángel: pelo castaño y revuelto con naturalidad, ojos azulados, camiseta de los Rolling Stones marcando bíceps y pendiente de plata en la oreja izquierda. Estaba sentada en un banco sobre el río Sena, con la silueta del Museo del Louvre en la otra orilla. Se acomodó a mi lado y me regaló una sonrisa con magia. «Parece que hubieses caído del cielo». No lo sabía entonces, pero tenía unos veinticuatro años. Él me preguntó y yo le conté. Al principio un poco, pero luego todo. Me invitó un helado y a darles de comer a las palomas en la gran explanada del museo. Me preguntó dónde vivía, yo le dije «por ahí». Él frunció el ceño y me dijo que aquello era peligroso. «En la calle te puede pasar cualquier cosa. Yo tengo lugar para que estés a salvo». Había pasado dos horas con aquel muchacho y, por primera vez en toda mi vida, sentí que había tenido un golpe de suerte. Había viajado a ciegas a París desde Langon y Burdeos, ¿por qué no iba a aceptar aquel guiño del destino?

Vivía en un primer piso del barrio de Montmartre, muy cerca del Moulin Rouge. Era un viejo estudio que daba a la calle Lepic, atiborrada de locales y restaurantes. Tenía una habitación con cama doble, una cocina y un baño con sanitarios de los años cuarenta. «No hay mucho lugar, pero dormiré en el suelo». Yo le dije que no, que de ninguna manera, que yo sería la que buscaría cualquier rincón, pero aquella noche acabé acomodándome en un rinconcito de la cama. Esa tarde me duché por primera vez después de tres semanas, luego me desenredé el pelo y lo dejé suelto sobre mi camiseta. «Me equivoqué. Eres más hermosa de lo que había pensado». Reconocí algo de aquella mirada pegajosa que tenía mi padre y bajé la cabeza, avergonzada. Pero, si te soy sincera, con Roger fue distinto. Desde mi mente hasta mi estómago resbaló una sensación nueva y, si horas antes había tenido un golpe de suerte, en aquel instante sentí que por primera vez alguien abría los ojos y se fijaba en mí. Luego me llevó a cenar pizza a un pequeño local llamado L'Amour, donde Roger parecía sentirse como en el comedor de su casa. Eran evidentes su asiduidad y su facilidad para prodigar simpatía igual que si extendiese las cartas en abanico.

Aquella noche comencé a enamorarme de él.

Me acostumbré a Roger sin hacer ruido, igual que un ratoncillo. Sabía cocinar, era limpia y procuré no preguntarle nada. Aquel chico pasaba gran parte del día fuera, y cuando regresaba me llevaba a recorrer el París que yo todavía no conocía: la plaza de Saint Sulpice y sus cafeterías, el mirador de la última planta de las Galerías Lafayette y la privilegiada imagen de la Ópera de Garnier; el barrio de Le Marais, el cementerio de Montmartre o el muro de los *Je t'aime*, un monumento en Square Rictus junto a la Place des Abbesses, un muro de más de seiscientos azulejos con diferentes «te quiero» de todo el mundo. Había pasado una semana desde que me había rescatado del limbo de la calle, y fue allí donde me robó un beso que yo le cedí con facilidad, porque te puedo decir que en aquel momento lo amé como a nadie en mi vida. Aquella noche me acerqué a él en la cama, como si el imán del deseo me hubiese enredado entre sus brazos. Roger me preguntó si estaba segura y yo lo besé con mi experiencia núbil. Luego me quitó la ropa y me enseñó el juego de un placer que yo aprendí demasiado pronto.

Me enamoré de él hasta el delirio. Sin preguntas, sin pasado, sin futuro, solo en aquel presente que había sido el tiempo más maravilloso de mi vida. A mis catorce años, era inocentemente feliz junto a Roger. Solo me bastaba su presencia, como un perro se amansa con el olor del amo. Todavía no sabía a lo que se dedicaba, pero estaba convencida de que me daba igual. Solo sabía que junto a él estaba mi refugio, mi lumbre... y el único amor que había conocido después del de mi madre.

—Vamos a tener que encontrarte algo para que te ganes la vida. ¿Qué sabes hacer? —me preguntó un día.

Yo tenía la edad para entrar en el liceo y comenzar mi formación profesional, pero había escapado de mi zulo y solo pensaba en mantenerme en pie.

—Ocuparme de la casa —le contesté—. Pero aprenderé rápidamente cualquier cosa.

Él se rio.

Se sentó a mi lado, me acarició la cara y me volvió a preguntar a qué me gustaría dedicarme en el futuro. Y yo le dije que a estudiar, porque quería ser maestra para ocuparme de los niños que no le interesaban a nadie. Roger volvió a sonreír y me aseguró que era un sueño maravilloso.

—Pero de los sueños no se come. Hace falta dinero, mucho dinero y no depender de nadie para salir adelante en la vida.

Agrandé mis ojos negros y asentí.

—Tienes que ahorrar lo suficiente para no depender de mí, ni de nadie.

Asentí de nuevo.

—Además, no es fácil que te contraten sin que intenten contactar con tu familia. Eso es una dificultad, ¿me entiendes?

Mi cabeza era un resorte, arriba y abajo, como una niña obediente, hipnotizada por mi destino.

—A veces la vida nos pone a prueba, ¿sabes? Hay que luchar y salir adelante, y yo te puedo ayudar, pero solo si tú quieres.

No sabía de lo que me hablaba, pero al mirar sus ojos comprendí perfectamente que quería sujetarme de la mano para adentrarme en su oscuridad. Hasta entonces nunca la había visto, pero aquel día la vislumbré vagamente.

Roger se levantó, rebuscó en el armario de la habitación y luego puso un fajo de billetes de cincuenta euros entre mis manos.

—Mil euros. Podrías ganar más que esto en pocas horas.

Nunca había visto tanto dinero, y aquellos billetes parecían golosinas en las manos de un niño.

—¿Qué tengo que hacer?

Roger me tumbó sobre la cama, me desnudó inesperadamente entre caricias y me obligó a sentarme a horcajadas encima de él. El placer llegó pronto, y yo solo me propuse flotar en él.

—Cierra los ojos —me dijo.

Y yo lo hice. Fui una fiel discípula, una aprendiz disciplinada que cabalgó por la senda que Roger marcaba.

—¿Has disfrutado? —me preguntó con un beso en los labios.

Avergonzada, volví a asentir ante mi maestro.

—Se trata de eso, Carla. De cerrar los ojos y olvidarte de lo demás... —Hizo una pausa, observó mis gestos y continuó—. No importa dónde ni con quién. Solo es un momento y quinientos euros para tu nueva vida, y luego otros y otros.

No fui capaz de contestar. Dentro de aquella burbuja, los contornos entre la realidad y los sueños parecían transparentes.

—No temas. Yo te buscaré la compañía. Tú solo tendrás que disfrutar, cerrar los ojos y ganar mucho dinero, hasta que tengas tanto que puedas comprar tus sueños.

Tenía catorce años.

—No tengas miedo. —Volvió a besarme—. Yo no te dejaré sola.

Estaba confusa, pero deseosa de escapar de mi zulo.

—No sé si podré —le susurré.

—Sí, podrás. Yo siempre estaré cerca. Nadie llegará a ti, si no es por mí. ¿Qué me dices?

Y en aquel momento no pude decirle nada, pero así comenzó mi otra vida, entre placer, mentiras y ambición. La mía era una ambición sencilla y lejana: llegar a tener mi trabajo, un hombre que me quisiera y unos hijos a los que pudiese amar de verdad.

Pero Dios, muchas veces, escribe en renglones torcidos.

CAPÍTULO CUARENTA Y NUEVE

Lunes 27 de mayo de 2019

Había dejado la ventana de la habitación abierta, pero la noche era un universo vacío. Ya ni siquiera estaba segura de dónde estaba. Percibió el bisbiseo del viento entre los pinos de la urbanización de Castelldefels y el rumor de los insectos palpitando por el jardín. La noche era cálida, casi estival, pero debajo de la colcha con ositos y tambores se acurrucaba igual que en un útero. Clara dormía con los ojos abiertos, y el globo terráqueo en la mesita de noche era una lámpara encendida que iluminaba las nubes azules en la pared y una pizarra repleta de estrellas amarillas en un rincón. Podía sentir las manos llenas de polvo, aquella lija suave entre sus dedos. No podía evitar imaginar a Carla en un apartamento del barrio de Montmartre deshojando una vida incierta y apretaba los puños bajo las sábanas, con rabia. Mayte Gabaldón no había querido escucharla. Mayte estaba ciega, o quería estarlo, pero era incapaz de regresar al pasado y volver a poner un pie en el huerto de Andreu, donde ya no había sangre en el suelo, pero sí un cadáver echando raíces bajo una barraca abandonada. Clara sabía que estaba sola, demasiado sola, arañando recuerdos invisibles y tanteando sombras. Quería comprender, quería poder cerrar los ojos y levitar del mundo... Pero la noche era un universo vacío, un inmenso y oscuro ataúd iluminado desde una pequeña mesita junto a la cama. Quería dormir despierta y quería despertar dormida. Quizás aquel insomnio fuese un purgatorio por querer saber... o por saber demasiado. Toda una vida de medias mentiras. Toda una vida de medias verdades. Su existencia era una marea que la había encallado entre los naranjos, pero con los ojos bien abiertos y dibujando el contorno de las nubes que su madre había colocado en la pared.

Clara estaba demasiado despierta cuando ella llegó en silencio. En un primer momento no supo quién era, pero la reconoció cuando se detuvo a apenas unos centímetros de su cama. No tuvo miedo. Era la primera vez que la veía después de tantos años. No era como la recordaba, sino como en las fotografías. Parecía llegar de otro mundo, con su vestido traslúcido y su piel nacarada. Clara agrandó los ojos al reconocerla, pero no pudo hablar. Lo intentó, pero no pudo. Ella lo sabía y se llevó el índice a los labios igual que una enfermera en una sala de espera. Solo se miraron como si fuese la primera vez. Clara no podría recordar durante cuánto tiempo sucedió aquello, pero sí que ella acabó alargando su mano hasta posarla en su frente. «Estoy contigo», le dijo, y después de cerrar los ojos en una larga bendición, agregó: «Ya es hora de que lo entiendas». Y retiró su mano para alejarse definitivamente.

Clara quiso moverse, pero no pudo. Sentía su cuerpo flotando bajo su colcha de niña. Estaba unida a su madre por una energía oculta, pudo sentirlo. Se acercara o se alejara, vibraba en sus entrañas, incluso cuando se distanció con pasos ágiles y ligeros y se quedó frente a la pizarra y sus estrellas amarillas. Entonces sujetó una tiza, escribió «Carla» y, cuando estuvo segura de que Clara lo había comprendido, le dijo por última vez: «Ve a buscarla».

Luego se acercó hacia la ventana y, sin volver a mirarla, asomó todo su cuerpo al otro lado, hasta que desapareció en el cielo de la noche y Clara Guinzburg tuvo la suficiente lucidez para recordar a Peter Pan volando al País de Nunca Jamás.

CAPÍTULO CINCUENTA

CARLA BOUQUET

París, abril de 2019

Me cuesta contarte cómo se rompió mi inocencia, acertar con las palabras para hurgar en aquella herida. Atravesé el umbral con la ceguera de la orfandad y encadenada a un amor de maniquí, a un Adonis acostumbrado a la impostura para poder medrar en su mundo al margen de la ley. La primera vez que Roger me llevó al hotel Saint James, en el barrio latino, podría haber dado un paso atrás y no lanzarme al abismo, pero él me amarró con el hechizo de un beso y me dirigió un «todo irá bien», como si se tratase de extraer una muela. «Estaré aquí fuera, no temas», y me hizo entrar en una habitación iluminada de rojo y con una cama llena de cojines granates y blancos. Olía a orín y a ambientador de vainilla. Los olores se hinchan en nuestros recuerdos y nos devuelven a los espacios como un genio acaba dentro de su lámpara. Me senté sobre las sábanas de satén y acaricié aquella superficie tersa igual que si tocase el lomo de un felino dormido. Esperé a mi visita con mi cabeza intoxicada de promesas de un mundo mejor e inhalando el sortilegio de un amor que llenó mi vacío de golpe, y cuando apareció aquel hombre frente a mí, creí que aquella pecera de ilusiones y espejismos se desbordaba de golpe. Tenía la edad de mi padre, con rasgos amables y un cuerpo musculado bajo su camisa Lacoste. «No será cualquiera, Carla». Un torbellino de emociones se agitó desde mi estómago y, a partir de aquel momento, me deslicé por la ladera de lo prohibido igual que si hubiese sido reclutada para una misión. «Tú déjate llevar», me había dicho Roger, y aquel hombre me repitió lo mismo. Me quedé de pie y dejé que me desnudara como si fuese de mármol. «Eres más hermosa de lo que había imaginado». Sus palabras eran de caramelo, y yo cerré los ojos para ver a Roger. Aquel hombre me acarició con ternura y me obligó a conducirme por los senderos de la impudicia con manos delicadas. Me avergüenza decir que fue una amalgama de timidez, miedo y placer, pero para Roger yo era de arcilla, y supo cómo moldearme para que entrara en el reino que me había construido. «Te dije que podrías», y me puso aquella tarde quinientos euros en el bolsillo.

Debió ser como en el casino, hacer caja y no tentar a una siguiente apuesta en la ruleta de la suerte. Pero aquel dinero quemaba en mis manos: nunca había tenido tanto, y si quería tener alguna oportunidad para independizarme debía ganar mucho más.

—Sobre todo si tu padre te está buscando y te conviertes en una ilegal hasta la mayoría de edad. Si te encuentran, te devolverán con él.

Pero yo intuía que aquello no pasaría. Sabía que no lo haría porque un día lo llamé para decirle que estaba bien, que no me buscara, y él me contestó: «Haz lo que quieras, a mí ya no me importas». Mi vida era una tierra yerma. Eso también lo sabía. Necesitamos la fertilidad de un poco de amor para crecer y yo apenas lo había sentido en toda mi vida, y aquel espejismo que me ofrecía Roger me deslumbró con su luz opaca cuando yo era incapaz de distinguir el verdadero brillo de las cosas. Por eso seguí lanzando los dados sobre la cama de aquel hotel del barrio latino y sobre otras tantas por Saint-Denis.

Roger supo cómo gestionarlo todo, abriendo aquella puerta lentamente. ¿Qué nombre le ponía a lo que hacía? Yo no lo sabía. Simplemente era una chica *escort*, una mera acompañante de hombres escogidos, al principio, con mimo. Sabía cómo esfumar los fantasmas de la prostitución entre caricias y discursos que se repetían en bucle. Pero entrar no fue lo mismo que atravesar, y con las semanas hubo una vuelta de tuerca, porque me costaba cerrar los ojos sin más y el dinero fue cayendo en mis manos a cuentagotas. «Confía, tenerlo en el apartamento es peligroso», me decía, y yo fui acumulando una pequeña gran fortuna invisible al mismo tiempo que «acompañaba» varias veces al día y comenzaba a encontrarme más sola, porque había veces que Roger pasaba días sin volver al apartamento del barrio de Montmartre.

Sabía perfectamente que él ocupaba el tiempo en otros asuntos y, cuando el desgaste de vender mi cuerpo a precio de lujo fue calando en mi espíritu, Roger me enseñó a esnifar cocaína sobre los lavabos de las habitaciones, igual que mi madre, Marie, se metía pastillas de Prozac. «Puedo conseguir toda la maría que quieras, te hará bien». Aquello comenzó a ser necesario cuando mis acompañantes se volvieron un espejo de mi miseria y Roger me empujaba al abismo esperando que yo supiese abrir el paracaídas. El elenco de candidatos que él solía seleccionar al principio, tal como él me decía, con el tiempo se convirtió en un batallón de pervertidos que me utilizaban como a una muñeca hinchable. Entonces, con los meses las caricias se transformaron en golpes, y el placer que alguna vez sentí simplemente se tornó un ejercicio de resiliencia y repugnancia.

Cualquier resquicio de inocencia, cualquier eco de mi niñez quedó arrasado por la violencia de la degeneración y el exceso. Roger asistió impasible al derrumbe de mi vida, a la aniquilación del único pilar que podía tener en pie cuando llegué a París: mi dignidad. Con los meses fui encajando aquel plan preconcebido desde el principio, y aquella máscara que utilizó para amarrarme a él como una inversión rentable terminó siendo solo escombros de un paraíso perdido. Comí de aquella manzana envenenada con tal candidez que todavía me cuesta creerlo. Aun con la cocaína aturdiendo mis sentidos y mi alma cayendo como una pesada piedra al vacío, un día le dije que no podía más, que era hora de que me diera todo lo ahorrado para armar otra vida, la que fuese y donde fuese, igual que una cerámica hecha añicos es reconstruida con la paciencia del empeño. Roger dejó pasar varios días. Yo no estaba bien y él lo sabía. Me dijo que todo cambiaría y volvería a ser como antes, que necesitaba tiempo. Sin embargo, la soledad que había desbordado mi vida era un inmenso universo hueco que había colapsado. Simplemente no podía más, y no fui capaz de soportar que aquel hombre se acercara a mí, ni siquiera para ayudarme cuando me doblaba para vomitar sobre el inodoro.

—Quiero irme de aquí —volví a decirle.

Durante un año había crecido más que en toda mi vida.

—Te arrepentirás, Carla. Solo unos meses más y ahorrarás una gran suma.

—Quiero que me des el dinero. No puedo seguir con esto.

—Escúchame, por favor.

Volví mi rostro y lo oculté tras la almohada. No tenía ni fuerzas para llorar ni valor para mirarlo. No quería mirar atrás y convertirme en una estatua de sal como la esposa de Lot.

—Me iré, Roger. Lo he decidido.

Solo tuvo piedad para esperar a que me reconstituyera y me pusiera en pie un día después. Aquella noche, como tantas otras, no pisó el apartamento, pero al llegar por la mañana me encontró con mi maleta preparada. Ni siquiera me miró. Actuó con la frialdad de un esbirro. Su rostro era de mármol, irreconocible sin su donaire de impostor. Se acercó sin mediar palabra, metió dinero en mi bolsillo y me sujetó del brazo para arrastrarme fuera.

—No quiero volverte a ver.

Cerró la puerta en mi cara. Se cerró con estruendo, definitiva, y yo metí mi mano en el bolsillo: solo cien euros de indignidad. En aquel inconmensurable vacío que sentía dentro combustionó la indignación y aporreé la puerta como si mi vida se hubiese quedado atascada allí. Insistí e insistí hasta que el revuelo del vecindario me obligó a rendirme.

—No regreses —escuché que me decía desde dentro.

Bajé a la calle Lepic, desorientada, y me quedé vagando sin rumbo entre la gente. Estaba tan desesperada que llegué hasta Campo de Marte ausente, como si me hubiesen teletransportado. Nunca me había sentido tan perdida y el síndrome de Estocolmo pudo en mí, porque por la noche volví a Montmartre para suplicarle que no me abandonara.

Pero él ya no estaba. Regresé varias veces, pero nunca lo volví a ver. Semanas después encontré a otra chica allí. Le pregunté por Roger y me dijo que venía poco.

Así, desapareció de mi vida y me quedé igual que una flor mustia a la intemperie de una tierra árida y desierta. Sin nada más que una maleta en una pensión que pude pagar durante solo cinco días. Volvía al punto de salida, como un año atrás. Pero entonces tenía menos, mucho menos: me atormentaba la vergüenza y sabía que, para una muchacha como yo, la vida solo tenía un camino.

CAPÍTULO CINCUENTA Y UNO

Martes 28 de mayo de 2019

Clara despertó del sueño como si hubiese atravesado un umbral. Observó la habitación desconcertada. El ignoto perfume de su madre todavía pesaba en el silencio. Aún sentía el tacto de su piel y el rumor de su rastro, pero aquello moriría con ella. *Fue un sueño*, pensó. *Un sueño y algo de estrés.* Necesitaba regresar al mundo de los vivos e intentar contactar con Carla Bouquet. Al final del texto, junto a la rúbrica de su nombre, había escrito un número de teléfono para poder ir tras su estela. ¿Era ella quien quería ponerse en contacto con Clara? ¿O más bien era otra persona quien quería conectarlas? A ella no le importaba. Estaba convencida de que la madre de Jean Paul no solo había crecido teniendo que saltar la espinosa valla de su niñez, sino que guardaba la llave de su memoria, esa memoria escondida y desconocida para Clara.

Se aseó, bajó a desayunar y respondió algunos mensajes. Entre ellos, el de Mónica Vert, quien continuaba pendiente de ella. «No corras ningún riesgo, Clara, y avísame cuando sepas cualquier cosa». Clara le preguntó sobre Carla Bouquet o alguna vinculación de su madre con Francia, pero la amiga de Silvia Ros fue incapaz de encontrar algún recuerdo verosímil. «No era la sombra de tu madre, Clara, pero no me suena ni Francia ni Carla Bouquet». Todas las respuestas que necesitaba estaban en aquel número francés y, antes de contactar con ella telefónicamente, decidió enviarle un mensaje para abrir el camino. No hablaba su lengua, pero utilizó el traductor para presentarse:

«Querida Carla, necesito hablar contigo. Mi madre se llamaba Silvia Ros y vivía en Barcelona. Soy una periodista argentina que está rastreando los motivos de su muerte en Valencia, en 1991. No hablo francés, pero sí el suficiente inglés para entendernos. He leído tu carta. Ojalá yo también pueda ayudarte».

Envió el mensaje y cruzó los dedos.

El resto de la mañana lo dedicó a repasar *Tu voz invisible*. Aquel embrión de su primera novela se le rebelaba como soldaditos de plomo que cobraban vida en una batalla sobre la mesa. Sabía que no debía soltar las riendas que le daban sentido y que era necesario apuntalar los pilares que la mantenían en pie, pero también estaba convencida de que las piezas ya no encajaban. Si quería encontrar respuestas, debía volver a repasarlo todo. Por eso tomó algunas notas sobre la conversación con Mayte Gabaldón, volvió a escuchar la grabación de la entrevista con Francisco Querol e intentó conectar a Andreu Baldoví y a su padre con todo aquello. ¿Podía fiarse de ellos? ¿Por qué no habría de hacerlo? ¿Acaso le había entregado la historia de Carla Bouquet para desorientarla de la verdad? Clara Guinzburg sentía que su torpeza para relacionarse con los hombres confundía su instinto. «Tenés el olfato de un caracol», soltó en voz alta. «Donde ponés el ojo, ponés la bala. No errás ni una, Clarita». Le irritaba haber descubierto que un lazo de sangre la unía a Andreu, pero aún más que pudiera haber estado jugando con ella desde el principio. Solo había un camino seguro para comenzar a desnudar la verdad: «Andá a desenterrar detrás de la barraca. Agarrá una pala y dale y dale a quitar tierra». Entonces las palabras ya no serían fantasmas. Pero ella ya no estaba dispuesta a llegar a tanto. «Creés que tenés algo y no tenés nada, ¿entendés?».

Revisó el teléfono varias veces, pero no encontró ninguna respuesta de Carla. Faltaba media hora para las dos de la tarde y bajó a comer a un restaurante sobre la avenida Santos Patronos, a apenas cien metros del hotel. Se llevó el ordenador, algunas notas y la carpeta azul que aquella mujer le había entregado en Castelldefels. Se sentía como un pequeño ratón de biblioteca frente a una inmensa pizarra repleta de ecuaciones y conjeturas. *Los puntos tienen que unirse*, se repetía una y mil veces, *los puntos tienen que unirse*, pero la tiza se atascaba entre números y signos perdidos frente a sus ojos.

El sonido del teléfono la asaltó cuando estaba tomando café y releyendo lo último que había escrito. Sintió la campanilla de la excitación al imaginar que sería Carla, pero nada más observar la pantalla se encontró con el dilema de atender a Andreu Baldoví. Dudó un instante, pero finalmente se llevó el teléfono a la oreja.

—Necesito pensar, Andreu. Te lo dije ayer…

—Escucha, Clara. Te llamo porque es importante.

—¿Qué pasa?

—Volví a hablar con mi padre y me ha dicho algo más.

—¿Acaso en tu pueblo llega la información por capítulos?

—Te estoy hablando en serio, no seas irónica. Te lo pido por favor. Es muy importante.

—Pero yo ya no sé qué tengo que tomarme en serio y qué no, Andreu.

—Mi padre me dijo que dentro del foso está el nombre de quien lo hizo, de quien lo mató.

—¿Qué me estás diciendo? —inquirió, y soltó algo parecido a una carcajada—. ¿Quieres que me crea que aquí los asesinos dejan su DNI en el lugar del crimen?

—Escucha, Clara. ¡Por favor! Quiero que me tomes en serio.

—¡Claro que te tomo en serio! Y tampoco dejo de escucharte. No dejo de hacerlo desde que llegué, pero no sé si esto se parece más a una telaraña que a un camino en línea recta.

—Sergi le juró a mi padre que él no había matado a aquel hombre, pero que se había encargado de dejar el nombre de quien sí lo había hecho allí dentro.

—No tiene ni pies ni cabeza, Andreu. ¿Por qué no iba a decírselo directamente a él? ¿Por qué ese jueguito? ¡Parece que en las vidas de todos vosotros no hay nada normal! ¡Podría ser el nombre de cualquiera!

—Por algún motivo quería protegerlo, pero también quería protegerse él mismo. Es evidente que no se fiaba de él... O de ella. Mi padre me dijo que jamás le desveló su nombre, pero estoy seguro de que no se fiaba de quien lo hizo.

—¡Vaya estupidez! ¡Mira de qué le sirvió! Es de manicomio: mato a alguien, dejo en el lugar el nombre de otro y todo arreglado, ¡tan amigos! ¡Seguro que también lo llevó ante notario! La Guardia Civil lo tiene bien fácil...

—No sé qué es lo que te está pasando, Clara, pero creo que estás perdiendo la perspectiva con todo esto. Ese nombre quizá tenga algo que ver con quien montó todo el escenario del suicidio de Sergi.

—Entonces, ¿por qué me llamas? ¿Por qué?

—Creí que querrías saberlo.

—Yo solo quiero saber la verdad, Andreu. Si en ese hoyo hay un tipo sonriendo con un nombre, ya puedes ir a buscarlo y decírmelo. Yo ahora mismo dudo de eso y dudo de todo. Lo siento.

Y volvió el silencio entre los dos.

—Desentiérralo y dame ese nombre —le dijo al fin—. Así de fácil.

—No quiero que la Guardia Civil entre en mis tierras. Solo quiero que tú lo veas. Ven y lo haré, tal como querías el domingo. Solo lo sabrás tú. No quiero que creas que te miento.

—No volveré al huerto, Andreu. Ojalá pudiera creerte, pero no voy a hacerlo. ¡Y mucho menos para eso! Ahora sé que las respuestas están lejos de aquí.

—Confía en mí, Clara. Ven.

Pero ella volvió a callar. Su silencio era un muro y Andreu lo comprendió.

—Está bien.

—Lo siento, ahora estoy ocupada.

—Lo sé. Todo ha cambiado, pero ya sé lo que tengo que hacer.

Y colgó.

CAPÍTULO CINCUENTA Y DOS

Carla Bouquet

París, abril de 2019

Los trenes pasan una vez en la vida. Se detienen, chispean un momento frente a ti y luego se esfuman sin que te des cuenta. Y no vuelven. No es fácil reconocerlos. Requieren valor y decisión, y todo eso que comprendes después. Pero entonces, no. No fue fácil. Yo había dejado a Roger o él me había dejado a mí. Ambas cosas son verdad, pero él me había dejado sin nada. Resistí en una pensión de Saint-Denis durante unos días. Era una ratonera de sábanas agujereadas, lamparones en el colchón y un baño compartido con un hilo de agua fría bajo la ducha. Salí de allí con los bolsillos vacíos y el instinto de supervivencia en modo automático. «En Bois de Boulogne puedes encontrar trabajo», me dijo la mujer que regentaba aquel tugurio. Me miró de arriba abajo con desprecio. Durante aquellos meses junto a Roger había aprendido a maquillarme como una caricatura, en exceso y provocadora. Él decía que era para esconder la edad, pero también fue para que me colgaran el sambenito. «Las chicas como tú trabajan por ahí». Él me había comprado pantalones ajustados y camisas que realzaban mis curvas. Me había convertido en un monigote sin voluntad. «Lo siento, no puedo ayudarte», y aquella mujer ni siquiera me miró a los ojos. Te juro que durante el camino hacia el Bois de Boulogne pensé en tirarme bajo un autobús, pero una pizca de esperanza roía mi mente igual que un miserable gusanillo de seda, y allá me fui arrastrando mi maleta, con la estúpida esperanza de venderme para postergar algo más mi supervivencia. ¿Y el futuro? Me dolía pensar en él. Me había acostumbrado a tomar malas decisiones: mi suerte estaba echada.

Bois de Boulogne era una extensión de arboledas, lagos y praderas que se extendía como un búmeran al oeste de París. Para mí, aquel gigante con más de treinta kilómetros cuadrados no era el de los bosques, ni el del parque de atracciones Jardin d'Acclimatation, ni mucho menos el del Museo de Arte Moderno de la fundación Louis Vuitton. Para mí, Bois de Boulogne fue el de las tiendas de campaña entre los arbustos, el de las furgonetas aparcadas en la clandestinidad y el de las mujeres con escotes vulgares y minúsculas faldas preparadas para la ocasión. Se movían como zancudos, con sus tacones negros y sus gestos soeces de pícaras del sexo. Fui una intrusa sin padrino arrastrando mi vida por la carretera que lo atravesaba, porque ni las putas me miraban con buenos ojos. «Lárgate de aquí si no quieres problemas, mocosa», y yo avanzando a mi abismo sin rumbo, salvo el de cualquier coche que se detuviese a mi lado.

Y sucedió.

Un Renault Megane frenó junto a mí. Era el primero de tantos que tendrían que venir.

Bajó el cristal y un hombre de sienes canas y ojillos traviesos se dirigió a mí.

—¿A dónde vas con esa maleta?

Recuerdo que me quedé sin palabras, como si no hubiese estado preparada para aquella pregunta.

—A ninguna parte.

—Vas por buen camino entonces. Por aquí no se puede llegar a ningún buen lugar.

Estaba agotada y me lo quedé mirando, sopesando mi fortuna o mi desgracia.

—¿Qué edad tienes? —insistió.

—Eso no te importa.

—¡Claro que importa!

—Nunca me lo han preguntado. A los hombres no les importan esas cosas. Eres el primero.

Mi voz debió sonar desafinada, con un eco de resignación que parecía vibrar desde dentro de un instrumento roto.

—Puedo ayudarte. Sube.

—¿Cuánto me pagarás?

—Solo quiero ayudarte. No sé quién eres, pero necesitas ayuda. Si te fías de cualquiera que se detiene aquí, fíate de mí. No tienes nada que perder.

Los trenes pasan una vez en la vida y no supe muy bien si fue mi madre, algún ángel guardián o que en la mano del destino me tocaron buenas cartas. ¿Actué por valor, desesperación o instinto? No lo sé, pero me subí a aquel coche sin más, dispuesta a saltar al vacío sin estar segura de cargar con mi paracaídas. Casi un año atrás había aparecido Roger en mi vida, pero aquella tarde, ese hombre de quien ni siquiera recuerdo el nombre se detuvo para cambiarme la vida. Después ya no lo volví a ver. Nada supe de él, solo que me condujo hacia el norte, cerca del Hospital de Saint-Louis, a un local donde el cartel de la entrada ya rezaba «Otro mundo es posible» con la imagen de una mujer africana sentada frente al mar.

Habló con una de las mujeres que regentaba aquello y después se despidió de mí.

—Ellas te ayudarán, ya lo verás —me dijo antes de irse.

Me cuesta creer que haya existido. Se esfumó para siempre. Un simple eslabón, un golpe de suerte, una oportunidad que pareció llegar como una bala perdida.

Tardé varios días en saber que se trataba de una asociación religiosa y que las llamaban «adoratrices». Aquellas mujeres vestían vaqueros, camisas y jerseys desenfadados. Apenas tardaron unas horas en desarmarme. Conocían los resortes necesarios y mi vida se derrumbó frente al pequeño despacho de Janice, una mujer de más de cuarenta que llevaba media vida lidiando con las miserias de la trata de blancas. «Te vamos a ayudar», insistió varias veces. Vomité todo mi dolor desde que encontré a mi madre colgada en su habitación, y desde mucho antes también. Parecía un aerostático soltando lastres y comencé a sentirme más ligera. Vomité el tumor de aquel sufrimiento de cuajo y expuse aquella viscosidad que se había atascado dentro de mí, ya sin vergüenza. Nunca lloré tanto. Janice solo tuvo que entreabrir la puerta de mi alma y todo se desmoronó como una biblioteca desencajada. «No han sabido cuidarte, mi vida, no es tu culpa». Recuerdo que aquello me lo dijo mientras acariciaba mi cabeza sobre su regazo. ¡Cuán poco necesitamos para sentirnos amados! «No han sabido cuidarte», repitió varias veces. Janice parecía aquel anciano padre de *El retorno del hijo pródigo*, una pintura de Rembrandt que vi en mi hogar de acogida durante años. Había una enorme copia de aquel lienzo en el comedor, y cada vez que la veía recordaba el momento en que Janice me redimió. Necesitaba una Janice para sentirme perdonada, y aquel día, sin esperarlo, se abrió la puerta a mi otra vida. Y entré.

Aquellas mujeres me rescataron del infierno. «Es cosa de Santa María Micaela, jovencita», me repitieron varias veces a lo largo de aquellos años. En especial Janice, quien asumió mi tutela como si siempre me hubiese estado esperando escondida en mi destino. Me acomodó en un apartamento junto a una nigeriana y dos marsellesas que acabaron yendo al liceo conmigo. Las cuatro compartíamos la misma mochila de vergüenza e indignidad. Ellas habían descendido mucho más en el Averno: habían conocido la sordidez de las calles, y yo sabía que había estado a un paso de caer también en aquel abismo. «Solo si estudiáis seréis mujeres verdaderamente libres». Y lo hicimos. Ellas nos ayudaron a remar hacia nuestro futuro y dejar que nuestro pasado se hundiera como pesadas piedras.

Fueron años para purgar y cicatrizar las heridas que sufrí por la falta de amor. Necesitaba escribirlo y necesitaba contártelo para que entendieras lo que produjo la ausencia y el abandono, si podemos llamarlo de esa manera. Quizá, desde la distancia de los años, podrías haber pensado que todo fue bien, pero esta es la realidad y quería que la supieses. «Todo lo que no te mata, te hace fuerte», me repitió varias veces Janice, y Camille, una cooperante que también fue un faro en la noche de mis días, nunca cesó de decirme que «Dios escribe en renglones torcidos». Y aquí estoy yo, que fui un débil tallo en un erial desierto, convertida en un recio roble que resistió el vendaval de la orfandad. Una vez le dije a Roger que quería llegar a ser maestra y así ayudar a los que nadie ve, a los que nadie escucha. Hoy, trabajo en una pequeña escuela en un barrio conflictivo de Bobigny, al norte de París. Un golpe de suerte y un puñado de religiosas que me lo dieron todo, incluso a Jean Paul, que existe también gracias a ellas.

Tras mi llegada a la asociación en el año 2004 solo tardaron unos días en comprender lo que yo no imaginaba. En mi vida pesaban muchas cosas, y entre ellas un embarazo. No quiero imaginar qué habría sido de aquel niño si no hubiera alcanzado aquel oasis en mi vida. «Estaba escrito», me dijo Janice. «Ni te lo preguntes». Pero yo nunca dejé de pensarlo: Jean Paul llegó al mundo en el momento justo para poder sobrevivir con la ayuda de las religiosas y de aquellas compañeras de apartamento que me acompañaron también. Hoy tiene dos hermanas pequeñas, Alexandra y Caroline, y un hogar con estancias llenas de luz y fotografías de nuestra vida en todas las paredes. Tardé años en contarle a mi marido lo que hoy te cuento a ti, que una vez viví al sur de Burdeos, que mi madre se llamaba Marie y mi padre, Jules, y que alguna vez intentaron quererme, pero que al final nunca fue bastante, ni para el uno, ni para el otro, porque me dejaron a la intemperie de la vida y estuve a punto de perderlo todo, hasta que el destino estiró su mano y me embarcó en él. Hasta hoy.

CAPÍTULO CINCUENTA Y TRES

Martes 28 de mayo de 2019

El destino, ese gigantesco ciclón invisible, el ojo de la tormenta que lo observa todo y devora en silencio. Nos creemos singulares, portadores de una vida irrepetible, pero somos sonámbulos en una larga noche llena de tropiezos. Somos malabaristas con ojos vendados, buscándonos y haciendo preguntas que se nos escapan como cometas en el cielo, ese cielo inconmensurable, ese ciclón invisible que lo engulle todo. Pero a veces llega el momento de abrir los ojos, el momento de detenerse y dejar de buscar ahí fuera, en ese caos oscuro que nos protege como el vientre de una ballena. Detenerse y buscar dentro, muy dentro, donde a veces hay luz, aunque nos sintamos perdidos, aunque parezca que nada tiene sentido. Pero sí lo tiene. Existe esa luz inagotable, esa estrella polar hacia la que correr entre dudas durante las noches de tormenta. Solo si buscas esa brújula que late muy hondo, muy hondo, allí donde algunos sitúan el alma, e hinchas los pulmones para lanzarte al vacío y encontrar las respuestas. Sí, respuestas, Clara, vivimos buscando respuestas y, aun en el vacío, alguien extiende la mano, como en *La Creación* de Miguel Ángel, como esos acróbatas que levitan en el aire arañando la suerte. Solo se trata de buscar ese premio inesperado, ese destino que cambiará tu vida, ese horizonte que te inspira a ser mejor, a luchar por tus sueños y a conseguir metas extraordinarias. Pero no habrá nada sin búsqueda, ni sin silencio, ni sin remar para escuchar esa voz invisible repitiendo tu nombre, Clara, una y otra vez, Clara, Clara, allí, muy adentro, con un altavoz al que no sabes ponerle nombre.

El sonido del teléfono la devolvió a la habitación del hotel. De pronto, cesaron sus pensamientos. Había estado mirando la pantalla de su ordenador con la página de Word en blanco y su cabeza se había convertido en un torbellino de conjeturas llenas de lucidez. Sin embargo, sus ojos todavía eran torpes y se sentía incapaz de encontrar aquel secreto emparedado tras los muros de la historia entre Sergi Agulló y su madre.

Echó un vistazo al móvil sin que dejara de sonar. Era ella, la madre de Jean Paul, desde el otro lado del muro que habían construido entre las dos.

Casi podía rozarlo con los dedos.

—Hola, soy Carla Bouquet —le dijo en castellano.

Clara titubeó un momento, como si tuviese que encajar sus ideas.

—¡Qué bueno que me respondas! ¿Hablas español?

—Sí, pero todavía lo estoy aprendiendo.

—¡Pronuncias muy bien! No te preocupes.

—¿Quién eres? Dime la verdad.

—Ya te lo he escrito en mi mensaje: soy Clara Guinzburg, una periodista argentina, y alguien me pasó tu historia.

—¿Qué historia?

—Tu historia, la de Langon, luego la de París. Ya sabes, Carla, y todo lo demás.

Carla calló durante algunos segundos.

—¿Quién te la dio?

—No lo sé. Me llegó de forma anónima. De hecho, pensé que era parte de un libro.

—Hace unos meses publiqué uno, pero tú no leíste un libro, sino mi vida. Era una carta personal y se la envié a... mi benefactora, por llamarla de alguna manera.

—¿Quién es tu benefactora, Carla?

— Se llama Claire Duvant. Es una sombra que siempre estuvo en mi vida, pero sin saberlo. ¿Sabes de quién te hablo?

—No, no lo sé.

Carla exhaló un largo suspiro.

—Hace ya un par de años que la estoy buscando. Pensé que serías tú.

—Yo solo soy alguien que busca respuestas sobre la muerte de mi madre. Siento haber leído lo que no debía, pero creo que existe una conexión entre las dos.

—No te entiendo. Yo no sé absolutamente nada sobre tu madre, ni siquiera sobre España. Solo sé que mi benefactora habla español. Eso sí lo sé.

—¿Qué sabes de ella, de tu benefactora?

—Nada, ya te lo he dicho. Pero creo que es mi madre.

—¿Tu madre? ¿Cómo que tu madre? Ella murió…

—Marie no era mi madre.

—Creí entender que lo era.

—Lo fue, pero desde que me adoptaron. La quise como si lo hubiese sido, pero no lo fue.

Esta vez fue Clara la que hizo una pausa.

—¿Quién eres realmente, Carla?

—Nunca lo supe.

—¿Qué edad tienes?

—No lo sé, nunca estuve segura. Quizá treinta, quizá treinta y uno.

—Casi como yo —pronunció en voz alta.

—¿Qué pasa?

—Realmente, no lo sé, pero creo que tenemos que hablar. Tal vez yo pueda hacerte llegar hasta tu benefactora. ¿Tienes tiempo?

—Sí.

—¿Qué te parece si hacemos una videollamada?

—De acuerdo, dame un minuto.

Clara sintió el corazón bombeando fuerte, atolondrado, sabiendo antes de saber, porque era el destino, ese gigantesco ciclón invisible apoderándose de su vida, aunque ella estuviera serena, justo debajo del ojo de la tormenta, ese ojo que lo ve todo y ella, allí, observándolo, como si lo descubriera por primera vez.

CAPÍTULO CINCUENTA Y CUATRO

Tu voz invisible

La memoria de Carla Bouquet se hacía astillas más allá de su madre Marie. Los recuerdos eran una tormenta de imágenes y sentimientos que había escondido en algún armario de su cabeza. Lo que sabía de aquel tiempo era porque lo había ido reconstruyendo con los recuerdos de Marie y a través de un abanico de fotografías que permanecían estampadas en los muros de su memoria. Carla recordaba jardines cuadriculados, plantas muy verdes, una fuente de piedra y habitaciones de techos gigantescos. También recordaba manos blancas y el olor a jabón de heno. De aquel año en el orfanato de Pau, al sur de Francia, emergían ángeles vestidos de blanco y con cofias en la cabeza. Recordaba a aquellas Hijas de la Caridad de San Vicente de Paúl reconstruyéndole un mundo perdido con caricias que anestesiaron su pasado, pero también la zozobra de su corazón cuando dos extraños la descuajaron de él. Marie nunca se lo había dicho, pero Carla había acabado comprendiéndolo con su precipitada madurez: el día en que el matrimonio Bouquet la llevó hacia Langon fue para satisfacer la pesadumbre vital de Marie y no porque Jules la necesitase entre sus cosas. Y así fue todo.

Para Carla nunca fue fácil encajar su historia. Tuvo que querer saber para rastrear sus raíces. Lo único que podía agradecerle a Jules fue su pasado. Marie ya había muerto y Carla había ido acomodando las piezas de su vida en silencio, pero fue él quien se lo dijo. No recordaba si había sido la bebida o el odio, solo que le disparó a bocajarro, lo más cerca que pudo de su corazón:

«Maldigo la hora en que te traje a esta casa». Carla aguantó el golpe de pie, sin la debilidad de cualquier lágrima, y aun tuvo el valor de preguntarle de dónde, de dónde la habían traído. Fue la primera vez que lo oyó: Hijas de la Caridad de San Vicente de Paúl, en el pueblo de Pau, «donde esas monjas descansaron cuando te vendieron por un plato de comida». Jules pensaba que acababa de someter el pequeño orgullo de una niña, pero sin darse cuenta le regaló un sentido para continuar viviendo. Si algo la sostuvo en pie desde entonces, fue el creer que alguna vez podría desandar el camino y encontrar a su madre. Cuando la vida la ahogaba, acariciaba su cruz de Tau y pensaba que pronto llegaría el momento de emprender el viaje de regreso, porque Marie se lo había dicho un par de veces: «Nunca la pierdas, te acompaña desde el día en que naciste». Entonces se lo había dicho sin quererer decírselo, pero cuando Carla encajó las piezas supo que quien la había abandonado solo le había dejado aquel colgante de plata como el único rastro y vestigio de su pasado. Y no se equivocó. Se lo dijo una de las pocas religiosas que quedaban de aquel antiguo hospicio, cuando regresó a Pau en 2016 y su vida ya estaba encauzada.

Solo entonces supo que la habían abandonado la noche del 16 de junio de 1991 a las puertas del hospicio, que era una niña que hablaba poco y que lo hacía en español. Estaba sana, pero llevaba una mano vendada a causa de una herida. Tardaron tiempo en entenderla, pero mucho menos en quererla. En el expediente de su llegada no había quedado registrado, pero Carla supo que un coche se dio a la fuga nada más se abrió la puerta. La religiosa que lo vio no recordaba más que aquello: que alguien había estado esperando a que la niña estuviese a salvo y que la habían atado a la aldaba de la puerta para que no le diese por salir corriendo. Fue en aquel instante cuando comenzó su vida, la que ella conocía. La anciana que recordaba su llegada le contó que lloró durante días, y Carla imaginó que el llanto acabó anegando su memoria. No recordaba nada de aquello, solo manchas oscuras que había ido tintando con la ayuda de Marie. Solo se mantuvo un irreconocible cordón con su pasado: una carta proveniente de un apartado de correos de Barcelona apenas un mes después. La remitía una tal Claire Duvant con un cheque para cubrir los gastos por la manutención de la niña. La identificó como Carla y pidió la absolución de la Misericordia por lo que había hecho, algo que aquellas monjas no le podían ofrecer. Las religiosas de San Vicente de Paúl intentaron infructuosamente que Claire Duvant recapacitara, pero aquella benefactora jamás contestó a ninguno de sus mensajes. Sin embargo, periódicamente continuó llegando un cheque desde Barcelona, hasta que Marie y Jules aparecieron en su vida y una última carta al apartado de correos barcelonés informó a Claire Duvant que la niña había sido adoptada. Solo entonces se cortó el lazo.

A Carla le costó comprender por qué la policía había sido incapaz de rastrear nada, pero aquella anciana Hija de la Caridad le dijo que fue como buscar una aguja en un pajar y que, cuando comenzaron a recibir los cheques desde Barcelona, ellas mismas comprendieron que su llegada al orfanato de Pau no había sido un accidente y estuvieron convencidas de la inutilidad de remover las cosas. Fue así como las raíces de Carla se diluyeron en una noche, casi para siempre, hasta que en el año 2010 la benefactora volvió a ponerse en contacto con ellas, pero esta vez a través de un correo electrónico que sabía a disculpas y remordimientos que pesaban demasiado. En aquella ocasión solo quería saber de su paradero y les facilitaba aquel contacto por si alguna vez Carla quería saber de ella.

Esto se dio en 2016, cuando Carla Bouquet regresó a la comunidad de Hijas de la Caridad San Vicente de Paúl y pudo reconstruir aquella dolorosa parte de su historia. Fue exactamente entonces cuando obtuvo el correo electrónico de Claire Duvant. Carla escribió a su antigua benefactora con una esperanza inusitada. La primera carta fue en francés y luego la tradujo al castellano. Había aprendido a sufrir y estaba dispuesta a revelar aquella verdad que había estado oculta toda su vida.

Nada más imaginar sus raíces, se apuntó en una academia de Bobigny para aprender español. Le escribió una, dos, tres, hasta cuatro cartas a Claire Duvant, y meses después aquella extraña benefactora le contestó desde su otra vida. Le pedía que la perdonara y le confesaba que lo que había hecho era despreciable, pero que había sido por su bien. *¿Por su bien?* Fue entonces cuando Carla comenzó a barruntar la idea de desnudarle su vida y enfrentarla a «su bien». Fue entonces cuando la rabia fue bullendo aquella carta que le enviaría tecleando con el martilleo de la sangre. Si su «benefactora» quería saber, sabría de verdad, no como Carla, que nunca recibió ni el más mínimo destello de su origen.

Aquella carta fue demoledora, inasumible para alguien que se retorcía en el fuego de la culpa, y en aquel momento Carla ya intuyó que sería así. «No tengo perdón», le contestó. «Moriré con ello». Luego agregaba: «Contarte la verdad acabaría conmigo». Entonces los *e-mails* se perdieron en el tiempo, pero Carla no se resignó a romper aquel extraño vínculo con su madre y continuó enviándole fogonazos de su vida: el nacimiento de su hija Caroline, la publicación de su primera novela corta titulada *El baile de las luciérnagas* —paradójicamente dedicada a Claire Duvant— o el éxito de su hijo Jean Paul en *The Voice Kids France*. «Lleva tu cruz franciscana, lo único que me dejaste», le escribió en uno sus últimos correos.

Pero Claire Duvant ya no contestó, se convirtió en silencio. Hacía demasiado tiempo que había saciado sus dudas. Todo lo demás ya le dolía demasiado.

Y Carla lo sabía.

CAPÍTULO CINCUENTA Y CINCO

Martes 28 de mayo de 2019

Clara observó a Carla Bouquet a través de la pantalla de su teléfono como si por fin hubiese sido capaz de atravesar un umbral imposible. Tenía su nariz, la forma avellana de sus ojos y aquella actitud decidida para comunicar las cosas. Clara no estaba segura de estar inventándola con sus emociones, pero sentía una fuerza centrífuga succionándola hacia ella todo el tiempo. «Dime quién soy», le preguntó como si por fin hubiese descubierto al genio de la lámpara, «¿quién es Claire Duvant?».

Era la primera vez que el otro lado dejaba de ser invisible, la primera vez que recibía un eco prometedor, pero Clara intentó dominarse. Su cabeza era una constelación de conjeturas intentando conectar un pasado que habían enterrado de una forma miserable. Había llegado a Valencia preguntándose por la muerte de su madre y, al abrir el armario de los años 90, había descubierto a un padre, una hermana y un secreto enterrado en el tiempo, pero que existía. Había estado orillándolo desde el principio, desde el primer momento en que había puesto un pie en el huerto de los Agulló. Habían intentado disuadirla. Hasta su padre había intentado ocultarle su verdadero origen.

Se sentía como aquellos detectives de la gran pantalla, con una pared de corcho y un mapa de fotografías pinchadas en él, trazando lazos y notas entre ellos hasta tejer una red de relaciones que parecía una telaraña. Y en medio de aquel croquis, su madre:

la voz invisible que había muerto justo en el transcurso de aquel pifostio familiar. Ese tipo de casualidades no existía, pero otro asunto era que se pudiese demostrar. Clara ya no tenía dudas de eso: alguien había decidido deshacerse de la niña, de Marta, de Sergi y luego de Silvia Ros, y quizá se tratara de la misma persona que había intentado ayudarla a encontrar a su hermana. Pero ¿por qué? Aquella historia estaba preñada de aparentes contradicciones que Clara intentaba desatar. Seguía con los ojos vendados, pero ya no estaba desorientada.

Hubiese querido volar a París, contarle que estaba convencida de que era su hermana, pero también hubiese tenido que explicarle que su padre la había hecho desaparecer, o no, y que su madre le parecía una mujer turbia y confusa, y que no llegaba a comprender qué tipo de relación tenía con aquel caos familiar que estalló en 1991. Solo estaba convencida de que existía una mano oculta moviendo los hilos de aquella historia y de que el tiempo se le echaba encima.

—No puedo asegurarte nada —le dijo al fin—, pero estoy convencida de que estoy muy cerca de encontrar a tu benefactora. Dame unos días, Carla. Me falta encajar algunas piezas.

—Necesito saberlo, por favor.

—Te doy mi palabra de que lo vas a saber, pero no quiero equivocarme. Déjame unos días y te contaré todo lo que averigüe.

Clara sentía el vértigo de la felicidad y, a la vez, el espoleo del miedo. De pronto, tuvo la sensación de que su vida había sido preparada para aquel momento y de que una campanilla había estado allí, muy dentro de ella durante toda su vida, hasta convertirse en ese repique ensordecedor que ahora sentía en su pecho. Notó la fuerza de lo invisible haciéndola levitar, consciente de que caminaba a ciegas, pero guiada por algún lazarillo oculto.

Se levantó del escritorio, estiró las piernas y miró su reloj. Eran las seis de la tarde. Había hablado con Carla durante dos horas y el *tetris* de su mente no dejaba de encajar y desencajar piezas. Nada era lo que parecía y tenía la sensación de que aquella «benefactora» estaba jugando con ella. Clara caminaba de pared a pared dentro de la habitación del hotel, como si el movimiento de sus piernas pudiese generar la suficiente energía para iluminar su mente. «Sergi enterró su nombre», le había dicho Andreu. «Quizás ahí estén las respuestas, tienes que creerme». Aquellas palabras saltaban como canicas en su cabeza, pero el instinto de supervivencia la alejaba del huerto, e inexplicablemente de Andreu. El domingo hubiese sido capaz de comenzar a dar paladas como una energúmena y desenterrar la verdad, pero el torbellino de dudas que la arrasaba entonces había puesto en cuarentena lo que le había confesado el padre de Andreu. ¿Qué motivo tendría para engañarla? ¿Por qué inventar un cadáver en un terreno de su propiedad? Si Clara intentaba controlar sus nervios, llegaba a la conclusión de que no tenía sentido inventarse una patraña así.

Entonces una idea precipitada emergió como un corcho. Era evidente que la desaparición de la niña estaba relacionada con la muerte de Sergi y, si existía aquel cuerpo enterrado en el huerto, también era verosímil una relación entre el cadáver y el crimen de Sergi Agulló. Como si hubiese tenido un fogonazo en su cabeza, Clara pensó que debía dejar de esperar agazapada y que había llegado la hora de mostrar sus cartas. Si quien estaba moviendo los hilos en la sombra quería jugar, ella lanzaría su primera bola y esperaría la suerte del pleno con un movimiento inteligente. No se trataba de un todo o nada, sino de buscar los suficientes números para conseguir un bingo remoto, pero no imposible.

La convicción de que su padre biológico no se había quitado la vida la invadió como una fiebre repentina. Todo formaba parte de una carambola que no comprendía, pero que indudablemente involucraba a la niña y, sin lugar a dudas, a su madre también. Parecía ver la naturaleza de las cosas en la oscuridad, con los rastros iluminados por la luz fluorescente de la intuición. Pero el rostro que lo orquestaba todo estaba fuera de foco en aquel momento.

Se sentó frente al ordenador para googlear sobre la prescripción de los crímenes cometidos en España y la respuesta fue rápida: veinte años. Si existía un asesino oculto, ya no temía por su libertad, sino por la condena social que le acarrearía aquel crimen y el ocultamiento de una niña de apenas tres años. A medida que tecleaba y revisaba datos, su mente parecía haber encontrado una fórmula viable para desenmascarar al responsable: utilizaría el correo de Claire Duvant. El mensaje que ideó era tan arriesgado como improbable su éxito, pero era una oportunidad y solo por ello valía la pena.

Claire:

Sé que me conoces y que sabes que ya conozco el paradero de Marta Agulló. Tarde o temprano voy a encontrarte. La auténtica verdad llegará a las librerías cuando acabe mi investigación. Sé dónde está enterrado tu nombre.

Clara Guinzburg, periodista y escritora.

«Sé dónde está enterrado tu nombre». Era un golpe de efecto, un farol o la verdad. Clara cruzó los dedos y envió el correo electrónico como si se hubiese lanzado en paracaídas por primera vez. Estaba tan nerviosa que buscó en su maleta una camiseta, un pantalón corto y las zapatillas de correr. Luego bajó a la avenida y comenzó a trotar hacia las afueras de la ciudad por una vía verde que conducía hacia un polígono comercial que rodeaba un Carrefour. Estuvo corriendo más de una hora y, cuando regresó a la habitación, ya eran las nueve la noche, aunque todavía no había oscurecido. Se dio una ducha e intentó llamar a su padre, pero al primer intento comprobó que el teléfono estaba desconectado. Echó mano de un sándwich y una Coca-Cola que tenía en la neverita y cenó en el escritorio mientras volvía a repasar el contenido de la carpeta azul que su madre había guardado para ella. Al menos, a Clara le gustaba verlo así. *La guardó para mí sin pensarlo,* se dijo, aunque sentía que nada de aquello había sucedido por casualidad. Al menos, había encontrado a su hermana. Quizá lo demás ya no importara, quizá solo se tratara de situarla en el mapa de su vida, pero no estaba muy segura de qué modo conectar a Mayte Gabaldón con Carla Bouquet. Tenía serias dudas de si aquella mujer sería capaz de encajar las piezas como había hecho ella, así como también de si podía descartar que Mayte estuviese al margen de Claire Duvant.

Subió la tapa de su *laptop* y retomó *Tu voz invisible.* Estaba decidida a escribir una historia, fuese la que fuere. «Lo que importa es que salga desde dentro, desde las entrañas, eso es lo que le da vida al texto», le había asegurado Nora Rizzo, y Clara sentía el eco de su madre encendiendo sus líneas como si viajara con las luces largas por una autopista a oscuras. Todavía no era capaz de aceptarlo, pero todos los caminos la conducían en una misma dirección: había un personaje sin nombre, una sombra que era el demiurgo de todo. Aquella espesa niebla se disipaba poco a poco escribiendo, reescribiendo y volviendo a encajar los testimonios. Debía volver al escenario con ojos nuevos, sin prejuicios, dedicarle tiempo y dejar que la venciera el sueño como la muerte tumbaba al soldado en un campo de batalla, luchando, y cuando todavía le quedaban fuerzas y munición para seguir disparando palabras sobre el Word, sonó un *e-mail* en la bandeja de entrada de su ordenador. Era ella: Claire Duvant.

Todavía no lo entendía. Pensaba que podía entenderlo… Pero se equivocaba.

CAPÍTULO CINCUENTA Y SEIS

Miércoles 29 de mayo de 2019

Bajó del tren a las once menos cuarto. La estación de Valencia vibraba bajo una inmensa marquesina metálica rectangular. Un hangar con seis andenes era el centro de una construcción modernista de comienzos del siglo xx que tenía forma de «U». La terminal rezumaba exquisitez arquitectónica, pero al mismo tiempo el pragmatismo necesario para movilizar a miles de usuarios diariamente. Clara atravesó la batería de tornos de seguridad y caminó hacia el vestíbulo de entrada como si se moviera dentro de un hormiguero. Había aceptado por eso, porque la había citado en un lugar público, en medio del gentío. Claire Duvant le había dicho que le contaría todo, y también la había sorprendido con un «necesito verte». En su mensaje le había insistido que acudiese sola, que ella tenía sus motivos y que al final lo acabaría entendiendo, pero que no se preocupase porque no iban a salir de la estación. «En el vestíbulo están las taquillas y también algunos bancos muy concurridos. Hablaremos allí». Clara se adentró en aquel inmenso *hall* decorado de manera exuberante y observó los paneles de madera con detalles de mosaicos. El vestíbulo era un espectáculo de azulejos troceados y cerámicas valencianas tradicionales revistiendo las paredes y los techos. «Me conocerás por un pañuelo rojo al cuello», dijo antes de agregar que no se preocupara: «Te conozco por fotos». Clara le había dado muchas vueltas a lo de las «fotos». Había demasiadas cosas que se le escapaban de su vida y de aquella historia, pero imaginó que las «fotos» serían de sus redes sociales y no las de su pasado, como las de Mónica, la amiga de su madre. No podía estar segura de nada. Se movía palpando sombras. Su vida era aquello: el vientre de un océano en silencio en donde era muy difícil entender nada, como aquella mañana, mirando a uno y otro lado, intentando localizar a alguien en el vestíbulo de la estación y con su vida temblando sobre una cima que semanas antes no hubiera imaginado.

Procuró localizarla cerca de las taquillas, pero el incesante movimiento de gente entrando y saliendo de la estación la confundió. Optó por atravesar una de las grandes puertas hacia el exterior y adentrarse unos metros en la explanada que tenía enfrente. Junto a ella, la Plaza de Toros, un ancho gigante de ladrillos como un ojo dirigido hacia el cielo. La turba era una marea que iba y volvía hacia la fachada principal del edificio de la estación, pintada de un blanco amarillento y con ribetes en verde. Parecía ofrecerse a la ciudad con los brazos abiertos: sus dos alturas, con una alargada sucesión de ventanas verticales y rectangulares, eran rematadas con una almena a cada lado, que en ningún caso desentonaban con su armonía modernista.

Alejada una veintena de metros de aquella fachada, intentó observarlo todo con detalle. Miró su reloj de muñeca: todavía faltaban diez minutos para la hora de su encuentro. Sin embargo, decidió volver a entrar al vestíbulo para buscar acomodarse en alguno de los bancos y, al atravesar una de sus puertas, chocó de frente con un viandante que circulaba de prisa hacia el exterior. El impacto en su brazo la hizo tambalear y la mochila del hombre cayó al suelo. Se volvió hacia ella, se disculpó y le preguntó si estaba bien. Clara asintió, contrariada, y siguió su camino, sin ganas de perder el tiempo con cualquier otra cosa que no fuese ubicar a la benefactora. Encontró un banco libre y se sentó para intentar localizar el pañuelo rojo. El golpe que había recibido en el brazo le dolía levemente y pudo observar su delgado bíceps enrojecido bajo la manga de su camiseta. Se lo frotó del mismo modo en que lo haría si intentara entrar en calor y esperó a que el movimiento a su alrededor trajese a su orilla a Claire Duvant. Pero el gentío pululaba en aquel caos ordenado ajeno a su presencia y, cuando habían pasado diez minutos de las once de la mañana, intentó ponerse en pie para una nueva búsqueda, pero un inesperado mareo la obligó a sentarse otra vez.

Extrajo el teléfono de su bolso para descartar algún mensaje, pero su WhatsApp estaba en blanco. Entonces los minutos se precipitaron desordenados y Clara sintió que todo perdía sentido a su alrededor. Se apoyó en el respaldo y cerró los ojos. *Es una bajada de tensión,* pensó para sí misma, y sintió que la estación se desvanecía ante sus ojos y que estaba a punto de lanzarse a un vacío brumoso y confuso, como su mente, que deformó la coherencia de las cosas. Se balanceó en la realidad sujeta por un cordón de supervivencia y manoteó a su alrededor para no irse al suelo.

—Oye, ¿qué te pasa?

Escuchó aquella voz junto a ella, e intentando asirse para no caer sujetó una mano. Trató de balbucear un «no me encuentro bien», pero sus palabras fueron burbujas ininteligibles.

—No te preocupes, te ayudaré. Tranquila, tranquila. —Aquella voz fue un bálsamo—. Te llevo a un hospital ahora mismo. Tengo el coche aquí fuera. Apóyate en mí para ponerte en pie, yo te ayudo.

Pero Clara ya se caía del mundo. Parecía un Cristo avanzando hacia el Calvario apoyándose en su cirineo. El hombre la sujetó de la cintura y enganchó el brazo derecho de la mujer sobre sus hombros.

—Apóyate en mí. El coche está cerca. No te voy a dejar caer.

Se dejó conducir hasta el estacionamiento con el GPS de la razón en negro y llegó hasta el vehículo débil y aturdida, sin haber sido consciente de tener la voluntad de dar un paso hasta allí. El hombre abrió la puerta y la acomodó en el asiento del acompañante con el cinturón de seguridad, evitando que pudiese caer hacia un lado. Inesperadamente, Clara se asomó al mundo una vez más y abrió los ojos para espiar por un agujerillo la realidad. Estaba a punto de apagarse completamente, pero pudo reconocerlo: era el viandante que había tropezado con ella. Llevaba una espesa barba negra, gafas de sol y una gorra de los Lakers.

No fue capaz de reconocerlo del todo. Él ya se había encargado de camuflarse al ir a la caza de su última presa.

CAPÍTULO CINCUENTA Y SIETE

Miércoles 29 de mayo de 2019

Pasó toda la noche enfrentándose a sus fantasmas y empantanado entre temores. Se negaba a la verdad, se negaba a creerla. Si se ponía a cavar y aparecían los huesos, entonces ya no podría estar callado ni decir que no lo sabía. Los hombres merodeaban por allí constantemente y «al final todo se sabe, Andreu, y tú siempre fuiste con la verdad por delante, ¿o no?». Su cabeza era una colmena. Si lo hacía, iba a tener que ir a la Guardia Civil y el pasado los anegaría como cuando reventó la presa en 1982. Su padre no debería haberle dicho nada, pero el vino le había calentado la boca y no lo pudo evitar. «Lo tenía ahí atascado, Andreu», y apuntó a su garganta llorando igual que un niño. «Pero es mejor dejar a los muertos en paz, no remuevas nada». La urticaria del pasado se había apoderado de su vida y daba vueltas por la barraca como un noctámbulo despierto. «Sí, quizá sea mejor no saber», al fin y al cabo, su tío Sergi estaba muerto, la niña estaba muerta y a su madre se la había llevado todo aquello también. «A ellos nadie les devolverá la vida, nadie», y todo lo demás era empezar a cavar para arruinar el negocio… o callarse. «¿Y te vas a callar? ¿Estás seguro de que te vas a callar?». Quizás abrir la caja de los truenos ya no permitiese el silencio, y entonces al traste con las casas rurales y con el olvido que había traído el tiempo.

Pero aquella mañana estaba decidido. Era un suicida al que no le servían las razones, solo su obsesión, solo la electricidad que ocupaba su cuerpo cuando pensaba en Clara. *Estaba escrito*, pensó aturdido por el insomnio. *Estaba escrito desde siempre, por eso vino.*

Se había levantado temprano. A las seis de la mañana los trabajadores ya esperaban a la entrada del huerto para que les abriera y entraran los camiones. La tierra se había convertido en un alboroto de voces y risas hormigueando por los naranjos manchados de azahar. Los cajones sobrevolaron por el verde y por los surcos color ladrillo. Los hombres cargaron sus hombros de sudor y esfuerzo y las horas de la mañana se fueron desgranando. Hasta que llenaron el segundo camión y Andreu, cerca de la una, les pidió que se fueran, que «por hoy ya está bien».

Los peones se encaminaron a los coches con alivio y siguieron los vehículos en procesión. Nada más traspasar el portón de la entrada, Andreu lo cerró y bloqueó el acceso con el candado. Quería estar solo y saltar de una vez por todas hacia el abismo del pasado. Se encaminó decidido hacia los lindes de la propiedad, hacia la barraca derruida, y husmeó detrás de ella con preocupación. «Como a dos metros detrás de la casa, antes de que arranque la ladera», le había dicho su padre, pero el terreno era una alfombra de hierbas y pinocha que podía castigarlo horas y horas. Andreu miró el muro trasero y luego se volvió hacia la tierra reseca. Cerró los ojos por un instante y después hundió la pala en un punto casi perpendicular a la barraca. «Te vas a reventar la espalda», se fustigó repitiendo con cada palada. Pero no se detuvo y abrió la tierra durante una hora, como había hecho Sergi aquel día con la tierra enfangada. Fue agrandando el agujero y bajó un metro. Su pala solo enganchaba raíces y golpeaba piedras. Andreu perdía la fe. Pero no se detuvo. Se entregó a la faena como un energúmeno, poseído por una furia ancestral. Intentó no pensar en el tiempo ni en aquel esfuerzo, sino en abrir una zanja sin más, igual que si quisiera cavar al infinito hasta morir, golpe a golpe, pensando en su tío, en su madre, en la niña y en él mismo, «claro que sí, ¡joder!». Para él no había sido fácil con «toda aquella juventud de mierda cargando con culpas de otros», y siguió escupiendo tierra con la pala medio metro más, justo en dirección a uno de los pinos cercanos, una palada tras otra, sin más vida que morir así, hasta que la tierra eructó los huesos y un cráneo tomó forma como una piedra hueca.

No tuvo que insistir mucho más. Muy cerca de aquella calavera llegaron los carpos, metacarpos y falanges y, como si aquel esqueleto se hubiese dormido borracho, identificó una botella de cristal verde y tapada con un corcho muy cerca de sus manos. La tierra que la impregnaba no impidió observar un papel doblado dentro y al sujetar la botella entre las manos todo cobró sentido, incluso antes de estrellarla contra el muro y convertirla en añicos. Recogió el papel del suelo, lo desdobló un par de veces y leyó aquella letra manuscrita con bolígrafo azul.

—¡Maldita sea! ¡Maldita sea! —gritó—. ¡No me lo puedo creer!

Miró su reloj y ya eran las dos y media de la tarde. Sin pensarlo, sacó su móvil del bolsillo y llamó a Clara Guinzburg con urgencia. Lo hizo una, dos y hasta tres veces, pero a la cuarta el teléfono había pasado a estar apagado o fuera de cobertura.

—No puede ser —se repitió en voz alta y al trote hacia el camino.

Tenía la corazonada de que la periodista argentina ya había traspasado aquella línea que era el límite entre el bien y el mal.

Todo era perfectamente inimaginable.

CAPÍTULO CINCUENTA Y OCHO

Martes 28 de mayo de 2019

Clara todavía no lo entendía, pero la había pinchado con flunitrazepam, un potente somnífero que había ido preparando desde que supo que ella iba a causarle problemas. Solo comenzó a atar cabos al levantar sus párpados igual que se mueven pesados muros de hormigón. Un rápido vistazo a la habitación la devolvió a una realidad desconocida: paredes blancas con gotelé, una lámina enmarcada del World Trade Center de Nueva York y una ventana con una reja negra al exterior. La reja casi era imperceptible porque la persiana estaba prácticamente bajada y había mucha penumbra. Junto a ella, y con una mesita de noche al medio, otra cama con una colcha azul cielo y estrellitas blancas. También pudo ver una cómoda ya desfasada y un intercomunicador de bebés encima de ella.

Intentó sentarse sobre la cama, pero no lo consiguió. Fue la primera vez que sospechó que la habían drogado. Sus recuerdos se habían vuelto vagos, fotogramas incoherentes que pasaban a negro en la estación de Valencia. «¿Dónde estoy?», balbuceó en voz alta. «Mamá, ayudame». Sus pensamientos flotaban atrapados en un estanque irreconocible. Le costaba hilar su historia, pero recordó a su madre muy bien. Estaban en su jardín en Castelldefels y ella le hablaba con una pala en la mano. «Cuídalos», y Clara creía que se refería a los geranios que acababan de plantar. «Hay que regarlos de tanto en tanto, ¿te acordarás?». En su mente volvió a iluminarse la pinada y un columpio color amarillo. Parecía como si lo viera por primera vez. «Algún día te harás mayor y me entenderás». Clara pudo observar su rostro. Fue como mirarse en un espejo a través del tiempo. «Ayudame, yo vine por vos», y volvió a intentarlo en voz alta. Entonces oyó que se accionaba la cerradura y después que se abría la puerta. Su figura era una sombra. Lo vio entrar y recordó la gorra de los Lakers. Debajo de ella, gafas de sol Ray Ban, bigote y barba oscura. Vestía vaqueros claritos y ajustados y una camiseta con el logo de Adidas que le sentaba algo ancha. No lo conocía, y le costaba comprender cómo podía verla a través de sus gafas de sol con tan poca luz.

Dio un par de pasos hacia la cama y se la quedó mirando en silencio, intentando constatar que no estaba delirando. Luego se sentó enfrente.

—Eres Claire Duvant, ¿verdad? —esta vez vocalizó con claridad.

Él asintió.

—¿Vas a matarme como a mamá?

—Yo no la maté. Aquello fue un accidente. Todo fue un terrible accidente.

Su voz estaba distorsionada, afónica e irreconocible. De no haber estado en aquella situación, a Clara le hubiese parecido ridícula, pero supo que era impostada, denodadamente impostada, camuflándose.

Claire Duvant parecía un hombre, pero bien podía tratarse de una mujer.

—¿Quién eres? —volvió a preguntarle.

—No importa. No me conoces. —Los sonidos eran casi guturales, gruñidos silenciosos—. Es mejor que sea así. Si no, tendría que matarte, ¿me entiendes?

Esta vez fue Clara la que asintió. Vagaba con lucidez en un mundo en cámara lenta.

—Aquello fue solo un accidente, y lo de Sergi también.

—¿Qué accidente?

—Yo no quería que pasara. Nos conocíamos lo suficiente para no querer hacerlo, pero sucedió.

—¿De dónde lo conocías? ¿Quién eres?

El hombre dudó un momento y le ofreció varios segundos de suspense, pero finalmente se lo dijo:

—No quieras saber, Clara. Ya te lo he dicho. Lo conocía de Barcelona.

—¿Quién eres? Dímelo, necesito saberlo.

—No me conoces, ni debes conocerme. Es por tu bien. Entiéndelo. Te he traído para que lo entendieras.

—¿Qué pasó aquel día? ¿Por qué todo esto?

—Fui a casa de Sergi. Discutimos. Me debía dinero, mucho dinero. Sergi era peligroso, tú no te imaginas. La pelea la inicié yo, pero él intentó agredirme con un bate de *baseball*. Lo demás fue mala suerte: forcejeamos, le pegué y lo desnuqué con un mal golpe en un escalón de la escalera. Fue un accidente, y lo de Marta también. No sabía que esa niña estaba arriba. Cuando la vi bajar por la escalera tuve que tomar una decisión. A Sergi lo convertí en un suicida; a la niña intenté salvarle la vida: me había visto, y creí que lo había visto todo. No debí hacerlo, lo sé, pero algún día podía llegar a reconocerme.

—¿Cómo es posible que no dejaras ni una sola huella?

—Limpié toda la zona de la escalera, donde forcejeamos, y al parecer lo hice bien. Todo sucedió muy rápido y ya antes de encargarme de la niña busqué unos guantes que llevaba en la guantera. Debo decirte que todavía hoy me sorprende cómo encajé aquella situación. Era como si hubiese sabido lo que tenía que hacer desde el principio, pero no lo sabía. Imagino que aquel huerto apartado y la noche me ayudaron a mantener la calma.

—¿Y Francia? ¿Por qué a Francia?

—No tuve opción, entiéndelo: pensé que podría reconocerme alguna vez. Intenté cortar todos los rastros. Conocía a las Hijas de la Caridad de San Vicente de Paúl, me acordaba de ellas. Intenté ayudarla para que no le faltase de nada, hasta que la adoptaron. Pero yo no quería, nunca quise hacerlo. Aquella noche no tuve demasiado tiempo para pensar con claridad. Había sido un accidente y no quería arruinarme la vida.

—No tiene sentido... No lo entiendo. —Hablaba como si estuviera borracha—. ¿Quién puede hacerle aquello a una niña?

Él calló.

—¿Y mi madre? ¿Ella también fue otro accidente?

—Sí. Vino a entrometerse donde no debía, igual que tú.

A Clara le pesaba el cuerpo y lo miraba a través de la penumbra. Él le pareció extraño y absurdo. No le creía o no tenía la lucidez para creerle.

—Nunca fui un asesino, ¿me entiendes? Pero tú llegaste con tu ordenador y tus preguntas, y todos los fantasmas del pasado volvieron. No quería que escribieras sobre el caso de Sergi Agulló e intenté persuadirte, pero fuiste muy terca. Demasiado.

—¿Fuiste tú el de las amenazas?

—Sí, y la mujer en la noche también. Pensé que sería suficiente para que te fueras. Sabía que Andreu te acabaría contando la leyenda de la mujer que habían matado allí. ¡Pensé que sería suficiente para hacerte salir despavorida! ¡Pero no! ¡Aquí sigues! ¡Maldita sea! ¡Y no lo entiendes! ¡No lo quieres entender! Ya es hora de que pares, de que lo dejes... Lo de tu madre fue un accidente, acéptalo y regresa a Argentina. Querías respuestas, te las estoy dando. Es la verdad. Solo quiero que lo entiendas. Todo fue un inmenso accidente que ya no puedo cambiar, ni tú tampoco. ¿Lo entiendes? Deja ya el pasado y salva tu vida. ¿No ves que quiero darte la oportunidad? ¿Acaso no llegas a darte cuenta de que me la estoy jugando por salvarte la vida? Con tu madre no pude, pero contigo sí. ¿Estás dispuesta?

Y Clara volvió a asentir.

—La mujer del columpio... ¿Eras...?

Él asintió.

—Sabías la historia de Carmen y sabías que los Agulló le tenían miedo. Los conoces bien... Y te mueves por esos campos...

—No quieras saber. Nada de eso importa, ya te lo he dicho. Podría matarte y tirarte por cualquier parte. Solo hace falta un maletero, una pala y un camino rural. Por aquí está lleno de caminos, Clara. —Su voz ajada sonó espantosa y cruel.

Ella solo pestañeaba. El miedo se diluía en su somnolencia.

—No quiero hacerlo. Por eso te he traído. Me entiendes, ¿verdad? Lo he intentado de todas las maneras, pero no temes ni a los fantasmas. Deberías haberte ido la otra noche, deberías haberlo hecho, pero no quiero que esto llegue a más. Deja de escribir y lárgate. Este será mi último aviso. Para siempre.

—¿Y Carla? Ella quiere saber. Ella es mi hermana.

—Los Gabaldón ya la han enterrado y ella tiene su vida. Deja el agua correr, Clara. El agua ya va limpia. Todos han sufrido lo suficiente.

No se atrevía ni a abrir la boca.

—O puedes seguir… Puedes seguir, pero yo sé dónde encontrarte. A ti… y a tu padre. ¡Te juro que dejarás de vivir tranquila!

Agrandó los ojos igual que si despertara completamente.

—Demasiadas molestias me he tomado contigo, pero tengo mis motivos. Los tengo, créeme. Nadie puede acusarme de nada y el mundo no me conoce, pero tengo mis motivos.

—¿De qué conoces a mi padre?

—Es mejor enterrar el pasado, Clara Guinzburg. Es lo que quiero que entiendas. Te estoy ofreciendo un salvavidas y solo te pido que no lo eches a perder.

En aquel momento, se puso en pie de un salto. Parecía un sabueso con las orejas alerta y salió de la habitación a la carrera. Clara miró la puerta abierta y nuevamente intentó levantarse. Concentró todas sus fuerzas en el proceso de erguirse y sentarse sobre la cama. Era izar una bandera con un mástil sin cuerda, pero lo consiguió. Puso los pies en el suelo igual que se echa un ancla en el mar y procuró reunir más energía para ponerse en pie, pero lo vio entrar como un torbellino y aquella vez sí pudo identificar la jeringa y la aguja. Apenas opuso resistencia. Tenía demasiada habilidad y solo bastaba un rápido pinchazo para volverla a tumbar.

De hecho, podría haberla matado, pero continuaba sin hacerlo.

—No abras la boca, por tu bien.

Y la recostó nuevamente. Después cerró la puerta, y Clara cayó por una madriguera que la conducía hacia la oscuridad.

CAPÍTULO CINCUENTA Y NUEVE

Miércoles 29 de mayo de 2019

Se oyeron golpes en una puerta y voces al unísono. Parecía una casa de campo, quizás un huerto. La puerta era ancha, alta y robusta. El hombre movía un grueso cerrojo de hierro, y con un clic metálico pudo entreabrirla.

Era una mujer y entró sin pedir permiso. Había un gran comedor presidido por una chimenea.

—¿Qué haces aquí?

No se distinguían las facciones de ninguno de los dos, pero él ya no llevaba gorra, ni gafas de sol, ni siquiera barba.

—Quería solucionar algo... —titubeó—. Estar solo. ¿Cómo sabías que había venido?

—Fue una corazonada. Hace días que la tengo.

—Necesito estar solo. Vete, por favor.

—No. ¿Qué es lo que te pasa? Esto no puede seguir así.

—Estoy como siempre, pero necesito estar solo. Vete, por favor.

—Quiero ir al baño.

Intentó avanzar, pero él la detuvo. Se lo notaba nervioso.

—¿Qué pasa?

—Está atascado. Mejor al de arriba.

Ella se lo quedó mirando.

—Déjame pasar ahora mismo. Quiero ver.

El pecho del hombre comenzó a agitarse violentamente y elevó la voz.

—Basta. Vete. No empeores las cosas.

—No me hables así. ¿Qué es lo que te pasa?

—¡Que te vayas! —Esta vez la sujetó del brazo y la empujó hacia la puerta—. He tenido un mal día.

—No me voy, claro que no me voy. —La mujer zarandeó su brazo hasta liberarse de él—. No lo quería creer, pero ahora me das miedo.

—Tú no entiendes nada —le dijo, irritado—. ¡Nunca has entendido nada!

Ella se rio histérica.

—¿Crees que no lo sé? ¿Crees que no sé que te traes aquí a tus «ligues»? ¿Crees que no lo sé? Hace demasiado que sé muchas cosas... Tampoco yo soy lo que crees, tampoco yo. Por eso lo hice... y no me equivoqué.

—¿Qué has hecho?

—Aparta. —Esta vez fue ella quien lo empujó—. No podrás impedirlo. Voy a entrar en esa habitación.

Lo dejó atrás como si empujara un bulto y se dirigió hacia una puerta cerrada junto a la cocina.

—Lo vas a empeorar todo. No entres ahí.

Pero la mujer abrió la puerta.

La habitación estaba en penumbra, pero logró ver el cuerpo sobre la cama. Encendió la luz.

—¿Qué has hecho? —preguntó, estupefacta, llevándose las manos a la boca—. ¿Te has vuelto loco?

—Quería protegerte —murmuró con tono resignado.

—¿Protegerme?

—Pero ahora ya es demasiado tarde... Para las dos. No deberías haber venido. Has cometido el mayor error de tu vida.

El hombre avanzó amenazante sobre ella, pero esta vez la mujer intentó escapar. Fue inútil. Él la arrinconó en aquel cuarto.

—¿Por qué lo has jodido todo? —gritó—. ¿Por qué?

Estaba furioso y sujetó a la mujer del brazo.

—¡Yo siempre te quise! —Su rostro se había desencajado de ira—. ¡Siempre! Y ahora esto. Yo no quería, pero has venido para condenarte a ti y a ella. ¡A las dos! ¡Joder!

Él estaba fuera de sí y ambos escucharon balbucear a Clara. La mujer contuvo el miedo y miró hacia la puerta de aquella habitación. Ya no estaban solos. Había alguien más. Allí se situó otro hombre, justo detrás de él, de Claire Duvant, y lo llamó por su nombre, por su verdadero nombre.

Él se giró hacia el intruso.

—¡Andreu! —exclamó, resignado—. ¿Por qué la has traído? No deberías…

—¡Eres un miserable! De esta no sales. Esta vez no.

—¿Quién te dijo que estaba aquí?

—Sergi. Fue Sergi, cabrón.

Y se lanzó sobre él.

CAPÍTULO SESENTA

Se llamaba Cristina Fernández y era la esposa de Alberto Gabaldón. No se arrepentía de lo que había hecho. No había tenido elección. Iba a cargar con aquella muerte el resto de su vida, pero ya no podía desandar el tiempo. El «tú lo mataste» se lo había repetido muchas veces, pero no, ella no iba a cargar con aquello. Nunca lo haría. Si había que buscar un detonante de todas las cosas, si hubiese tenido que ponerle nombre, ese nombre era el de Sergi, indudablemente.

Cristina sabía que no lo había hecho con mala intención —más bien todo lo contrario—, pero en aquel momento no quiso creerle, porque Cristina era lo que llamaban una chica «mona» y a Sergi le gustaban todas las «monas», aunque fueran las de sus amigos. Y Sergi y Alberto eran buenos amigos, hermanos de sangre, según Cristina, pero desde que su matrimonio con Mayte se estaba yendo a pique, la relación entre ellos había entrado en un punto muerto, en un *stand-by* de silencios y reproches que Sergi parecía no soportar. Por eso, cuando acudió a ella, tan «mona», Cristina ya sabía que había marejada de fondo y no pudo creerle. «Le gustan los hombres, te va a arruinar la vida», y se lo dijo como si él fuera el machito ibérico, con su mirada salvaje y muy cerca de su boca. La había hecho subir a su Ford Sierra y se la había llevado a un mirador de la urbanización de San Blas, en donde «solo había faltado el beso al atardecer». Al menos así lo vivió Cristina, que aquel día le pidió que la llevara a casa inmediatamente y, por supuesto, no le creyó ni una palabra de todo aquello. Al menos entonces, pero después sí. Un después demasiado tarde, claro, porque Cristina pensó que lo del marroquí se lo debería haber dicho entonces. Pero no lo hizo y, si Cristina era sincera, tampoco estaba claro si le hubiese creído.

Ella no lo supo entonces, pero aquel tipo se llamaba Sihamed y era un temporero que había atravesado el estrecho de Gibraltar a principios de los años 80. El padre de Andreu sabía que no tenía más de veinticinco años y que había llegado a Valencia después de haber ido dando tumbos como una bola de billar por toda Andalucía. Acabó en Alzira para la campaña de la naranja de 1982 y conoció a Alberto en el bar Los Molinos, en la carretera que unía el municipio de Alzira con Carcaixent. Era un bar de extrarradio donde acudían los trabajadores del polígono y labradores también, pero la noche de los viernes se transformaba en un tugurio de pocas luces y pop español ochentero. Decían que el dueño «perdía aceite» y que el local se había convertido en el punto de referencia para el ligue masculino. La relación de Alberto y Sihamed nació allí, como si el hermano de Mayte hubiese tenido que llevar una doble identidad para poder ser completamente feliz desde que era apenas un estudiante. «En aquel tiempo era muy difícil salir del armario», llegó a decir Cristina después, por eso Alberto se adaptaba y, en cuanto podía, se quitaba la chaqueta y se deshacía de sus camisas Yves Saint Laurent para descender a un inframundo poligonero. Siguió yendo allí incluso muchos años después de lo del marroquí, y aquello Cristina sí lo sabía, porque lo habían visto y porque se lo habían contado. «Sufría», dijo ella, «sufría como un perro». Pero todo eso lo comprendió tras muchos años, cuando ya tenían dos hijos en común, una vida acomodada y un despacho de arquitectos en boga. Entonces la vida sexual entre ambos se había diluido como una gota de tinta en una piscina olímpica, y un crucigrama de pistas inevitables fue tomando forma entre revistas masculinas mal escondidas y sospechosos descuidos que él no supo cuidar. «Nunca lo juzgué por eso», le confesó a Clara Guinzburg. «La presión social era una losa cuando éramos jóvenes, y ahora también. Muy injusto, muy hipócrita aquel mundo, y él no supo cómo resolverlo». Pero lo que a ella realmente le había molestado era que no se lo dijera, que no se sincerara, porque Cristina, tan «mona» como siempre había sido, lo quería de verdad y hubiese intentado ayudarlo contra viento y marea. Y, de alguna manera, lo hizo: calló todo y buscó fuera lo que había perdido dentro. Mientras tanto, él se camuflaba en una doble vida y miraba hacia otro lado con tal de que no se pinchara aquella burbuja que su mujer consentía por el bien de la familia. «Dímelo, Alberto. A mí no me importa. No te juzgo. Otros quizá sí, pero yo no. Yo te quiero de verdad», le llegó a pedir una vez. Pero el hermano de Mayte nunca dio el brazo a torcer y se castró socialmente para vivir su sexualidad a escondidas.

Lo que sucedió con Sihamed solo Alberto lo supo. Alberto y Sergi. Nadie más. Había sido en 1982, antes de que reventara el pantano y se inundara la comarca. «Eran unos críos», recordó don Antonio, el padre de Andreu: «Unos inconscientes». Aquel día Alberto llamó a Sergi, desesperado, y él acudió con su Vespino al descampado de tiro al pichón, debajo de la urbanización de San Blas. «Durante aquellos años no había casas, solo campos y parcelas», le explicó don Antonio a Clara. Alberto llegó con el Renault 12 de su padre y un cadáver en el maletero. «Tienes que ayudarme, Sergi, me he cagado la vida». Le caía hasta la baba cuando lloraba y le temblaban las manos como si manipulara una palanca de videojuegos. Aquel día se lo contó todo: lo del bar, lo de que a veces le gustaba estar con hombres y todo lo que había pasado. Sergi nunca lo había visto tan indefenso, hasta se le echó de rodillas buscando la absolución. «Parecía otra persona, un muñeco roto», debe de haber pensado Sergi en ese momento. Pero aquello nadie lo supo, aquello se lo llevó a la tumba, y por eso Clara tuvo que imaginar muchas cosas para poder reconstruirlo.

Alberto había montado a aquel muchacho en el coche y lo había llevado a un descampado en la montaña, por el paraje de La Murta, en Alzira. La noche era una boca de lobo y solo se iluminaron con la lamparita del techo. Sihamed parecía un dios moreno, un altar donde arrodillarse y entregarse a cualquier sacrificio. Sus labios eran un tesoro y sus ojos egipcios lo miraban con entrega, conscientes de que todo él era una ofrenda. Alberto sintió que su cuerpo se encendía igual que una linterna dínamo, pero con el roce de su piel y el contacto con el almíbar de su boca. Sentía aquellas pirañas que lo consumían en el vientre y aquel deseo desbocado que le daba sentido a la vida. «Había sido todo perfecto», llegó a confesarle a Sergi, y que él no elegía a quién amar, y que la vida lo arrastraba como si cayese por las cataratas del Niágara. Pero entre todo aquello algo había sucedido, y aquel marroquí sacó su carnet de identidad, el de la situación, el de la ventaja, y le dijo que quería «pasta», que él tenía mucha, y que sabía dónde vivía y que ya se podía preparar para ayudarlo en su dificultosa vida. Alberto le explicó que forcejearon fuera del coche, que se empujaron igual que si hubiesen sido animales y que Sihamed cayó sobre una piedra y se dio un mal golpe en la cabeza. A Alberto parecía gustarle aquel recurso accidental para justificar su brutalidad, pero cuando Sergi abrió el maletero no vio ni una gota de sangre, y el cuello estaba hinchado y con máculas moradas. Sergi después pensó que más le hubiese valido que le dijese que se le había ido la situación de las manos —quizá no fuera el recurso más adecuado—, pero para ese entonces él ya se había condecorado con la insignia de mejor amigo y le dijo que lo iba a ayudar. «Es un moro de mierda, Sergi, y nadie lo va a buscar», le juró a moco tendido. «No tiene dónde caerse muerto». Y Sergi cumplió. Cumplió con creces porque lo condujo hasta su huerto y, cuando acabaron de enterrarlo, Alberto le hizo jurar que no se lo diría a nadie: «Júramelo, Sergi», y él se lo juró. Se lo juró y cumplió su juramento con creces, pero se tomó el trabajo, luego, de meter una botella con la confesión de todo lo que había pasado. Solo años después, cuando las cosas entre los amigos comenzaron a torcerse, un día se lo confesó a Antonio: «A mí no me cargarán el muerto». No dijo nada más al respecto, porque para él un juramento era sagrado, pero si a alguien se le iba la lengua, a él no iban a cargarle el muerto. Nunca mejor dicho.

Fue lo único que llegó a saber el padre de Andreu, todo lo demás Sergi se lo llevó a la tumba. Nada de aquello podría haberlo sabido Cristina, ni siquiera podría haberlo imaginado. Nada de aquello ni de lo que vino después, porque ella no quería matarlo, pero acabó haciéndolo sin querer, lentamente, desde que comenzó a atar cabos y a encontrar restos de aquel naufragio de 1991. Alberto cometió el descuido de imprimir la carta de Carla Bouquet —aquella carta le dolía, y le dolía mucho— y que Cristina la encontrara por su escritorio, y luego aquel vídeo de Jean Paul, ganador de *The Voice Kids France* que vio por primera vez el día que sorprendió a Alberto abstraído en la pantalla de su ordenador y con los ojos humedecidos. Aquellas fueron simples e insignificantes astillas de un tiempo desconocido, pero cuando llegó Clara Guinzburg haciendo preguntas sobre un pasado enterrado, Cristina volvió a leer la carta de Carla y a sumar años y a echar cuentas como aquel que comprueba la combinación ganadora en la lotería de Navidad sin saber que ha comprado algunos números. Ni siquiera sabía muy bien por qué lo había hecho. Quizá porque en los silencios también había respuestas o porque recordó que, antes de casarse, había trabajado para la empresa Dickinson, con varios proyectos al sur de Francia, lugar al que Alberto viajaba regularmente, y no se atrevió a preguntarle a dónde había viajado el fin de semana que murió Sergi y desapareció la niña. La llegada de Clara Guinzburg había detonado aquellos silencios y, sin atreverse a alentar un disparate, decidió enviar mensajes a la periodista argentina, bien para que hiciera su trabajo y encontrara respuestas, bien para que desechara aquel sinsentido que jamás podría imaginar al completo. Y sí, había sido exactamente en aquel momento cuando comenzó a matarlo, sobre todo al dejar una copia de aquel texto en el buzón de Andreu Baldoví, que bien sabía ella que se lo haría llegar a la periodista.

La vida de Cristina Fernández había sido un castillo de naipes, y aquella tarde fue Andreu mismo quien acudió a su casa en busca de las respuestas que solo podía tener Alberto. Fue el justo momento en que todo comenzó a desmoronarse. El sobrino de Sergi estaba nervioso y, sin ningún tipo de anestesia, le soltó lo que acababa de desenterrar: Alberto era aquella pieza perdida, la llave de aquel secreto ligado con la muerte de Sergi y la desaparición de la niña. Alberto era esa Atlántida desconocida, y Andreu temía que Clara Guinzburg se convirtiese en su próxima víctima.

—Aquella noche de 1991 Sergi tiene que haberlo amenazado con eso —le dijo Andreu—. No hay otra explicación. No quiero ir a la policía, prefiero que me ayudes a encontrarlo y que él despeje mis dudas.

Cristina debería haber escuchado atónita aquel discurso kafkiano, pero marcó el número de su marido. Su teléfono estaba apagado o fuera de cobertura. Tenían un apartamento en Cullera y un huerto en la partida de El Pla, en Carcaixent. Nerviosa y desencajada de su mundo, buscó en el cajón las llaves y le dijo: «Vamos a probar, a veces va sin que yo lo sepa». Así fue como llegaron al umbral de todo, así fue como se dirigió a matar a Alberto. ¿Matarlo? Sí. Ella no lo sabía, pero llegar hasta allí era matarlo.

Andreu esperó fuera tal como Cristina le pidió, pero al final tuvo que entrar y sacarlo a empujones. Solo entonces, después de décadas de mentira y silencio, el hermano de Mayte Gabaldón acabó de rodillas en el suelo, como treinta y siete años atrás, cuando fue un crío suplicándole a su amigo que enterrara su pecado donde nadie fuese a buscarlo.

Cristina Fernández todavía podía verlo de rodillas, repitiendo «está bien, solo está drogada, pero está bien, no te preocupes». El gigante se había derrumbado de golpe, se había estrellado ante ella y luego lo haría ante Mayte, ante el pueblo entero y ante el acecho de la prensa que acudiría como las moscas. Los crímenes prescriben, pero el linchamiento social estaba esperándolo ahí fuera como una manada de hienas, como Andreu, quien lo miraba con desprecio, igual que un lobo se prepara para destrozar a su presa. Pero Cristina permaneció en medio, protegiendo a aquel guiñapo que repetía entre mocos «lo siento» una y otra vez.

El hombre amable, el protector servicial, el hermano perfecto…

No hizo falta que Cristina le pidiera nada. Se puso en pie, errante, en un limbo inesperado. Luego se tiró en un sillón, deshinchado igual que un globo fallido.

—De qué sirve justificarme, de qué sirve explicarlo todo... Pero necesito que lo entiendas, ¿vale? Necesito que me odies solo lo suficiente, Cristina. No esperaba que fuese hoy. No esperaba que fuese nunca. Fuiste tú, ¿verdad? ¿Tú la ayudaste? —Sonrió con amargura—. Debí haberlo imaginado. ¿Quién, si no?

Le hablaba a ella, pero tenía la mirada perdida, cayendo al vacío sin nada a lo que asirse.

—Tú lo mataste, ¿verdad? —Cristina tironeó de la camiseta de Alberto como una madre reprende a un niño—. ¿Cómo has podido?

—Habíamos discutido. Sergi y yo llevábamos unos meses mal. Yo intentando proteger a mi hermana y él viviendo su vida como un adolescente. Me cargué de reproches y él me dijo que ya estaba bien, que con todo lo que había hecho por mí yo no tenía derecho a exigirle nada, que iba a hablar contigo, con mis padres, con todo Dios para que supiesen que me tiraba a este y a aquel a escondidas... Ya sabes, ¿qué te voy a contar a ti, Cristina? ¿Eh? Y lo de la botella y lo de enterrar muertos... Eso tú no lo sabes, pero le debía una. Una muy grande.

—¡En esa botella estaba tu nombre! —volvió a increparlo su mujer—. Es así como Andreu Baldoví llegó hasta ti.

—Éramos unos críos y había sido un accidente, Cristina, un jodido accidente en el que murió un indeseable, ¿sabes? Pues bien, habíamos tenido una discusión tremenda por teléfono porque le exigí que el piso se quedara para Mayte y para la niña, que si ella se había hartado había sido por él, porque andaba metiendo la polla por todas partes, que ni se le ocurriese joderla y sacarla de allí. Fue entonces cuando estalló con todo aquello otra vez, que se había acabado, que iba a soltarlo todo... Y se me cruzaron los cables. Lo recuerdo muy bien. Estaba fuera de mí. Tenía mi vida colgando de sus manos desde que éramos unos chicos, y aquella noche del 15 de junio de 1991 me fui directo al huerto para hablar con él. Tenía las venas hinchadas de odio y miedo, pero te juro que yo no quería nada de aquello. Sergi salió a la puerta y me dijo que me fuera, volvimos a discutir y a tirarnos toda la mierda a la cara, y él señalándome aquella maldita barraca y gritándome «maricón de mierda», «maricón» mil veces, Cristina, y yo perdí los estribos, porque tú sabes que soy tranquilo, pero que no me controlo cuando pierdo los nervios. Tenía ahí fuera un bate de béisbol. ¿Qué hacía ahí un bate? Dime. ¡Un bate de béisbol! La mierda del destino, Cristina. ¡Joder! Me estaba esperando, a solo un metro de mi mano, apoyado sobre el porche como si hubiera nacido para eso. Se me inyectaron los ojos de sangre, mi mente se paralizó en aquel instante en que pensé que era algo entre él y yo, allí solos, bajo las estrellas, en medio del campo, y le solté un golpe que apenas pudo parar con las manos, y luego otro y otro, como un maldito yonqui. Le partí la cabeza. No sé si estaba muerto o no, pero recuperé la cordura cuando vi a Marta en la puerta. ¡La niña! ¿Qué mierda hacía allí la niña aquella noche? Eran más de las doce y te juro que nunca imaginé que Marta estaría con él. El mundo comenzó a aplastarme desde entonces y me dio una bofetada allí mismo. Estaba confusa, no comprendía… Ni siquiera sé si llegó a ver a su padre descalabrado en el suelo, pero yo estaba allí, de pie en medio del infierno, con mi cabeza yendo a mil por hora. ¡Maldita sea! Sergi ni siquiera la mencionó una vez. Aquello fue un castigo divino, lo sé, una jodida cámara oculta para que me volviera loco. Me la llevé inmediatamente dentro de la casa e intenté tranquilizarla. Le dije que todo estaba bien, que no se preocupara, que había ido a buscarla, que había ido a lo que fuera, mientras intentaba mantenerme a flote, manoteando para no ahogarme. Y ahí mismo comenzó a parirse aquella tragedia. La encerré en su habitación y le dije que esperara, que ya iba a entender aun sin años para entender, y yo a lo mío, a llevar el cuerpo a las vías del tren con su cabeza bien acomodada en los rieles, a meter una pala con tierra en su Ford Ranchera y a llevarme el maldito bate a cientos de kilómetros de allí y a limpiarlo todo. Sergi apenas había sangrado, pero yo me aseguré de borrar mi rastro con cuidado. ¿Y después? Después vino lo peor, el hacer llorar a Marta acariciando su cabeza y tapándole los ojos para herir su mano con un cuchillo, hasta que vi que había suficiente sangre en aquella habitación, por las escaleras, e incluso me permití unas gotitas para el maletero. Lo de manchar la camiseta de la niña con sangre fue un accidente, pero al final acabó ayudándome para colocarla en aquella casa abandonada en la montaña. A Mayte le había causado un dolor irreparable, pero pensé que dar a la niña por muerta la ayudaría para poder seguir adelante. Luego la limpié con mercromina y la vendé suplicándole que me perdonara: «Todo va a ir bien», le mentí, pero no podía parar. La rueda del destino era gigantesca. ¡Francia! Eso ya lo sabes, ¿verdad? Tú ya lo sabías. De hecho, no lo había comprendido hasta ahora. Solo tú podías ser la que le diera aquella carta a la periodista, solo tú, ¿verdad?

Cristina lloraba. Lloraba y apretaba los puños.

—Pero jamás podría haber sospechado nada de esto. ¿Llevaste a la niña a Francia?

—Fue una locura, pero la única locura que explotó en mi cabeza para sacarla del radio de la policía. Conocía aquel lugar, sabía del orfanato y tenía que sacarla del país. Era ella o yo, y fui yo una vez más, un maldito egoísta que solo quería sobrevivir a su locura, y viajamos en silencio, diciéndole que la llevaba con mamá, que mamá se había ido muy lejos y que a papá lo estaban curando. A veces lloraba, a veces dormía, a veces callaba... —De pronto sus palabras se tropezaron unas con otras y abrió la boca para respirar y evitar que la emoción lo detuviese—. Intenté lo mejor para ella, te lo juro, y siempre procuré protegerla a la distancia... Nadie me preguntó dónde estuve aquel fin de semana mientras descubrían el crimen. Todo el mundo sabía que viajaba. Nadie me preguntó. Nadie. A la investigación la cerraron antes de empezarla.

—¿Cómo has podido? ¿Cómo? ¡Con qué cinismo, Alberto!

Cristina lloraba. Le temblaba la boca, la vida, y Andreu detrás, escuchando aquella película, boquiabierto y alerta como un cazador. No se fiaba de él y sujetó el atizador de la chimenea para estar prevenido.

—Saquémosla de aquí, Cristina. Hay que llevárnosla al hospital, por favor.

—Estoy acabado, Andreu. ¿Es que no lo ves? ¿Qué miedo me tienes ya? Dime. No te preocupes, ya no voy a intentar nada.

—Eres un demente. ¡Un maldito psicópata!

Por primera vez, Alberto soltó una carcajada histérica.

—Lo sé —murmuró, casi delirando—. Soy una mierda.

—Vámonos de aquí. Necesito tu coche, Cristina. Hay que ponerla a salvo cuanto antes.

Ella se puso en pie, dispuesta a matarlo definitivamente. En aquel momento ya lo sabía, pero no tuvo ni fuerzas ni valor para evitarlo.

—¿Y lo de la madre de Clara Guinzburg? ¿Qué pasó con ella?

Él volvió a sonreír con amargura.

—Eran iguales. Cuando Mayte me dijo que la hija de Silvia Ros andaba haciendo preguntas por aquí, fue como un *déjà vu*. Parecía regresar treinta años después para seguir erre que erre como ella entonces.

—¿Qué pasó? Se lo debes.

—Vino a Carcaixent para hablar con mi hermana, para decirle que Sergi no podía haber hecho aquello, que tenía una hija y todo lo que esta periodista no se ha cansado de soltar. Ni siquiera llegó a hablar con Mayte. En aquellos días mi hermana estaba más muerta que viva, tirada en la cama. Esa mujer me dijo que iba a ir a la Guardia Civil. Acababa de llegar de Barcelona y se iba a alojar en Cullera. Yo le dije que sí, que no se preocupase, que al día siguiente por la mañana pasase a buscarla e irían juntas, que yo conocía al inspector que llevaba el caso y que era más fácil encontrarlo por la mañana. De verdad, no supe qué hacer, y aquella tarde la seguí sin ningún plan, estaba descolocado ante la primera grieta importante en todo aquello, y cuando la vi acelerar al barranco de La Murta, mi cabeza se disparó otra vez y, sin pensar, comencé a hacerle señales con las luces como si quisiera que se detuviera para decirle algo y la adelanté encerrándola lo suficiente para que tomara una mala decisión. Su coche intentó frenar pero voló hacia el precipicio. Me detuve varios metros más adelante y vi la explosión. Lo demás fue suerte o mala suerte, eso ya da igual. Me fui de allí con demasiada fortuna. Mi vida es una ruleta rusa y conseguí sobrevivir inexplicablemente. Hasta ahora.

—No te reconozco, cabrón. No tienes corazón.

—No, Cristina. Vengo cargando toda la vida con esto, y ya no puedo más. Te aseguro que somos capaces de tomar muy malas decisiones en situaciones extremas.

—¡Tú has tomado demasiadas, Alberto! ¡No sé cómo vas a mirar a tus hijos! No lo sé, de verdad. ¿Y a Mayte? No sé si eres consciente de ello.

—Lo soy, y sé que tengo que pagarlo. Fin de la partida. Hasta aquí hemos llegado, ¿me entiendes?

Pero Cristina sacudió la cabeza y se alejó de él espantada y sollozando. Le hizo una señal a Andreu para que cargara a Clara y se encaminara hacia el coche. Alberto permanecía inmóvil sobre el sillón mientras su esposa todavía estaba de pie frente a él. Luego escuchó que el coche se ponía en marcha.

—¡No nos merecíamos esto! ¡Nos has matado a nosotros también!

—Lo sé —contestó, y volvió a echarse a llorar.

Después, Cristina salió de la casa con rapidez y cerró con llave por fuera. Sabía que lo estaba matando, pero no pudo evitarlo.

Al día siguiente, cuando la Guardia Civil la llamó para comunicarle que habían hallado a Alberto Gabaldón colgando del techo, ella ya lo sabía.

No podía ser de otra manera.

Una luz en la oscuridad

Martes 3 de junio de 2019

En la pupila del destino estaban cinceladas aquellas existencias mediocres, con la munición de los errores disparando sin tino, pero sin ser capaces de abrir los ojos. «Caminamos ciegos en una noche de luz», acabaría escribiendo Clara en su historia meses después. Sus personajes eran seres errantes, incapaces de levantar la cabeza e intuir aquel inmenso amor que redime el sufrimiento y el dolor si uno se atreve a comprender y a aceptar apenas ese instante, apenas ese destello que lo transforma todo. «Solo el amor merece ser vivido», escribiría también. «Ese amor que agrieta las piedras», y aquella imagen le gustó cuando pensó en Mayte Gabaldón. Todo parecía haber existido para vivir solo aquellos momentos urdidos más allá de cualquier inteligencia humana.

—Llévame con mi hija —le suplicó Mayte al mismo tiempo que se arrodillaba igual que si esperara una bendición—. Perdóname, por favor.

Era difícil mantenerse en pie tras el suicidio de Alberto. La verdad sangró en la vida de Mayte como si la hubiesen abierto en canal con un torpe cuchillo sin filo. Como treinta años atrás, cayó devastada entre tranquilizantes y derrames de un odio inagotable. «Hizo una locura, pero se lo llevó la culpa y la vergüenza», había intentado aliviarla Cristina. Fue a decirle al mismo tiempo que su hermano era un monstruo y que se había quitado la vida, y se lo dijo en ese orden, porque cuando Mayte escupió su nombre y rugió como una poseída entre llantos y gritos, solo entonces le dio la estocada de su muerte. «¡Que se pudra en el infierno!», gimió ya sin fuerzas y abrazando a Cristina. Y las dos intentaron morir de pie, compartiendo un abismo que las engullía igual que el vientre de un volcán, aunque la esperanza de que Marta viviera evitó que aquel veneno se convirtiese en delirio: «Se llama Carla y vive en París». También le dijo que la periodista argentina ya había contactado con ella.

—Nunca te he escuchado. Lo sé—murmuró entre sollozos, todavía de rodillas—. Pero necesito que me hables de ella. Cristina me dijo que tú lo harías.

—Está deseando conocerte —le confesó Clara mientras la obligaba a ponerse en pie—. Pero todavía ni imagina que tiene una madre, y mucho menos su historia. Preferí esperar.

—¡Nunca podré perdonar a mi hermano! Solo un psicópata es capaz de hacerme algo así. Arruinó mi vida, la de Sergi, la de tu madre y la tuya. ¡No habrá sitio en el Infierno!

—Su muerte habla de su arrepentimiento y su vergüenza. ¡No debes castigarte más! Ya no podemos cambiar el pasado, pero sí escribir el futuro.

Había sido Clara quien había tenido que ir a ver a Mayte. La mujer, después de un par de días en cama y con tranquilizantes, consiguió ponerse en pie para recibirla. Acababan de enterrar a su hermano, y el pueblo había desbordado la Iglesia de La Asunción entre rumores de que Gabaldón no había muerto por accidente y sin entender la ausencia de su hermana en la ceremonia. Pero Cristina Fernández fue capaz de mantener las formas y afrontar el vendaval de pie. Se había negado a velarlo y se había encerrado en casa hasta el momento de la misa. Solo se limitó a llorar y a mantener una actitud decorosa junto a sus hijos. Clara ya le había pedido que callara, que lo callara todo.

—¿Por qué lo has hecho? —le preguntó Mayte—. ¿Por qué callar?

—Ya sufrimos demasiado: tu hija, tú, mi madre, Sergi, su familia, yo misma... Es hora de dejar a los muertos descansar en paz. Yo he rehecho mi vida y los Agulló ya han cicatrizado aquel terrible pasado. El dolor no puede traer más dolor. ¿Qué conseguiríamos confesando la verdad? Solo más sufrimiento: el tuyo, el de Cristina y el de vuestros hijos. Es mejor así. Quien debía pagar, ya lo ha hecho.

—¡Eres muy generosa, Clara Guinzburg! —balbuceó.

—Ahora tienes que conocer a tu hija. Le dije que me gustaría encontrarme con ella antes de regresar a Argentina esta misma semana y que tenía una pista importante sobre su familia, que era mejor que viajara. No le dije nada más. Su vuelo de París llega el martes.

Clara siempre había sido la llave, una pieza secreta del destino para sanar el tiempo. Desde pequeña no había sabido escuchar, pero aquella voz invisible había dormido muy dentro de ella. Solo había necesitado el momento perfecto para que brillara su rastro y todo había acabado sucediendo como Sergi y Silvia habían querido. Solo necesitaba que Andreu también lo entendiese.

—¡Alguien tiene que pagar por lo que les han hecho a mi tío y a mi familia, Clara!

—Quien tenía que pagar, lo ha hecho. A su manera, pero lo ha hecho. ¿Quién más quieres que pague? ¿Mayte, que vivió sin su hija toda su vida? ¿La mujer y los hijos de Alberto Gabaldón? ¿De qué serviría? ¿Cambiaría en algo el futuro de tu padre y el tuyo?

—¡También era tu padre! ¿No te importa? ¡Con las barbaridades que se dijeron de él!

—¿No te has parado a pensar en que tampoco podrías demostrarlo? ¡Ni siquiera contaríamos con la declaración de Alberto! Remover todo aquello en este pueblo solo te traería problemas. Jamás podrías demostrarlo, y para la policía es un crimen prescrito.

Clara no estaba muy convencida de que Andreu fuese capaz de callarlo para siempre, pero le prometió que escribiría la historia. Lo demás ya no podía depender de ella.

—Voy a acabar esa novela. Ese será el homenaje a mi padre y a mi madre. Cambiaré las localizaciones y los nombres, pero contaré lo que pasó. Tú y yo siempre sabremos lo que ocurrió en esta tierra.

Miró a su alrededor y volvió a otear los surcos de naranjos amurallados por pinares y montañas. Había pasado en la casa rural los últimos días, pero había llegado el momento de poner el punto final. Clara debía aprender a enterrar aquel lugar, como había vuelto a hacer Andreu con el cuerpo del marroquí detrás de la barraca. Allí dormiría para siempre sin nombre ni pasado. Algunas cosas era mejor olvidarlas o guardarlas en la memoria como haría con la tierra de su padre, Sergi, aquel joven rebelde al que ella jamás había conocido. Nada podía atarla a Valencia. Su vida estaba en Argentina y, si se cumplían sus mejores pronósticos, en breve la premiarían con una corresponsalía en Londres, Roma o Madrid. Carcaixent solo sería un recuerdo que viviría en las páginas de su próxima novela. Las voces de aquella tierra roja la habían abandonado como pájaros en una desbandada.

—¿Me enviarás el libro? —le preguntó Andreu.

—Serás de los primeros en leerlo. Te lo prometo. —Y le dio un beso en la mejilla.

A Clara le dolía despedirse de él, y el martes a primera hora se fue de allí sin hacer ruido. Su coche se alejó por el camino mientras Andreu la miraba por última vez en silencio y a través de una ventana. Ni ella quiso llamarlo ni él quiso salir a decirle nada, pero ambos sabían que habían quedado ligados para siempre.

Entonces solo se trataba de cicatrizar el pasado, y recogió a Mayte Gabaldón para acompañarla al aeropuerto de Valencia. Carla Bouquet, quien ya no era la pequeña Marta, desandaría el camino que una vez su tío la había obligado a emprender sin siquiera recordarlo. *¿Quién mueve los hilos?*, pensó Clara. ¿Quién era aquel que había jugado con sus vidas del mismo modo que un titiritero caprichoso? Para aquello no tenía respuestas. Solo sentía que el amor era más fuerte que el odio, que era capaz de dar sentido a los errores humanos y de transformar la pólvora en polvo del tiempo.

Reconoció a Carla Bouquet nada más se abrieron las puertas corredizas de la terminal de llegadas. Acababa de atravesar el velo de los años sin comprenderlo todavía. Buscaba las respuestas igual que un niño con ojos vendados golpea una piñata, pero estaba muy lejos de imaginar su pasado.

—Es ella —dijo, y la señaló con el dedo para que Mayte Gabaldón pudiese reconocerla.

Pero no hizo falta. Mayte ya caminaba sin escucharla. Fue igual que encender una luz sobre el escenario y que ambas brillaran en él. Carla dejó caer su maleta al suelo y agrandó sus ojos como un niño admira por primera vez. No hubo palabras, solo un abrazo, como el de aquel día de 1991 cuando Sergi se la llevó a caballito al País de Nunca Jamás. El amor era aquel hechizo que trazaba puentes sobre el silencio y el dolor.

Clara las observó a varios metros de distancia y sintió que sus lágrimas se convertían en lluvia limpia para su corazón. Algo se elevaba en su interior y la encendía igual que un farolillo incombustible. Tenía la certeza de que su madre aún le hablaba en los silencios.

Solo se trataba de escuchar.